JN111624

スポックの両親、アマンダ・グレイソンとスコンの息子サレク。結婚式当日、アマンダの両親の依頼により撮影。
アマンダ・グレイソン協会提供

地球式の年齢で 15 ヶ月頃のスポック。
アマンダ・グレイソンはこの写真を大切にしており、死後の身辺整理中に発見された。
アマンダ・グレイソン協会提供

▲〈スポックとトゥプリングの婚約記念プラケット。
ヴァルカンのソレン提供

スポックの少年時代の思い出の品。
サイボックにもらったアンドリア産〝火の花〟、
スポックの友だち兼コンパニオン、アイ・チャイアの写真、
スポック少年が母親へのプレゼントに彫刻した小石、母親が愛用したＩＤＩＣペンダント。 宇宙艦隊アーカイヴ提供▼

スポック少尉のアカデミー卒業記念写真。
宇宙艦隊アーカイヴ提供

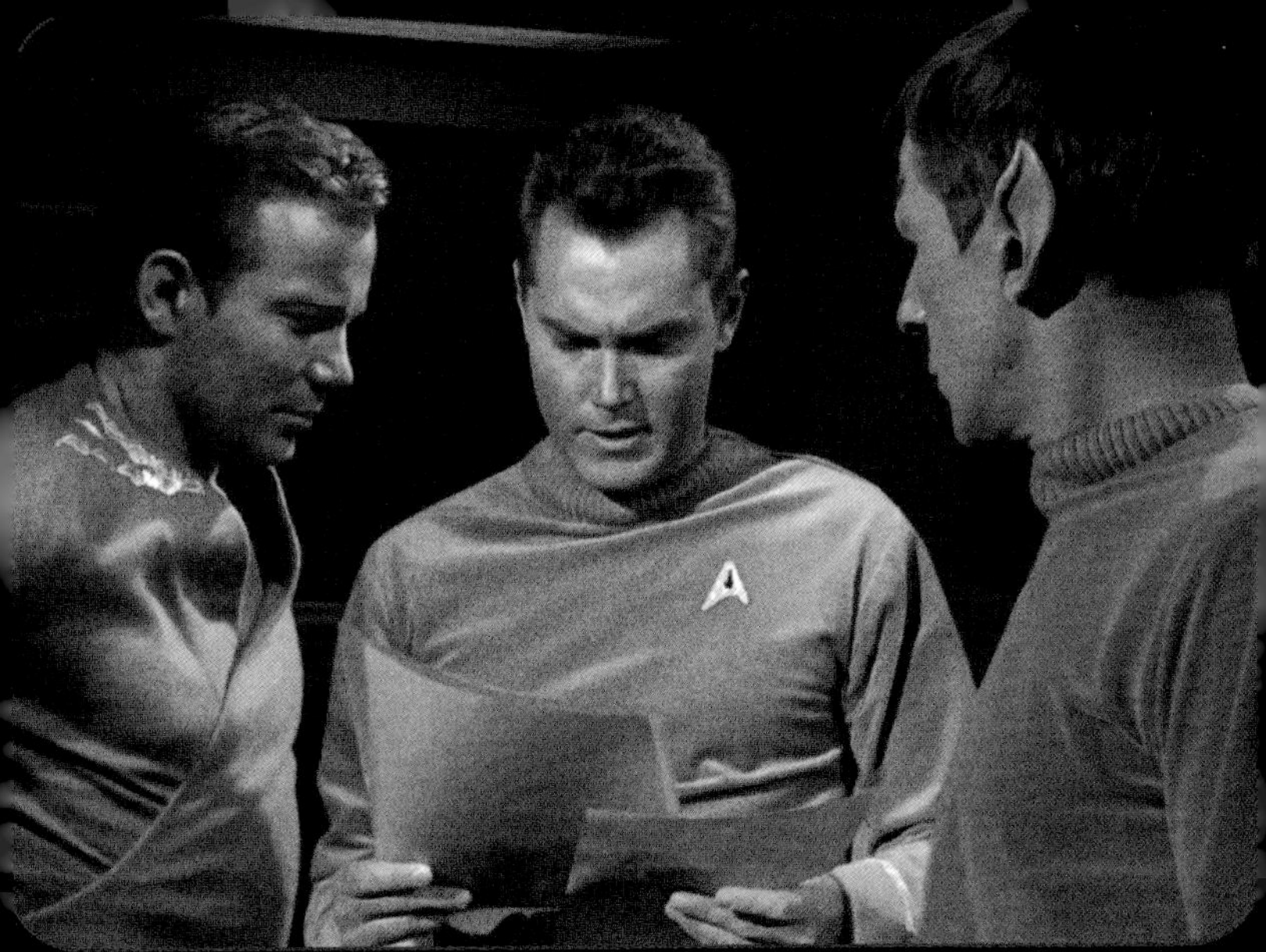

▲カークの〈エンタープライズ〉指揮官就任に先立ち、副長昇級の辞令でスポックを驚かせるカークとパイク両船長。
宇宙艦隊司令部提供

タロス四号星への艦隊全船艇の渡航を禁じた一般命令7条。

命令に背き、宇宙艦隊在任中スポックは三度当該惑星を訪れている。 宇宙艦隊司令部提供▼

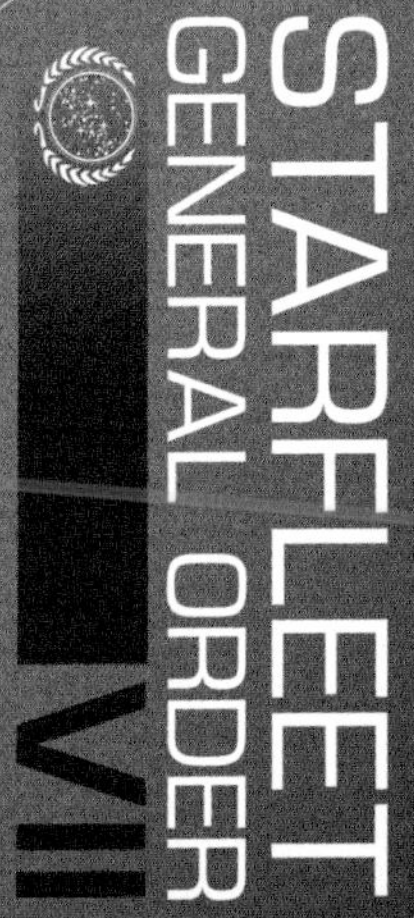

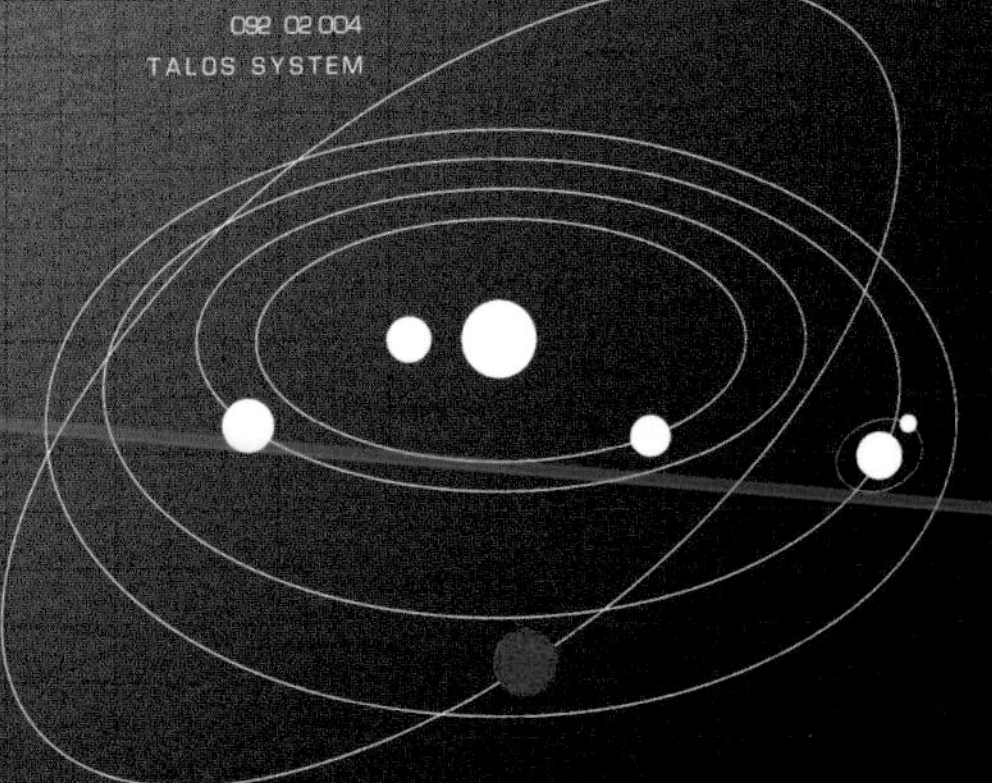

STARFLEET
GENERAL ORDER
VII
092 02 004
TALOS SYSTEM
66D 36 L733809 7
3XY PHAGRIN
Level Mass Computer
Be it hearby noted that
said following instructions be
incorporated into STARFLEET policy:
NO ONE WILL EVER VISIT TALOS IV

▲スポック大使とジャン＝リュック・ピカード艦長、ロミュラス星にて。
データ少佐のコンパイルによる生体スキャンイメージ。

宇宙艦隊司令部提供

スポック大使の書斎。バルカン星を最後に発った当時の状態。

一番上に積まれた本はアマンダ所有の『鏡の国のアリス』。

本はスポックと義姉マイケル・バーナム双方にとって特別な意味を持っていた。 ジャン＝リュック・ピカード提供 ▼

〈U.S.S. エンタープライズ〉クルーのホロ・ポートレイトを背にしたスポック大使。
カーク船長指揮下のファイブ・イヤー・ミッション初期と思われる。
パベル・チェコフ財団提供

「目を閉じたとき、見えるのは白紙についた動かぬ小さなシミではない。
見えるのは、飽かずに動く鮮やかな色彩の、いくつものしずくだ。
キャンプファイヤーのゆらめく炎が見える。
そして一瞬、輩をそれほど遠くには感じなくなる」

ラッセル・ウォークス撮影。ジャン＝リュック・ピカード提供

自叙伝
ミスター・スポック

THE AUTOBIOGRAPHY OF
MR. SPOCK

THE LIFE OF A FEDERATION LEGEND

BY

SPOCK OF VULCAN

EDITED BY UNA McCORMACK

ウーナ・マコーマック［編］
有澤真庭［訳］
岸川 靖［監修］

TAKESHOBO Co., Ltd.

THE AUTOBIOGRAPHY OF
MR. SPOCK
by
SPOCK OF VULCAN
EDITED BY UNA McCORMACK

Japanese translation published by arrangement with
Titan Books
through EnglishAgency, Inc., Tokyo.

〝スター・トレック〟エクステンデッド・ユニバースの物語をつむいだ全員に
——とりわけ、ヴォンダ・N・マッキンタイアを偲(しの)んで

CONTENTS 目次

自叙伝　ミスター・スポック

出発点——２３８７年　バルカン星シカー市

長年の習慣で、大きな旅に出る前は身辺整理をすることにしている。一部には、遺言執行人たちができる限り手早く、滞りなく処理できるようにと望んでのことだ。だがこの習慣はまた——おそらくは大部分が——自分自身に利するところがあるため、過去をふり返るよい機会でもあるためだ。とはいえ、以前に一度回想録を書きはじめたはいいが途中でやめてしまったいきさつがあり、続きを再開すると思うと少しばかり気が重い。遠い過去のものとなった歳月や人々を再び思い起こし、学んだことを内省する——山あり谷ありの人生を長年送ってきたあとで、この作業に困難を覚えぬ者が、たとえ最も禁欲的な人物であっても、ひとりでもいるだろうか？　それでもやはり、不確実な任務を目前に控える身とあっては、未完のまま旅立つわけにはいかない。

バルカン人に向けて書くのであれば、本書がこのような長さになる理由と目的を説明する手間は不要だっただろう。読み手である貴殿が情報のみならず知識と叡智の持ち主なのは承知しているが、これに関する伝統と習慣に通じておられるのを前提とするわけにもいかない。貴殿が手にされているのは、老境にあるバルカン人が一連のしきたりに則って著した産物だ。詳しくはあとで述べる。近年わたしが様々な自己否定にとらわれて実践していた数多くのこみいった瞑想の儀式ならば、容易にご想像いただけよう――だが本書についてはさらなる説明を加えたいと思う。

貴殿が手にされたこの書は〝タン・アラット〟、翻訳するなら（おおまかで、そのためある程度のニュアンスはどうしても失われる）「叡智の書」だ。これは生涯にわたって実践される〝タン・サハット〟、すなわち感情パターンの知的脱構築を書というかたちで物理的に明示したものであり、衝動を熟慮の末の行動に変えることを目的とし、すべてのバルカン人がたしなむ。われわれの文化は知性に重きを置くとしばしばみなされる。だがわが友よ、精神に器（うつわ）を与えて具体化するぐらいの知恵はある。これを念頭に置けば、「叡智の書」をうまくご理解いただけよう。個人の人生と経験を総括し、のちの世に伝えるものだ。

「叡智の書」がとる形式について、細部をもう少し説明させてほしい。その前に、わたしが書くものは必然的に伝統的な形式からは大いに逸脱していることを断っておく。わたしは、つきつめれば純粋なバルカン人ではない。だが各都市に多数点在する記録保管所の、音のよく谺（こだま）する地下室に保管された数々の書をひもとかれることがあれば、貴殿のような御仁ならすぐに標準的な形式を把握されるだろう。タン・アラットはバルカン人の一生を三つの〝時代〟に分けて導く。

まずは〝ローフォリ〟、すなわち情報の取得。精神が最も鋭敏で、ほぼ無尽蔵の事実を学べる成長期だ。

その次が〝ファイ・トゥク〟、人生の絶頂期を迎え、それまでに築いた情報基盤を実用的な知識として現実世界に適用する。自分の人生のパターンが見えはじめ、新たな試練と葛藤に出くわすたびに過去の経験を生かして対処できるようになる。

最後に来るのが〝カウ〟、トゥパール地方で最も腕のよい職人が織ったタペストリーさながらに豊かな経験を経た人生の最終段階であり、運に恵まれれば一種の叡智を得る——というより、少なくとも、叡智を手に入れる望みを抱き続ける。

地球にも似たような考えが多数あるが、もちろん、貴殿には指摘するまでもないだろう。すでにシェイクスピアの「人生の七幕」、あるいは百の坂を越えた作家に見られる〝晩年のスタイル〟の概念を思い起こされているに違いない。このようなたとえを本書の冒頭で引用したのは、わたしが地球人としての教養を欠いていない証拠とするためだ。

だが、わたしのうさんくさい地球人気質は、生粋のバルカン人が本書を読めばすぐに気がつくはずだ。なぜならタン・アラットに期待される内容と、本書がかけ離れているからだ。伝統的な「叡智の書」では、章ごとに個人が一生のうちに経験した葛藤、危機、苦境を論理によって克服したてんまつが子細に綴られる。最終的に論理が勝利しなくてはならない。そのようなてんまつを読み知ることで読者が着実に叡智を蓄え、自分の人生に生かせるようにするところに意義がある。学習ドームで過ごした時間、わたしは二千冊以上のタン・アラットに目を通したのだ、わが友よ。それらの書から実に多くを学んだが、二重のルーツを持つわたし自身に適用できる例は一度として見つからなかった。そのため本書は伝統形式からは大幅に離れた。長い人生でわたしが学んだことの多くは、他者との出会いを通じて得られたものだ。わがタン・アラットはその事実を反映させている。章ごとに、わたしの人生において最も重要な人々を振り返った。〝真っ当な〟タン・アラットの書き手であれば、そのようなアプローチを主観的で、それゆえに無価値だとさげすむだろう。貴殿と、貴殿が本書を送る相手に選んだ読み手に判断を委ねたい。そのような理由で、各章にはわたしの愛する者の名を冠した。ある章には〈エンタープライズ〉の名を当てている。その章には、あるいは「家族」と名づけることもできよう。ほかならぬ貴殿であれば、わが友よ、わかっていただけるはずだ。

　ここで、貴殿の話に移ろう。どんな本にしろ、結局は読者を想定せねばならない。伝統的なタン・アラットは、たいていが本人の子、孫、ひ孫に向けて書かれる。わたしに直系の子孫はいない。好意あるいは敬意をもってわたしを記憶にとどめてくれるだろうわが子も孫もひ孫も存在しない。またそれとは別に、もちろん後世の人々という読者がおり、そしてわたしの行動の多くが重要な意味を持っていた——もしくは少なくとも、幸運にも重大なできごとや変化の一翼を担った——と認めるにやぶさかではないものの、広く公にするのはわたしの性分に反する。友人である貴殿を選んだのは、本書に綴ったわたしの経験に、当人以外の人目に触れる価値があるかどうか、正しく判断してくれると信じればこそだ。より一般に公表すべきかどうかの可否が貴殿にはおわかりになるだろうし、いままで伏せておく必要のあった事案に触れるときは、ひとこと添えておく。そして伏せておくべきこと、明かしていいことの選択は貴殿にお任せしよう。

だが、僭越ながら、貴殿をわたしの読み手、後継者に選んだ理由はほかにもある。いまから数日後にわたしが赴(おもむ)く使命の本質を確実に、貴殿は理解してくれるからだ。ロミュラスとロミュランの人々の魅力、そして救援を差し向けたいという望みを、大方の者よりも確実に理解していただける。ほかでもない、この大義のためにすべてを犠牲にされた貴殿には、これ以上の説明は不要と信じる。

だがまた、ジャン＝リュック、この本を貴殿に委ねるのは、わたしの書いた内容が貴殿のお役に立てればと願ってのことだ。ここ数年、時代の潮目が変わり、貴殿という人物のみならず、これまで貴殿の立ててきた勲功に仇(あだ)なしているように思えてならない。もし本書を読まれて何かしら響くものがあれば、それだけで本望だ。もし貴殿に今後の道標を示せるならば、わたしが望んだ以上の役目を本書は果たしたことになる。

二年前、退役された貴殿からラバールへご招待あずかった。せっかくのお誘いに応じる機会を逸し、今後もその機会のないことが大いに悔やまれる。かつての大切な友人たちとは疎遠になったか死別したいま、新たな友情を結ぶ機会は、老後の最も貴重な楽しみだった。せめて、わが友ジャン＝リュックよ、ささやかなれどわが「叡智の書」をお送りさせていただく。どうか御身の深き叡智をもってご判断いただき、その価値がどうあれ処遇をお任せしたい。貴殿の判断をわたしが知る日は来るまい。新たな任務へ、奇妙ですばらしい旅を重ねた長い人生最後の航海へいままさに赴くところだからだ。わたしの意図を知り、理解していただけることを願う。興味と共感をもって読んでくださることを願う。それこそが、確かに、われわれ皆が、とどのつまりは最も望むことであれば。

RO'FORI

第一部

ローフォリ［情報］
——2230～2254年

アマンダ

バルカンでは、子どもはごく幼い頃から記憶力を高めて自分の可能性を最大限に生かすためのテクニックを学ぶ。理屈は単純だ。論理的かつ情報にもとづいた判断ができるようになるには、できるだけ多くの事実を身につけなくてはならない。よって、苛酷な教育が施される。その結果、一番はじめの記憶をたずねられた少なからぬバルカン人が、暗記した名言を挙げる。たいていはスラク、またはトゥナールなどの詩人の哲学的な二行連句で、複雑ではないが注意深く詠まれたそれらの詩は幼少期の読書の肥やしとなり、熟考の末に初めて行動し、衝動を抑える重要性について気づけるように、最も単純な用語で子どもたちをうながす。初めて教わった図形や方程式を覚えている者もいる。

わたしの一番早い記憶は、母だった。母のにおい、あまいビンバーの香り。愛情をこめてわたしを見おろす黒い瞳。そして——最も鮮明に——覚えているのは、母がよくつけていたネックレスに触ろうとのばす、自分の手だ。この記憶を疑う理由はなく、とはいえ裏づける証拠もないが、わたしの指がネックレスの金鎖にからまると、母がそっとほどいて鎖に下がるペンダントに添えてくれた。ペンダントは、わたしがこれまでに見た中で最も美しいものだと思う、母の顔の次にだが。

あれから一世紀半が経ち、宇宙の差しだす最も深遠な事象を探検し研究する生涯を送ってきたあとでさえ、ペンダントのシンボルとその意味するものすべてを思うと、いまだに心が動かされる。はるか遠くまで旅をしても、それでもやはり、われわれは必然的に、原点にたち戻る。

ペンダントはブロンズ製の円盤で、片側に丸い穴が開いている。円盤に鎮座する銀の三角の頂点にはダイアモンドが乗っている。母がわたしの手をとり、各部位に触れさせてくれた。造形にうっとり見とれ名称に魅了されたのを覚えている。円、三角、弧、宝石……。シンボルをつかんで円盤の穴に指を通して輪を作り、親指の先に人さし指が当たる感触を覚えている。明かりが反射して宝石が輝き、多彩な色を放つ。あとで、だがそれほどあとでもなく、母がこのシンボルを〝コール・ウト・シャン〟というのだと教えてくれた。幼くても、家の周囲いたるところでこのシンボルを見かけるのに気がついていた。大きな建物の上ではためく旗の絵柄。来客が身につけているピンやペンダント。母がいっていたように、庭や神殿のレイアウトにさえあしらわれている。別に不思議ではない。〝コール・ウト・シャン〟はバルカンの生きかたの基本理念、われわれが最初に学ぶ教えだ。宇宙の生命には、無限の組み合わせによる無限の多様性があり、われわれはその多様性の価値を認め、尊重せねばならない。これが、何にもましてスラクが教えた寛容と包含のメッセージだ。長きにわたる残虐な戦争の果てにバルカン星に平和をもたらした理念であり、何世紀ものあいだ平和を維持し、われわれが加盟する惑星連邦にもたらした――というよりもたらそうとした――理念だ。コール・ウト・シャン、無限の組み合わせによる無限の多様性。違いを受け入れ、違いを尊重し――平和のうちに生きる。

わたしの長い人生をふり返ると、この教えをもっと早くに理解し、他人が押しつけてくるいくつものレッテルのどれかに自分を無理にあてはめようとせずにすんでいたら、と悔やむときもある。自分の本質という単純な事実に逆らおうと、あれほど苦悩しながら生きなくともすんだのではないかと。だがその理解に至っただけで、よしとしよう。宇宙に存在するおびただしい多様性の純然たる美を、いまでは完全に理解している。宇宙において生命の減少はあり得ず、驚異に満ちたその一部である自分をありのまま、完全に受け入れたときに得る悟り――そして、そう、喜びを。

幼い頃は母アマンダがいつもそばにいてくれた。母の声を聞き、話しかたを覚えた。母の手を握り、歩きかたを覚えた。そして、母の目を通して外の世界を見た。はじめに地球人のプリズムを通してバルカンを眺め、理解するようになった。いまでも様々な面で母の目を通し、世界を見ている。それがわたしの教育における間違いのもとだと信じる父の同胞が少なくないのを知っており、わたし自身、これほど地球人としての自我が強くなければ、幼い頃あれほど刷りこまれていなければ、と若い頃は忸怩たる思いでいた。だが母のいないいまとなっては、あの頃の思い出がきわめて貴重なものとなり、バルカン人気質の中の地球人気質がわたしの最良の部分に貢献したのは、疑う余地がないとわかっている。

思うに、中年になって受ける恩恵のひとつに、親をひとりの大人として見られるようになることがある。同胞として再会するのだ。バルカン人の基準からすれば、さらには地球人としても母は比較的若くして他界した。友人として、仲間として互いにやっと接しはじめたばかりだった。様々な意味で、わたしは母を完全に知ることはなかったように思う。例を挙げれば、アマンダの死後、遅まきながら、バルカンに来る前の母がどんな少女だったのか、ほとんど何も知らないことに気がついた。母は二十四歳で父に出会い、結婚している。そのあとの人生をほとんど父の母星に暮らした。幼い頃常にそばにいたにもかかわらず、知らずじまいだったことがたくさんあるという感覚はぬぐえない。決して突き破れない殻が母を覆い、まだ若いうちからすでに現世の先に行ってしまっていたように思えるときがあった。にもかかわらず、父は不思議と殻の内側の母に届いた。どんな疑いや誤解がわが家の暮らしを混乱させ、こみ入らせようとも、母が父を愛し、父が母を愛したことだけは確かだ。決してそれを疑ったことはない。

外交官をつとめた長年のあいだに様々な種族の代表と出会ったが、相手の気持ちをほぐす必要によく迫られた。秘訣のひとつは、人生の伴侶とのなれそめをたずねることだ。話は当然、種族ごとにまったく異なる。たとえば、アンドリア人のシェルスレスは、その生態上四種類の性ひとりずつのパートナーからなるグループが、それぞれの子どもをもうけるという文化的な義務を負う。見合いの段取りはきっちりと様式化・儀式化され、セレモニーで固められている。

　性交渉についてよりざっくばらんな種族（地球人も含まれるかもしれない）にさえ、語るに足る逸話がある。この種の話はほぼ、どの星にも見られる。非常に孤高な隠遁（いんとん）生活を送るカレストリアの住人でさえ、昼夜平分時（イクワノックス）に楽しむつかの間（ま）の逢瀬について語る（なぜ知っているのかと問われるかもしれない。一度だけ、連邦から派遣され使節として彼らの星を訪れた際、一時間ほど代表と会談したことがある。たどりつくまでに数週間をかけた苦労を思うと一瞬だったが、彼らの基準では長時間だ。とはいえそのような話を聞くだけの時間はあった。「ほらこのとおり」われわれはしばしば、そういいたくなる衝動に駆られるらしい。互いにつながる能力があると他者に納得させたいとでもいうように。「われわれだって愛せるのだ」と）。

　だが、父がどのように母に求愛したのかという話は、わが家では語られなかった。後年地球を訪れ、地球方の身内をよく知るようになったとき、祖母とおじにあらましを聞いた。アマンダは多感な時期、バルカンの歴史と哲学に深く惹きつけられ、彼らの日常生活の一部になっている瞑想の習慣にとりわけ興味を持った。一部には、アマンダの母方の祖母が携わった宇宙生物学上の画期的な研究から、自然の流れで（わたしの曾祖母は、その分野では名の知れた複数の施設で様々な役職についていた）。一部には、進取の気性ゆえに。

　バルカンの長い歴史に、母はなぜか魅了された。おそらくは、その矛盾性に。血なまぐさい過去と、秩序ある現在。単にロマンをかきたてられたのかもしれない。空想的な異世界に魅了され、はまりこんでしまう青少年は少なからずいる。母の場合、空想世界は現に実在した。そのような時期はそのうち終わり、母は教師か教育専門家、おそらくは母親と同じ教育心理学の道に進むだろうとわたしの祖父母は考えていた。そして実際にそうなるかと思われた。アマンダは児童や青少年に学習能力の開発法を教え、知識はもちろんのこと、好奇心や疑問を呈することのできる理解力、答えを見つけるための手段を臨機応変にとれる能力を深めるのに、最も効果的な方法を発見できるよう導くのが好きだった。大学ではその分野を専攻した。

博士号課程に進むと、アマンダの研究は精神の可能性を限界まで極める訓練に興味の幅を広げた。様々な瞑想テクニックを研究するうち、バルカンの瞑想習慣への興味が再燃する。バルカン星の大地を踏むに先立ち、母は〝コリナール〟のとある側面を実践しはじめた。このことばは、ふたつの密接に関連した行動を表す。感情を完全に捨て去ったことを示す儀式、そしてまた、その境地に達するために行う一連の精神修養のことでもある。バルカン人のすべてがその境地に至るわけではなく、プロセスを疑問視する地球の心理学者も少なくなかった。母は興味と能力ともに恵まれたまれなケースだ。また、〝フロー〟という概念の専門家にもなった。最も自然かつ無意識の創造性を発揮するときに地球人が入る捉えがたい精神状態のことで、実証ずみの方法を厳密に適用するバルカンのやりかたとはかけ離れている。

母は単に宗旨替えしたのではないと理解するのが、重要だと信じる。大学院での研究のしめくくりに、母はバルカン星にある〝タン・サハット〟を実践するための施設に招かれた。タン・サハットというのは比較的新しい修養法で、テクニックに厳格さをそれほど求めないため、バルカン人以外の種族にとっては多くの点でとっつきやすい。当然、母は本場の修行の地に赴き——ここで、地球人の親族が提供できる情報は途切れる。アマンダはバルカンへ発ち、家族の把握しているところでは、三ヶ月間この星にとどまった。三ヶ月目の終わり、母はわたしの祖父母に連絡を入れ、婚約をして地球には帰らないと告げた。

祖母は、話がこの部分に来ると押し黙った。祖父をうながすと、「娘はどうやら彼にぞっこんだったらしい……」といった。父に当てはめるには、興味深いことばだ。わたしなら、父を魅力的な男とはいわない。厳粛な雰囲気は確かに持ち、カリスマ性ではないが、好意的な意見を引きだしたいと思わせるような資質を持っていた。アマンダがバルカン星になぜか魅入られたという解釈は、安易すぎるだろう。滞在中、思春期に抱いた思い入れが再燃し、この星の呪文にかかり、終生残ることにした——そのように考えた祖父母が、突如としてバルカン星に完全に移住してしまった母をどれほど恋しがったか、わたしは知っている。祖母は亡くなるまで、母の選択した道は本人を幸せにしなかったと信じた。立派だったのは、父との結婚を決めた母に戸惑い続けながらも、祖父母はわたしにその思いを向けることはしなかった。母の選択は気に入らずとも本人の意志を尊重した。

だが、もちろんふたりの心情は知っていた。そして実のところ、その戸惑いを何度も共有した。母が——知的なだけでなく情熱的、ほとんど底なしの愛情にあふれた女性が——この星の何に惹かれてやってきたのか、いまでもときどき不思議に思う。確かに、バルカン人は——わたしの旧友がよくいっていたように——冷血な堅物だ。愛情に欠ける。わたしは首をひねった。この星の、そしておそらくわたしの知る中で最も厳格な人物である父の、何が母を虜(とりこ)にしたのか？　疑問の答えは、大部分得られずに終わるだろう。どちらも故人となって久しい。母はバルカンの習慣をいくつも実践していたものの、タン・アラットは書いていない。若い頃から日記をつけていたのは知っており、書いているところを何度も見たのは確かだが、見つからなかった。生前に破棄したのか、それとも父が死後に処分したのかはわからない。おそらく母は日記を自分のための道具、感情を吐きだし精神の平安をもたらすための手段としただけなのだろう。だが、一部なりと残っていればよかったのにと思う。母のした選択、まだ不透明なその理由を、いくらかでも解き明かせていれば。わたしに知り得るのは、自分の目で見たことに限られ——両親の結婚は末永く続き、そこから導かれる論理的な結論として、母は父を愛した。また、わたしの心中では一点の疑いもなく、母は父の生涯最愛の人でもあった。

そしてむろん、わたしが母のしたこの選択を嘆こうわけがない。この一文を書きながら母がつけていたペンダント、バルカン哲学の神髄のシンボルを、再びありありと思い浮かべている。人生のもっと早いうちに、その意味するところをしっかりと理解していたらと思う。型にはめた自分のふたつの半身のあいだで、永遠にもがき続ける必要はないと理解していたら。宇宙は深遠にして広大であり、その混沌たる多様性は自我の分裂ではなく、完全な、より持続する同一性を実現した末にある。他者の中の違いを受け入れたとき、自分自身がより完全に近づく。おそらくはそれが、二十四歳の母が家と家族を永遠にあとにして年のかけ離れた男と結婚し、自分を大なり小なりよそもの扱いし続けた世界にとどまる選択をした、真の理由だった。

幼少期、母がいつもそばにいたとすれば、父サレクはより遠い存在でありながら、威圧的な存在感と彼の成し遂げた偉業の重さが、早い時期からわたしにのしかかってきた。一家三人の住む屋敷は、祖先を讃える記念碑さながらだった。成長してからは、家族の歴史を父自身がどれほど重荷に感じていたのかを思いあぐねた。当時はもちろん、屋敷のあらゆる隅から見おろすスコンやソルカーの彫像と、父は大差なかった。代々連綿と続く大使たち、首脳級の母星代表として同盟を組み条約を締結し、同時にまた、文化と学びと芸術の男たちでもあった。

曾祖父のソルカーはバルカン人初の地球駐在大使で、当時は超一流の音楽家だった。祖父スコンは惑星連邦評議会に何十年も籍を置き、スラクの作品のみならず、仰々しくて味気ないとさえいえるトゥパラースの田園詩から、セラットの力強い叙事詩、サウームの歯切れ良い清涼な詩までも英語に翻訳した。

そしてわが父は、彼自身が尊敬される大使であり、一日二回瞑想し、わたしの知る中では最強のカル・トープレイヤーでもあった。彼らがわたしの先達であり、一族の歴史と代々の先祖を幼少時に暗記させられた。死者たちの名前は、遠距離でことばを交わすだけの、地球に住む生身の地球人の身内よりも様々な意味で存在感があった。バルカン人の先代たちの顔は、いつもそこにあった――たとえ話しかけも、導びいてもくれなくとも。

家族の伝統を守り、ゆくゆくは、最低でも大使になるよう期待されていることを、幼い頃から意識した。結局は父の息子である以上、これらすべてを背負わされる。また、おそらくは両親が思っているより早くから気づいていたのは、わたしの成長にかけるふたりの期待が、先の息子がひどく残念な結果を迎えたためにはね上がったことだ。半分血のつながった兄のサイボックは、子ども時代常に身近にいたわけではないが、彼の名前が話題にのぼることがあれば、そのたびに家族に冷や水を浴びせた。兄にまつわる知らせが舞いこむたび、父の唇は決まってきつく引き結ばれた。表情は石になった。父の目がわたしに向けられるのを意識し――二度目のチャンス、そうだ、だが危険な賭けだ、半分は地球人なのだから――そして、わたしの肩にかかる重しがいや増すのを感じた。

当然、自分は偉大な一族の伝統に値する跡継ぎだと証明しようとやっきになった。これはプライドでも、それ以外の情緒的な衝動でもなく、生まれついての特権を最大限生かすという完全に理にかなった望みであると自分にいいきかせた。週に二度、父はスケジュールの合間を縫ってわたしの勉強を見た。父が基礎だと信じるものを教えこむためだ。論理の基礎、理性的・科学的なものの見方、自制心と注意力をもってとり組むための精神のととのえかた。はじめに父としばらく瞑想し、そのあと今日の課題にとりかかる。シンプルな論理ゲームで原因と結果、演繹能力、証明のしかたを学習する。より複雑なアレンジで着実にカーシラ（竪琴とリュートに似た楽器といえばご想像いただけるだろう）を奏でるための音階。データを組織だった順序で配列する方法。

父による教えは多大なインスピレーションと深い混乱、両方のもとでもあった。わたしの記憶通りならば、二、三学習上の困難に直面した。たとえば、父がトロールの『瞑想』から簡単な警句を引用して読む場合、一、二度聞けば繰り返せた。音楽は、やはり聴けばすぐに演奏できた。だがほかの面においては明らかに苦戦していた。簡単にいえば——文字が読めなかった。バルカン人の子どもはたいてい三歳にもなれば第一言語で流暢に読み、五歳には第二、第三言語で読めた。だがこの暗号が、わたしには解けない。ページに記されたかたちが変形して動く。上が下になる。左が右になる。奇妙で変わり続けるシンボルに意味を通せなかった。すぐそこにいる無表情な父の存在は、確実に助けにはならなかった。父はしばらくわたしの音読を聞き、それから本をとりあげると閉じた。それ以上は何もいわなかった。しばらく、カル・トーを一緒にやった。カル・トーは古代の戦略ゲームで、小さな棒のタハーンを使い、三次元の複雑なかたちを組む。ソリティアの要領でひとりでもプレイできれば、対戦も可能で、それぞれが選んだ異なるかたちを完成させるべく競争する。あるいは父とわたしが好んだように、ともに共通のゴールに向かって組んでいく。ゆっくり、ふたりの前に横たわるカオスから秩序を創りだし、最も美しく秩序だったかたちに組みあげる。カル・トーは常に、わたしと父双方の気持ちを静める効果があった。静かなゲームを一緒にやり、ことばではなく、秩序と単純さと美への欲求をわかちあう純粋な楽しみで交流するひとときが、父にまつわる最上の思い出だ。ときどき、とりわけ難しい問題を解いたとき、感情――プライド――を抑えきれなかった。

「感情を制御するのだ、スポック」父はいった。「完成させたことそれ自体が報酬だ」そして、わたしは父といるという単純な事実と、協力しあって得た知識に喜びを見いだすことを学んだ。

だがそのどれも、わたしのできがよくないという事実は隠せなかった。この頃には――四歳か五歳になっていたはずだ――このもたついた子どものどこかが正しくないのは誰の目にも明らかになった。さらに、口にこそ出されなかったが、常につきまとったのは、わたしの問題は半地球人である不幸な事実、逃れようのない状態に起因し、いたるところにいる先祖たちが築いた高みへ届かせようとする足を確実に引っぱっているとの示唆だった。ソルカー、スコン、サレク……それに続く四人目の名前は現れない、御先祖並みに傑出した跡継ぎの出る望みは絶たれたと信じる者が周囲にいると、おぼろげに理解しはじめた。生粋(きっすい)のバルカンである長男が挫折したのに、半地球人の次男が成功するなどと、どうして期待できよう？

わたしが大きすぎるハンデを背負っているのは誰の目にも明らかだった。誰にも。ひとりの特筆すべき例外をのぞいては。母だ。他人がどれだけ疑おうと、アマンダはわたしを理解する鍵が存在し、時間と忍耐と根気をかければわたしの中にあるものを解放できると、一瞬たりとも疑わなかった。そのような確信は、子どもにとってすべてを意味した。母の揺るぎないわたしへの信頼は、将来わたしがときには自分を見失いかけたときでさえ、崩し得ない礎（いしずえ）となった。

以上のことから、わたしの生まれに反し、幼少期の生活はほぼバルカン一色に占められたと思われるかもしれない。だが、わたしの出生地であるシカー市は、アルファ宇宙域一多様な都市だとの評判を長年ほしいままにしてきた。偉大なる文明の首都であり、大使や外交官多数が住み、訪問者と旅行者の大勢が目的地に選ぶ都――シカー市はバルカン哲学の原理が最も色濃く体現されている。われわれの強みは多様性にあり、相違を許容し様々な個性を讃え、祝福し、尊重する。

シカーは過去からほとんど変わっておらず、いま現在でさえ、通りを歩けば子ども時代に簡単に戻れてしまう。わが家は旧市街の一角にあり、広大で厳めしい住居群の中には何千年も前に建てられたものもあり、整然とした敷地と庭園の中にたたずむ。それでも短い散歩に出るかエアカーを少し走らせれば、ほぼ別世界に行けた。先祖代々が住んだ屋敷の、音のよく反響する玄関ホールを出たとたん、母とわたしは百以上の大使館が立ち並ぶ、活気あふれる現代的な商業地区をそぞろ歩いていた。見渡す限り、あらゆる星々のアートと建築を――そして何よりも、自分の街にいながらにして、様々な種族の人々を目にできた。一度、ゲッテニア大使館前の冬の庭園に母と腰をおろし、一時間で何種類の種族を見かけるか数えたのを覚えている。一時間が過ぎる頃、その数は四十六に達した。すると母が自分の胸を指して「四十七」といい、それからわたしのほおに触れ、こういった。「四十八」そんなとき、わたしの手に入る証拠のすべてが、たとえ地球人の血を半分引く子どもであっても、バルカンでは場違いな存在ではないかもしれないとほのめかすのだった。

　母がシカー市の多文化の特徴をわたしの幼児教育の礎にしたのが、いまではわかる。早期かつ徹底的に、異なる文化、食べもの、アート、舞台に触れさせたのが、いまではわかる。初めてガーグを見たときを覚えている。ボウルの中でうごめいていた。のどを通っていく感触を想像し、生き物を生で食べる習慣がバルカンにはなくてほっとした（母はバルカン星に来る前からベジタリアンだった）。商業地区を訪ねたときを思い出す。物売りとストリート・パフォーマーたちが注意を引こうと競いあっていた。この場所で、アンキリア影絵の神秘に初めて出会った。くっきりした影と真っ白なスポットライト、物語の合間に鳴っていた鐘の音。カル・トーの早組み競争のプレイヤーたちの技に立ったまま見入っていると、母が優しく「行きましょう」と耳打ちした。ジャラニアの剣術家たちの俊敏な舞いと華麗な衣装を眺めた。屋根つきの巨大な市場で売られていた布地の感触——指のあいだを優しく流れるインカリアン・ウールの柔らかさ、ソリア・シルクのなめらかさ。百の世界からの香辛料が混じりあったにおい。シナモン、インシリット、テラライト・グレイペッパーの鼻を刺すにおい。いまが盛りの生命（いきもの）が、あらゆるかたちの生命（いのち）を愛（め）で、謳歌している。異なるものと肩を並べて生きることで矮小化することはない。よりよく、豊かになる。

　だが、わたしの一番好きなふたつの場所は、間違いなくバルカンらしさの神髄といえる。シカー市の中心に、スラク記念公園が据えられている。せわしない大都市の中心を占める、広々とした静かな空間。終日大勢の往来があるが、なぜか静謐（せいひつ）さを保ち、もの思いにふけるに適した場所だ。立ったまま池の水の反射を静かに見つめる者がいる。小さな庭のひとつに座り、瞑想している者もいる。母とわたしにはお気に入りの散策コースがあり、赤い葉の繁るキルシットの木の迷路を抜けると、スラクの銅像が巨大なコール・ウト・シャンの石造りのモニュメントと向かいあっている。後者のほうを前者よりもよく眺めては（凍りついた顔なら自宅でじゅうぶん見ている）、とてもやすらかな気持ちになった。やがて母にうながされ、そばの地面に腰をおろす。

「ここに来てお座りなさい、スポック」母が自分の前の地面をたたき、わたしは座って足を交差させ、母を見た。わたしの両手をとり、母が微笑む。「目を閉じて」

閉じたくなかった（母の顔を見るのが大好きだった）が、逆らうのもいやだったので、いわれたとおりにした。わたしたち――母と息子、わたしの小さな手は母の手に包まれ、目は閉じ――は向かいあって座っており、すると母がいう。「息をして、さあ。規則正しく息をしなさい。わたしに合わせて」

母に合わせる。母の手が上下するのを感じ、ゆっくり、わたしの呼吸が母のリズムに重なっていく。「聞いて」母がいう。「周りの世界を聞くの」

池の水が静かに寄せて返す音。通りすぎる人の小さな足音。いまという一瞬を捉えようとする誰かのため息。母はもちろん、瞑想の初歩を教えていた。精神を澄まし、集中する――ここに来るのは父の期待をとりわけ重く、距離の近さをひどくわずらわしく感じる日であることに気づいたのは、しばらくしてだった。

ときどき、たとえ静かでも人が集まりすぎたように感じるとき、母とわたしはゴンドラに乗ってシラカル運河を下った。シカー市への訪問者はたいてい運河から一、二キロまでの、親しまれたルートしか行かないが、地の利のある地元民はひと目につかない、ほぼ人のこない水路を知っていた。運河に沿って三キロほど行くと静かな係留ポイントがあり、そこに舟をつないで降りる。滅多に人影はない。おそらくはファタールの木の下で静かに瞑想している人がいるくらいで、わたしたちはいつも彼らをそっとしておいた。ここに来たのは、ある目的のためだ。

過去、周知のように、かつてわれわれの文明は暴力的かつ残虐だった。互いを顧みず、周囲の生命の多様性を顧みなかった。われわれは狩りをした。食べるためのみならず、娯楽のために。興味深い現象だ。非論理的な征服欲、それに自身の消失への恐れが明らかに根底にあり、そのような個人が脆弱さと臆病さをあれほどあらわにさらけだすなど、ほとんど驚きだった。だがそれこそが、無思慮、無分別なために苦しみながら生を送る者たちのしてきたことだ。バルカン人は文明と哲学のすべてを傾けてそのような害のある衝動を抑制した。それでも達成する前に、たくさんの命――そして種が失われた。

　とはいえそれ以来、多少の謙虚さ――と多少の知恵――を学んだ。スラク哲学の普及によって秩序がもたらされ、研究し、学ぶ自由を保証する平和を手に入れた。もちろんこれが、われわれの到達した科学と技術、とりわけ遺伝子工学の大いなる進歩の夜明けとなる。他の星においては、遺伝子工学は最も忌まわしい誤用がなされ、身体的、精神的能力を大幅に高めた個人を創りだしたが、それは彼らのモラルを奪うにも等しかった。バルカンにおいては違った。遺伝子工学はその修復能力のみが利用されてきた。過去の暴虐により絶滅して久しい種に命を吹きこみ、再びこの星で棲息（せいそく）できるようにした。バルカンを訪れた者は、惑星中の自然保護区でそれら努力の成果を目にできるが、ここシラカル運河の静かな水中に、いまでもわたしが宇宙屈指とみなしている深遠な光景が見られる。バルカンの川を泳ぐオクタスの群れだ。

　貴殿はよく旅をなされる、ジャン＝リュック。おそらくはご自身で目にされたことがおありだろう。もしなければ、そしてオクタスをご存じなければ、貴殿の星のイルカに似た生き物をご想像いただきたい。流線形の体を持ち、はしっこく優しい知性をほぼはっきり感じとれる水生哺乳動物。好奇心旺盛で、間違いなくそれが彼らの凋落(ちょうらく)を招いた。われわれの祖先に近づきすぎ、この美徳を無情にも搾取されたのだ。旧バルカン世界が終焉(しゅうえん)を見る頃、オクタスは絶滅した。のちに、苦労の末に獲得した知恵によってわれわれは彼らを現代に呼び戻した。そしてこの場所、銀河文明の中心にして最も活気ある都市の目と鼻の先で、彼らは再び泳ぎ、潜り、空気を吸いに水面に出ては、彼らの戯(たわむ)れる姿だけでなく、存在するという単純な事実に魅了されているわれわれをのぞき見る。

この場所でオクタスを見たのが、異種生命体(エイリアン)と真に遭遇した初めての経験だと、わたしは固く信じている。シカー市に住む多数の種族はわたしにとって旧友のようなものだった。だがこの生き物——わたしの星に生まれながら、時を超えて来たも同然の——は、わたしに畏怖の念を抱かせる特質を備えていた。命はつながりあっているという深遠なセンス・オブ・ワンダー。あの生き物を見て覚えたのは、幼心——完璧な息子になろうと絶えず努力していた——なりの理解では、単純な興味ともっとよく知りたいという願望だったが、正しくは、自分とはまったく異なる存在との意味のある意思疎通、違った種とつながることへの強い憧れだった。あの生き物と、精神融合(マインド・メルド)したかった。彼らの意識を通して世界をまるごと認識し、彼らには世界がどう見えているのかを理解する。運河に座り、オクタスを眺め、未知のエイリアンに初めて触れ——もっとよく理解したいと願った。その願望をかなえるのはずっとあとの話で、渡るべき川はたくさんあった。

マイケル

わたしの地球人の友人や家族が本稿を読むとしたら、幸せな幼少期を送ったと思うかどうか、間違いなくわたしにたずねるに違いない。当時であれば、この問いに答えることはできなかっただろう。わたしの身体的、知的安寧(あんねい)を案じる大人たちに囲まれ、彼らの主たる関心事が、優秀になりたいと自ら強く望み実現するわたしの姿を見とどけることにあったと、正しくわきまえていた。また、非常に大切にされ、ゆきとどいた世話を受けているのを疑った記憶もない。周囲の期待は高かったが、それは重荷であるのと同等に、尊重されている証(あかし)とも受けとめた。〝幸せ〟かどうかという疑問は浮かばなかった。いまでは、もちろん、旧友ボーンズのわめき声が心の奥でする。

「ばかか、スポック。お前がいってるのは幸せじゃなかったってことだ。幸せじゃなかった、んだ！」

過去をふり返れば、わが家の状況がどれほど複雑だったかがわかる。

母は、間違いなくわたしが情緒の安定をはかるための要であり、母がそばにいれば自分が受け入れられているのを感じて落ちつけた。母は他者を安心させる並はずれた能力を持ち、わが家に立つ荒波を静め、というか、少なくとも、絶えず表面に出ようと水底で渦巻いている流れを抑えこんだ。人生の最初の数年間、家族三人——母、父、わたし——は、一種のバランスを保つのに成功しており、わたしの半分地球人の遺伝子が呼び起こす疑惑でさえそれは崩れなかった。わたしが六歳になったとき、それまでの短い期間で最も混乱するできごとが起き、その均衡は永遠に終わりを告げる。降って湧いたように、わたしに姉ができた。

新たな兄弟姉妹の出現は、どんな子どもの生活であろうと混乱をきたすものだが、とりわけ母親の愛情をひとり占めしていた子どもへの影響は著しい。友人や同僚の、兄弟姉妹との関係を長年にわたってしばしば観察したが、一番健全な家庭においてさえ水面下の競争は続き、両親の関心をめぐる競争は決して決着しないらしかった。それはだいたいにおいて、ふたり目の子どもが生まれたときに起きる。新生児は当然両親の注目を要し、年上の子どもは地位が脅かされて二番目の存在になりさがった感覚に襲われる。非常に気の回る両親ならば、それについてあらかじめ準備し手を打っておく。わが家の場合、状況はひどく違った。自分たちの堅固な輪に加わったのは、ずっと年上の子どもで、恐ろしくも暴力的な喪失をごく最近こうむったばかりだった。当家に来る直前にマイケルの身に起きたことを思うと、いまさらながら自分の態度に恥じいる。また、哀れにも思う。これから家族が経験しようとしている驚天動地の変化を、露ほども予想していなかった少年を。

まったくなんの備えもさせてくれなかったという意味ではない。父がマイケルを迎えにバルカンを発ち、連れ帰るあいだに、わが家にもうひとり子どもが加わると、母からはっきり聞いている。母によればマイケルは年上で、地球人だった。両親が亡くなり、そのせいで悲しみにくれ、孤独だという。その点を頭に入れておき、わからないことがあれば聞いてほしいといわれた。母の配慮が足りなかったとはいえない。だが子どもはときどき、いわれたことを完全には理解できない。自分の勉強――カル・トー、楽器の練習、それに相変わらず読解に苦労しているのを父がますます憂慮しているのを感じ――で手一杯で、事情をいまひとつ飲みこめていなかった。地球人の子どもがくることはわかったし、しばらく家に滞在するのも了解した。相棒ができると思うと期待もした。だが、それが今後ずっと続くとは理解していなかったと思う。

マイケルが来た日のことは、鮮明に覚えている。母と自分の部屋にいると、父とマイケルが家に向かってくる足音を、母が聞きつけた。突然、わたしは恐怖でいっぱいになった。いったい何者なんだ、その子は？　家にもうひとり、子どもが増えることの意味は？　おそらく何かを感じた母がこういった。

「ここで待ってたら？　スポック。わたしが迎えに行く。自分のお部屋で会うほうが安心でしょ」

母はひとりで出ていった。しばらくして母のあとを追って部屋を出、急いで階段の下り口まで行くと、心を落ちつけた。興奮してはしゃいだらたしなめられる。玄関ホールを見おろす。わたしに見つくろってきてくれた新しい姉を見たくてしかたがなかった。ドアが開き、父に続いて少女が入ってきた。わたしは一歩前に出た。少女が物音を聞きつけ——頭を素早くめぐらして、わたしを見た。少女の目が——大きく見開き——一瞬わたしを見据える。わたしを記憶にとどめるのを見た。脅威ではないと判断するのを見た。そして、その子の注意がそれるのを見た。すぐに何も見ていない、感情を隠した空虚な表情に戻る。ずっとのち、宇宙艦隊に何年も服務したあとで、それがトラウマだと思い当たった。あのまなざしを何度も見ている。たとえばサービック、もしくは少なからぬ若い少尉が、白兵戦（はくへい）を初めて実体験した直後に、知覚を備えた他者の暴力的な消滅に立ちあう恐怖と悲嘆を、真に複製できるシミュレーションは存在しないと悟ったとき。あの子ども、マイケル・バーナムはそんな目つきをしていた。それはわたしをおびえさせた。父の緊張した顔つきも。あの瞬間、この少女は相棒にはならないと悟った。あの子は分裂と混乱と不和のもとになる。

　母が歩みよって少女に話しかけた。なんといったかは聞きとれなかったが、ことばの温かみが感じとれ、とたんに、母の愛情の泉がもはや自分だけのものではないのを理解した。母をわかちあう、わたしをおびえさせる他人と。もはや耐えがたかった。部屋に駆け戻る。机について、画帳（ドローイング・パッド）を取りだした。母がペンで記号を書くのに慣れさせようと与えてくれ、思いついたものをなんでも描くよう、自由にペンを動かすよう励まされた。そうすると集中しやすくなり、落ちつけた。このときは違った。記号は逆上して怒りを体現し、デザインというより落書きになった。

階段を上がり、廊下を歩く足音が聞こえる。両親があの子を連れてきたのか？　部屋に入れたくなかった。追い払いたかった。父がわたしを呼び、わたしが彼女にバルカンの知識を教え、友人となることを期待した。わたしはなりたくない。ふり返りざま、パッドからイメージを投げあげ、おとぎばなしに出てくる炎の獣ヨンティスラックのホロに投影すると、わたしにできる最上のやりかたで少女に自分の意志を伝えた。

あっちへ行け。

トラウマを負った子どもの世話を引きうける準備を、両親が怠（おこた）ったとはいわない。ふたりは非常に知的かつ洞察力のある人々であり、母はとりわけすばらしい知恵と、深く不変の愛情を持ちあわせていた。だが、わが家が根本的に変わってしまったという現実が、両親を驚かせたのは確かだ。わたしは自分の感情に混乱し、その激しさは、わたしが両親の期待に添えないさらなる兆候であるのを心配した。最も安易な道は——まだ原因と結果の単純な思考モデルを採用している幼心には——責任を少女に負わせることだった。部屋にひとりでいるときに深い不満の種を心中に植え、そのあと毎日せっせと育み、やがて花開かせた。

落ちついて穏やかに暮らす一家が受け入れた十歳の少女は、深く悩み、ショックを受け、多くのサポートを必要とした。それは母にしか与えられない。母が父を説得し、トラウマを負った子どもを引きとらせた。感情面のケアの重荷は母が引きうけた。そのあとの数週間、数ヶ月間にとったわたしの態度は申し開きできない。マイケルに嫉妬した——それだけのことだ。もはや母の注意を一身に受ける身ではなくなったことに怒り、赤の他人とわかちあわねばならない苦い思いをひとりかみしめた。市内を散策する大切な小旅行を、母とわたしは――わたしの心証では――この厄介者の第三者に邪魔された。母とふたりで訪ねた場所をこの少女に見せても、満足はひとつも感じなかった。さらに悪いことに、マイケルがふとした景観や何かに興味をかきたてられたときに、母がたいそう喜ぶのを目にした。キルシットの木から落ちる赤い葉に。マーケットの様々な光景や音に。母はわたしの嫉妬を甘やかさなかったが、ひとつの点で、わたしの気持ちをおもんぱかった。もしマイケルにオクタスを見せに連れだすことがあれば、わたしは同行しなかった。しばらくすると、母はふたりを別々の散歩に連れていくことにした。またふたりきりになってうれしく、母がマイケルと外出しているあいだ、わたしは家の裏手の小高い山にのぼった。ひとりで歩きまわるのは父がいい顔をしなかった（いまにして思えば、大使の息子は政敵のいい標的になり得た）が、父が認めなかったにもかかわらず、わたしは控えなかった。ひとりきりで戸外にいると、わたしの中に宿っているらしき怒れるヨンティスラックが静まった。

この時期、わたしはバルカン学習センターの入学に備えていた。作法やしきたりが厳格に定められた重要な通過儀礼といってよく、子どもが家を出て、より広い学びの共同体に入る最初のステップとなる。だがこの大事な行事さえも、わたしの心証では、同時にセンターに入る目障りな新顔の姉に水を差された。マイケルはもちろんわたしと一緒に入学し、わたしの就学準備はいままでは彼女と一緒に進められ――そしてマイケルはもっと広範囲に及んで学ばなければ、他の子どもたちに追いつけると教師を納得させられなかった。マイケルの失敗を密かに念じたが、両親の指導で向上しはじめた。それにひきかえ、わたしはあまり進歩がなかった。記憶力や身体的な敏捷（びんしょう）さは問題ない。だが相変わらず読み書きにひどい困難を覚えた。それを脇においても、両親がマイケルの進捗ぶりに少しでも注意を払うのを耐えがたい苦痛に感じた。

なお悪いことに、センターに入学後、マイケルの純地球人の出自のせいで、半バルカン人のわたしまでとばっちりを受けた。ふたりはすぐにいじめの標的になり、それですら団結して共通の敵に立ち向かうという話にはならなかった。この期間は家族の誰ひとり幸せではなく、子どもだったわたしが非難の矛先（ほこさき）を向ける一番手っとり早い相手は、家族の中の望まれない他人だった。もしマイケルが来なければ、とわたしは理屈をつけた。うちの家族はあるべきかたちを続けていたのに。母と父は、わたしだけを見た。学習センター入学は、もっとずっと楽だった。もちろんそれは間違いだ。わたし自身の半地球人の遺伝子は、変わらず子どもと教師双方の不信のもとであり続けた。難読問題は注意を要した。だが、マイケルを非難するほうが楽だった。

わたしのような子どもでも、マイケルのセンター入学は物議をかもさずにいられないのを知っていた。この期間は家の中を静かに移動する達人になり（たいして自慢にはならないが）、両親の会話を立ち聞きした。ある日、ふたりがこの問題を議論しているのが聞こえ、議論の激しさによけい不安を覚えた。ほかの家庭であれば、ふたりのやりとりをケンカといっただろう。声を荒らげも、怒りをあらわにもしなかったが、身ぶりのひとつひとつ、体と顔の張りつめた筋肉から、ふたりが下したマイケルを引きとるという決断の重さが伝わってきた。「おそらく代案を考えるべきだ」父がいった。「自宅学習に切りかえ、地球人のチューターをつければ――」

「センターの先生方がふたりに便宜をはかってくだされば、そんな必要は――」

「センターの方式はじゅうぶんに実証されている。子どもたちが向上しないのであれば――」

「ふたりともとても優秀な子たちです、サレク！」

「妻よ、ふたりを擁護したいという熱意は買うが、判断には冷静さが求められ――」

それだけ聞けばじゅうぶんだった。庭に出ると、マイケルがお気に入りの木の下に座っていた。正面に立つ。わたしを見あげ――わたしを見るたびに浮かべていたのは、あとから思えば、仲よくなりに来たのではという、いちるの希望だった。その希望はいつもあえなく踏みにじられる。わたしはいった。

「君なんか、うちにいらない」

マイケルがはっとなる。わたしの背中から、父の声がした。近づく音を聞き逃した。

「スポック、それは陰険で賢明とはいえない話しかただ。感情で話しており、理性ではない」

「事実の表明だよ」わたしは返した。父が二の句を告ぐ前に、わたしはきびすを返した。「スポック、ここに座りなさい」だがわたしは背中を向けて（実に反抗的な振る舞いで、わたしの意図したように、完全な不敬を暗示した）、家に入って自室にこもった。感情の嵐に震えていたのを覚えている。当時はなんと呼べばいいのかわからなかった。センターでの学習に苦労しているうっぷんと自己不信。母の注意が半分に減った悲しみ。厄介者の姉への感情的なケアがたっぷりなされる一方で、論理の冷たい手がわたし自身の日常により存在感を増していくことへの嫉妬。いまの気持ちを絵にしようと思ったが、その気になれなかった。一時間ばかりして、母がやってきた。ベッドのわたしのとなりに座る。つかの間躊躇したのち、母にもたれかかった。

「わかってますよ」と母がいった。「どんなにたいへんな思いをしているか。わたしたちが想像したより、ずっとたいへんだった。わたしはあなたの母親です、スポック。無条件で愛してる。全身全霊で愛してる」

母のすばらしい資質は相手を静める能力、癒やしと安心感を与える力だと前に話した。あの晩のわたしにもそれは有効だった。横になったわたしのそばに残り、眠りこむまで髪をなでてくれた。だが静まりかえった夜ふけに目を覚ますと、母の姿がない。恐怖で再びどきどきし、そのあとはやっかいな地球人の感情に無意識に襲われたときの常で、深い恥を覚えた。ベッドから抜け出すと家の外に出て、再び山に行き、戻ったときには空が白みはじめていた。

暴言は、わたしの思惑とはまったく違う結果を生んだ。わたしと過ごす時間と注意を増やす代わり、母はマイケルを二週間ほどエリダニD星に連れていった。マイケルの誕生祝いを口実に。だが家に置いていかれ、のけものにされたのを、拒否と屈辱と受けとめずにいるのは難しかった。父も似たように思ったらしい。母と姉が発った朝、父に呼ばれて会いに行くと、小さいほうの中庭に座っている。正面に立ち、手をうしろに組んで、父が口を開くのを神経質に待った。

父はしばらくわたしを見つめていた。人生もこの頃になると、父は不動の技をとっくに極めていた。わたしの目には先祖の像そのものに映ることが、生涯を通じてしばしばあった。動かざること岩の如(ごと)し。人生の終わり近くに、やっとひびが入った。今日、父は冷静に、真剣な目でわたしを凝視した。

「スポック、嫉妬は本能から生まれる。秩序だった精神の産物ではない」

父のいったことが真実なのはわかっていた。それでも、嫉妬の感情はとても深く――そしてその見返りに、ひどく恥じいった。またもや地球人の気質が、優勢であれかしと望んだバルカン人の気質に反撥(はんぱつ)したからだ。

「マイケルはお前の姉になったのだ。もう家族の一員だ。それを嫉妬し、憎んでも――悲しみと不幸しか生まない。そして、論理的ではない。憎悪、悲嘆、苦痛――誰が好き好むかね？」

わたしが好まなかったのは確かだ。以前の穏やかでバランスのとれた生活に戻りたかった――だが願おうと、それは起きない。父はその点を明確にした――父は嘘つきではなかった。

「強くなることは可能だ。反応する前に考えるよう精神に教えこめ。本能ではなく論理で行動するんだ。お前が選び、実行できる選択肢はそれだ、スポック。そちらを選択したいかね？」

わたしはしたいと返事した。

「賢明な選択だ」ここ数ヶ月で父からもらった一番ましな褒めことばだった。「もっと一緒に瞑想するかね」

その提案はうれしくもあり恐ろしくもあった。同意の印に、ただうなずく。

「たいへんよろしい、スポック。明日の朝また会おう。それまで勉強に戻りなさい」

わたしは急いでその場を離れた。だが勉強に戻りはしない。庭の塀を越え、家の束縛から逃れた。狭い小道をのぼって小山へ行くと、自然の厳然とした美と静かなわびしさに、いつも気持ちがやすらいだ。散策は父のいいつけに背くことになるのを意識し、当然、それが魅力のかなりの部分を占めた。だが歩いても心は静まらなかった。小山には――遠くからは禿げて何もないように見える――様々な動植物が息づいている。一時間ほど静かに腰をおろし、様々な岩の組成や、多肉茎植物のキルナやセス・カスティックの力強さを観察した。ときには、ごく静かに座っていると、シャタルが影から滑り出て、岩でひと息つくような調子で手のひらに載ってくれるかもしれない。この場所にいると満ちたりてやすらげ、父が何をいおうと、いいつけに背いて遠出をしたためにどんな特権がとりあげられようと、やめることはできず、するつもりもなかった。心を落ちつかせるにはどうしても必要だった。

母と旅行から戻ったときのマイケルは、以前よりも幸せそうだったといわねばならない。家から離れた場所でしばらく過ごしたことで、何かがふっきれたようだった。自分のコレクション用に本を何冊か持ち帰り、わたしにも一冊の本を持ち帰った。金箔を施した緑の表紙の大型本。心配しながら、そろそろと開く。たぶん文字が書かれていて、また読めずに苦労を――ところが、載っていたのは地図だった。たくさんの地図――だが古い、すごく古い。注意深く一ページ目のことばを発音したが、マイケルが遠慮がちに助け舟を出した。

「これは歴史を通じて作成されてきた地球の地図帳なの」マイケルがいった。「まだ世界のすみずみまで探検されていなかった頃の旅人や船乗りが描いた地図。実在していない場所もいくつかある。実際と違って見えたり、事実違う場所もある。もう存在しない国も……」肩越しに、マイケルは指でページに触れた。「こんな地図帳を前に持ってた。よく眺めてたっけ。すばらしい場所を想像しながら、発見の旅に出るのはどんなだっただろうって……」それから、おそらくは背後に父の気配を察してマイケルの態度がかすかに変わり、ややよそよそしく形式ばった。「この本にはあなたが興味を持つかもしれないことがたくさん載ってる。一緒に勉強できるかも」

「この本でたくさん学べると思う」わたしはそう返し、その評価は間違いではなかった。マイケルと一緒にこの本を眺めた、何度も――見知らぬ昔の国々（ストレンジ・オールド・ワールズ）、アトランティスやウルティマ・トゥーレのようなはるか昔に滅びた帝国、太古に沈んだ大陸を見つけて、自分たちの住む世界をまだ完全には理解していなかった星、わたしにも縁があるが、まだ訪れたことのない星の様相を描いたこの本について、よく思いを馳せた。地球へのわたしの好奇心、興味は、この地図帳でひどくかきたてられた。そこの住人たち――わたしのトラブルのもとである、奇妙で粗野な地球人たち――も、思っていたよりももしかしたら自分に近いのかもしれない。好奇心、探検し、理解したいという願望。何年もあとになり、この本は母の思いつきだったのではと気がついた。だとしてもわたしの目に映るこの贈りものの価値が、減じることはない。むしろ増えたほどだ。旅先で、愛情のしるしに時間をかけて贈りものを選んでいる母と姉の姿が目に浮かんだ。地図帳をじっくり眺めて過ごした時間を思い返す——マイケルと、またはひとりで——それらの世界がわたしに注ぎこんだ驚異、仲間同士で得られる喜び、ふたりのあいだにできた縁(えにし)を思った。

そのあと、マイケルとわたしが友人になる幸せな時期が来た。もう少し正確にいうべきだろう。わたしはマイケルの影になり、マイケルは年下の子どもの存在を、おそらくわたしが彼女に示したよりも強い忍耐心と寛容さをもって耐えた。ある日の午後を覚えている。部屋にある自分の所有物を、かたっぱしから姉に見せていた。ひとつずつ逸話を披露するわたしの話をマイケルが座って聞いた。お絵かきゲームをした。パッドに描いた絵に命を与え、互いの文化に伝わる想像上の生き物をかわりばんこに見せあった。わたしがヨンティスラックを見せれば、マイケルはクラーケンを見せた。カル・トーの遊びかたを教え、協力しあうより競争するほうを好んだ。おそらくすぐにマイケルはわたしを追い抜いたと思うが、勝敗は互角だった。ある日母が部屋をのぞくと、わたしたちがとなりあい、ボードの上に覆いかぶさっているのが見えたと、何年もあとに話してくれた。「わたしが最後に覚えているのがあの姿なの、スポック。ふたりとも、すごく満ちたりて幸せそうだった」母は再びふたり一緒に街の小旅行に連れだした。わたしはオクタスと一緒に泳ごうと、マイケルを誘ってみようかと思案しはじめた。

だがこの新たに落ちついた生活は、長続きを許されなかった。とりわけ、ふたつの事件がわが家に大きな変化をもたらした。ひとつめは――ご多分に漏れず――学習センターで起きた。母が原因で、わたしを再び標的にしようと決めた学友がいた。今回わたしは力で応じた。もちろんこの感情的な爆発は父の不興を買い、自制できるところを証明するため、わたしはカーズ・ワンをやろうと決心した。カーズ・ワンというのはバルカン人が若い頃に自分を試すために荒野をさすらうテストで、糧食や武器を持たずに十日間砂漠でサバイバル生活をする。

七歳ではこの試練に挑むには若すぎ、母が許したことにいまさらながら驚いている。おそらく、この儀式がわたしと父を近づけると考えたのだ。試練がわたしに自信を与えるとさえ信じたのだろう。マイケルは学友とバルカン・フォージまで遠足に行っていたが、そのとき思いがけなく親戚が訪ねてきた。セレクという名の、遠いいとこだ。わたしは彼を格別興味深い人物だと思った。いろんな面で、セレクは母を思わせた。落ちついて人を安心させる。他の面では父により近く、沈着冷静で注意深い。数日間の彼の滞在が多くの面で幸いした。

わたしの荒野行きは時期尚早すぎて、すぐに危機に見舞われた。山中で恐ろしい肉食生物に襲われたのだ。旅についてきたアイ・チャイアという名前のペットのセーラットと、幸運にも姿を現したいとこに救われた。セレクは神経づかみ(ナーブ・ピンチ)でル・マティヤを倒したが、アイ・チャイアは重傷を負った。わたしは助けを呼びに走ったが、延命すればわたしのペットがひどく苦しむとわかった。論理的な選択をし、苦しみから解放してやった。あの数日間の記憶はぼんやりしている。水分の不足と暑さで発熱した。だが、いとこをはっきりと覚えている。二年後にカーズ・ワンをやり通しに戻ったとき、恐れはなかった。長時間の山歩きが大いに役立った。暑さ――そしてそれがもたらす幻視(ヴィジョン)――は恐ろしくなかった。いとこの落ちついた様子の記憶が、わたしの精神を明晰(めいせき)にした。よく彼のことを考えた、とりわけ彼のもうひとつの贈りもののことを。神経づかみ(ナーブ・ピンチ)の一番効果的なやりかた。あれは、生徒たちの相手をするのに試みたどんな手段よりも格段に効いた。事件のあと、セレクとの正確な血縁関係を調べようとしたが、情報は皆無だった。小さな謎で、すぐに忘れた――何十年もあとになるまで。だが、話をもとに戻そう。

　学習センターに通う地球人の子どもは、クラスの暴君気どりよりもはるかに危険な人々の注意を引いた。子ども時代の留意すべき側面は、父が公人であったことだ。名家の末裔(まつえい)であるだけでなく、彼自身、惑星連邦の大使をつとめている。繰り返し、父はひとりで山にのぼるなと注意した。繰り返し、わたしは抜け出した。繰り返し、罰を受けた。ところが最終的には、マイケルが標的にされた。

　バルカン人の意識には、滅多に試されることのない隠れた種族差別がある。それは、この星が犯罪や暴力で滅多に乱されない平和な社会を実現し、平穏と安定は苦労して勝ちとったものであるだけでなく、個々人が攻撃的な本能を抑えこみ、手綱を緩めないように多大な努力を払って維持されているという理解から出ていた。その理解は、善良な人々であれば、どれほどたやすく不健全な衝動にとらわれ得るかを悟らせ、ますます自分を戒めさせる。臆病者たちには、不愉快な優越性を根づかせる。そして、ほかの社会同様、これは過激派を生む。最もおとなしいかたちとしては、バルカンの惑星連邦脱退を求める孤立主義運動が起きた。より不穏な支持者は、暴力に訴えた。惑星連邦のバルカン大使であり、地球人の伴侶と半地球人の子どもをもうけた父は、当然彼らの不興を買った。そしてあるとき、姉とわたしは彼らの怒りを向ける標的にされた。学習センターに爆弾がしかけられた。

　わたし自身は幸いにも、爆発の直撃は受けなかった。主に覚えているのは、警報が鳴り、チューターたちが冷静に生徒を安全な場所へ導いたことぐらいだ。警備員が爆発のあったエリアに急行した。母が来て、わたしを連れ帰った。

「マイケルはどこ？」母に手をとられ、わたしは聞いた。

　母の目に涙が浮かぶ。

「お母様？」

「心配しないで、スポック。すべてうまくいくわ」

　わたしが聞いたのは、マイケルは病院に収容され、しばらく入院するという話だった。ドア越しに注意深くまた聞きし、数日かけて断片をつなぎ合わせ、全貌をつかんだ。三分間マイケルは死亡状態にあり、唯一父との精神融合により生還がかなった。帰宅したとき、姉は小さく見えた。静かだった。父にそばにいてほしがった。その時期のものだろう、ふたりの鮮明な記憶がある。庭の木の下に、ともに静かに座っている。マイケルは父の肩に頭をもたせかけ、父の手はマイケルの肩に回されている。くやしさ——父のとなりに座るのがわたしではなかったこと——と同時に安堵——マイケルが父の存在にやすらいでいる——の両方を覚えた。

すでにトラウマを抱える子どもを標的にできる者がいるなど、いまだに理解できない。理由を考えてみようとした。論理が見えなかった。何ひとつない。だがそれがいまや、家族の日常の現実となった。当面、バルカン・フォージそばの安全な家に移り住もうと父が決めた。移動中は姉がどんどん沈んでいったのを覚えている。その夜、姉が心配だったのと眠れなかったため、ベッドから抜け出して姉の部屋に行くと、家出の準備をしていた。マイケルはわたしの安全を思い、こう諭した。わたしは安全な場所で育って当然なのに、マイケルのせいで家族が狙われた、と。わたしが一緒に行くというと、そのことばが彼女の中の何かを触発した。ふたりのあいだで交わした口論は、いまだに鮮明に覚えている。残酷になろうと決めたとき、子どもは狙いあやまたず相手の傷口を突く。

あなたに来てほしくない、 マイケルがいった。

ぼくの姉さんでしょ、わたしがいった。**愛してる。変な弟、**とわたしを呼んだ。**雑種のくせに。月みたいに冷たくてよそよそしいじゃない。**

バルカン人じゃない。地球人じゃない。気味の悪い、とり繕いようのない何か。マイケルがそういうなら、それは真実なのだ。彼女は去った。わたしは部屋に戻った。どれだけ泣いたか、想像がつかれるだろう。思い出してほしいが、まだほんの子どもだったのだ。マイケルがいったことはわたしを助けるための無器用な努力、わたしを追い払うことで守ってやれると考えたのだと理解できなかった。もっと年を重ね、情緒面で成長して、やっとそれがわかった。だが、このやりとり――マイケルがいったことの残酷さ、愛情を示すつもりだったにせよ――がわたしをかたちづくり、前に進ませた。二度と心を開かなかった、何年ものあいだ。二度と無条件で人を愛さなかった、長きにわたって。心の中でマイケルのいったことばの一言一句を何度も繰り返し反芻し、やがて心に完全に刻みつけ、教訓を学んだ。疲れ果て、やっとのこと眠りに落ちた。

次に起きたのは、わたしの人生を決定づけるようなできごとだった。はじめ、寝室の窓の外で明かりが点滅しているのだと思った。それから明かりはごく近くで光っているのを理解した。それがかたちをとるのを眺めた。赤い翼をつけた人影。マイケルと遊んだゲームでそれをなんと呼ぶのか知っていた。天使だ。赤い天使。夢を見ているのか？　目をこする。天使はまだそこにいた。泣きはしなかった。怖くはなく、単純に好奇心を抱いた。手を上げて、天使にあいさつした。お返しに、天使は幻視（ヴィジョン）、もしくは予兆としか呼べないものを見せた。姉が森の中で獣に襲われ、命の危険にさらされている。

気がつくと叫んでいた。「どうしたの？　マイケルはどこ？」彼女に投げつけられたことばで覚えた悲嘆と怒りのすべてを一瞬忘れた。気にかけたのはマイケルの安全を確認することだけだった。

「姉さんはどこ？」

だが、天使は行ってしまった。わたしはひとり暗闇の中、それでも見たことが真実なのは疑いなく、急がねばならない。家の中を走り両親を起こしていま見たことを話した。いまさらながら、不思議に思う。ベッドの脇に立ち、赤い天使が現れて姉の死を見せたと話すわたしは両親の目にはどう映ったのだろう。感心にも、ふたりはわたしのことばを真に受けて行動に移した。ヴィジョンから正確にマイケルの居場所を特定し――姉は見つけだされ、無事に家に戻った。父の理解したところでは、マイケルはわたしに行き先を話したが秘密にする約束をさせ、そのため奇想天外な作り話をでっちあげて両親をたきつけるのが、わたしにとれる最善の策だった。父にはそう信じさせた。もしくは、マイケルがいそうな場所をわたしが論理的に推測した。母はあまり確信がなさそうだった。あとで母にわたしの見たことを説明してほしいといわれ、子細に話した。話を聞くうちに母が懸念を募らせるのがわかり、口をつぐんだ。

「たぶん」わたしはおずおずいった。「ただの夢だったんだ」

「そうね。たぶんそうね」だが、母が心配しているのかわかった。兄サイボックの章で説明するが、現実と非現実の区別がつかなくなったのでは、と心配する根拠が、母にはいくつもあった。なんらかの合理的な作用が働いたとの両親の判断を、わたしは尊重した——姉から向かうあてのヒントを得て論理の飛躍が起きたというのが、わが家での公式な見解だった。だが、それが真実ではないのを知っていた。マイケルはわたしに何もいわなかった。マイケルがしたのは、わたしを遠ざけたことだけだ。わたしが経験したのは、現実だとわかっていた。どうやってかはわからないが、マイケルの居場所を吹きこまれた。「すべての不可能を消去し、最後に残ったものが、どれほどあり得そうになくとも正しい答えだ」わたしに起きたことを合理的に説明できる答えがあると信じるだけの教育は受けていた——わからないのは、その説明だ。経験したことの現実性を疑いはしない。だが周囲の大人に理解してもらおうとしても意味がないのを知っていた。待つ必要があり、やがては完全に解明できる日が来ると信じた。

マイケルが無事に戻ったとき、初めて姉がわたしにとって、どれほど大きな意味を持つのかを理解した。彼女がいなくなり、どれだけ悲しんだことか。ほとんど津波のように押し寄せたこれらの感情は、まるごと自分の胸だけにおさめた。再びマイケルの拒否にあいたくなかった。あまり姉のあとをついていかなくなったことにもし両親が気づいていたとしたら、おそらくは単純にわたしが独自の道を見つけたと信じたのだろう。わたしたちは別々に母親と遠出をする習慣に戻った。マイケルを誘ってオクタスと泳ぎに行く日はこなかった。

この時期のわたしの子ども時代が、不幸せ一色だったとの印象を残していくべきではない。マイケル・バーナムを家族に迎え入れ、両親の殺害場面を目撃して受けたトラウマを彼女が克服し、生きるすべを見つける手助けをしようと決めた母と父は、想定外の一連の難問に見舞われた。姉をめぐっては、両親が予想し得なかった複雑な状況がいろいろとあったが、この傷ついた子どもを養子に迎える役目を引きうけたふたりの勇気と思いやりは、称賛に値する。にもかかわらず、両親には違うやりかたをとれたかもしれないことが、たくさんあった。そしてマイケルとわたしとの関係において、多くの困難が、姉を得た結果としてこうむる多くの個人的な影響が、さらにこの先待っていた。彼女のいないわたしの人生はどうだっただろうと、ときどき思いめぐらしてみる。そのような問いかけにはもちろん答えなどなく、意味もない。

　後知恵は贈りものであり、この本の目的はそれだ。ふり返ること、老境に達したときには会得しているだろうことを望む心の平和と叡智をもってふり返り、若き日のできごと、過ぎ去った日々を年の功で省察する。わたしはいまだ平和を見いだしておらず、目前に迫る目的地をかんがみれば、叡智はおそらく身についていない。だが思春期前の悩める歳月が心の中でより遠くなるにつれ、試練と問題、心配と失望は薄れ、ほかの記憶がよりたやすく浮かんでくるようになった。姉の部屋のベッドに、ともに座るわれわれふたりの姿を思い出す。日が暮れかけ、ブラインドの羽根越しにのぞく夕日が燃えるようだった。室内には明かりが灯（とも）っている。マイケルの整とんされた部屋を照らす青と銀の明かり。廊下で足音がする。ふたりは一緒にベッドカバーの下に隠れる。するとドアが開き、たたずんでいる——アマンダが、わが家の強く優しい心臓部（ハート）が、ふたりを寝かしつけにやってくる。母はふたりをはさんでベッドで丸くなり、いま一度声を響かせ——とても優しく、とても忍耐強く——読み聞かせる。何も意味をなさない世界に転げ落ちていく子どもの冒険を、上が下で左が右、だが最後には道を見つける。悲しみと心の傷、誤解や失われた機会——それらはいまはもう許され、そして旅立ちとともに忘れられる。最後に残るのは——わたしが最後に残していくものは

——愛だ。

トゥプリング

学習センター爆破事件後は周囲の態度に変化が現れ、わが家の日常が大きく変わった。わが家とつきあいのある人々の底にしばしば潜む微妙な差別意識は完全には消えなかった（そして少なくともさらにもう一度、わたしたちの生活に大きな影響を与える）が、このときから目に見えて減った。この時期交わされた大量の通信にいま目を通してみると、爆発後、母と父が友人たちから心のこもった支援の申し出を多数受けとっていたとわかり、ありがたく思う。ある者は、バルカン優越主義の行きつく先を見てやっと目を覚ました。あれから何年もあと、両親の死後にそれらの文面を読み、子ども時代の知人――すばらしい知性と叡智を持つ男女、わたしが当時尊敬しいまも尊敬する人々――が、事件後、羞恥の念とともに学んで改めると両親に誓うことばに心を打たれた。

マイケルとわたし自身の立場から見ても、日常生活に直結する改善が見られた。学習センターに通う生徒の親たちの支持をとりつけた父が自身の大きな影響力を行使して、わが子ふたりの特殊事情にじゅうぶん配慮し、施設内においてコール・ウト・シャンの理念を厳守するようごり押しした。

学習センターで毎日行われる朝礼ではこの時期、周囲に存在する多様性に目を向けて受け入れるべしとの説教と戒めがひんぱんになされた記憶がある。たいていの生徒は説教を真面目に受けとめ、地球人と半地球人の学友に対する暴言が減り、かくして姉からと姉への怒りがともに減ったといえるのは喜ばしい。日々の生活でもめごとが減り、ひどく必要としていた心の平和を手に入れると、マイケルはどんどん勉強に集中しはじめた。すぐに成績が向上し——数年年下の弟にとっては悪夢だ！　とはいえわたし自身のこの時期の生活にも変化があり、明らかな文字の覚えの悪さがとうとう改善する。

わたしが識字に苦労しているのは合理的な理由があるとの見立てを、母はずっと貫いてきた。二重のルーツを持つ生い立ちが同級生の遅れをとっている理由だとの説を父がとっているのを、わたしは知っていた。マイケルが落ちつきを見せ、学業における明らかな成功でこの説を完全に覆（くつがえ）してみせると、常に論理の人の父は、息子の悩みにきちんと向きあうよう強弁する母の援護に回った。この件の母の入れこみぶりに、当のわたし自身が驚いていた。三十路（みそじ）にもならない母が、持論に矜持（きょうじ）を持つ——しばしば持ちすぎる——種族の住む異星に暮らす若い女性でありながら、自説を曲げなかった。センターがわたしのために手をつくしていると納得しなかった。父はこの闘いを主に母に任せたが、母が父の完全なサポートを受けているという事実をセンターはわきまえていた。そしてマイケルが才能を開花させていくにつれ学校もまた、おそらくわたしの問題には半分地球人であるという以上に、ほかに理由があることをしぶしぶ受け入れた。それでもなお、母が技術書を徹底的に漁り、症例にたどりつくまでに数ヶ月を要した。ページに記された文字を判読するわたしの能力に影響を与えた学習障害だ。〝ルタク・テライ〟。地球でいえば失読症が最もそれに近く、母自身が子どもの頃にそう診断された。だがルタク・テライはバルカンでは非常にまれで、教師はそのため兆候を見逃した。

この知識をもとに、また自身の経験から、可能な対応策のすべてで武装し、わたしが情報をより楽に処理できるように調整すべく母は突き進んだ。そしてゆっくりと、苦労しつつ、わたしの進捗に合わせて読みかたを教え、自信をとり戻す手助けをした。母の戦略はすべて、すぐさま効果を発揮しだした。混沌とした周囲の情報がすぐに秩序だつようになった。自分の能力を信じはじめた。

それ以降、学習センターでの勉強は着実に成果をあげていった。そのうち、学校で過ごす時間を楽しみだした。新しいデータを獲得するとひどく刺激され、わたしにはアクセス不能に見えたこの世界にとうとうアクセスできたのがうれしかった。とりわけ、われわれが受けとる事実に結びついているパターンを読みとるのが好きだった。バルカンで採用されている教育法を疑問視し、彼らが目にしているのは情報を無理やりつめこまれた子どもたちだとみなす者が少なからずいるのを知っている。学習ドームでわたしが経験したのは違った。毎日新たな洞察、新たな事実を与えられ、宇宙への理解を広げる役に立った。ドームが提供する日課と規律に鍛えられた。身につけた知識だけでなく、情報にアクセスして質問への答えを見つけ、複雑な問題を論理的推測で解決する速さの向上をひけらかして楽しんだ。記憶力――すでにとてもよかった――に磨きがかかった。人生で初めて学業に自信を持ち、急速な進歩が励みとなって、その日の学習を恐れるのではなく楽しみにするようになった。

また、部外者が注目するバルカン式教育法は、学習ドームに偏重しすぎている。カリキュラムがそのように狭いものであれば、合理性に欠けるだろう。われわれは瞑想し、音楽を奏で、武術を習う。わたしが好む楽器はカーシラだ。母の押しこみで、ピアノもたしなんだ。おそらく察しがつかれるだろうが、バッハの複雑なパターンに癒やされた。だが静かに、密かに、ショパンを演奏するときに要求される高いテクニックと感情的な緊張感に魅了された。センターの全生徒と同じくわたしはスース・マナを学んだ。明晰で抑制した精神が要求される武術で、本能を知力につなげることができる。後年、僚友のヒカル・スールーが柔道の実演をするのを見て、スース・マナと多くの類似が見られるのに興味を覚えた。彼を見ていると、わたしのふたつのルーツ同士重なる部分がまたもや見えた。彼とはよく、互いの武術で試合をした。接近戦は好むところではないが、わたしの選んだ生きかたでは、その手の技を使う必要に迫られることもしばしばあった。だが、どんな武術の師範であれ、ふたつのことを教える。いわく、戦いに勝つのははじめた者ではない、勝負を挑まれたら常に勝って終えるべし。適切な急所を突けば、神経づかみ（ナーブ・ピンチ）はたくさんの問題を未然に防げる。

わたしの変わりように見せた両親の安心ぶりは、ほとんど手で触（さわ）れるほどだった。母はよりひんぱんに微笑んだ。父は毎日のようにその日習った内容のクイズを出し、しばしば満足げな表情をにじませた。学習センターでも学友たちからこれまでになく認められた。わたしの学習能力の高さはもはや疑いようもなかった。運動能力はいじめを防いだ。その結果、新たに得た自信のおかげで挑発を無視、さらによいのはとりあわずに立ち去ることでより冷静な、ましな対応ができた。同級生とより多くの時間を過ごすようになった。当時、ふたりの同級生と特にいい友人になった。スカットは何時間でも喜んでカル・トーの相手をしてくれ、地球人の親戚が地球から定期的に送ってくれるパズルゲームに興味を示した。そしてスレーはわたしのように街の喧噪よりも山で長い時間をかけてハイキングをしたり散歩するのを好み、地理と地元の動植物について独学するよりも多くを教えてくれた。

友情のすばらしい贈りものとは、知的な観察者の目を通して世界を見、彼らの見たものを自分が見ることにあると信じる。スカットといると、世界はうわべの下にある深いパターンで組まれており、それを知覚し利用できるようだった。スレーといると、よく知っている風景がよりこまやかな、より微小な粒子になって見える。わたしとつるんでふたりにどんな恩恵があるのか聞いたことはないが、学校を卒業後も友情は途絶えず、中年まで、そして壮年まで続いた。三人は固い絆(きずな)で結ばれた。もちろんトラブルはいまだにあった。たとえばストンという少年は、センターに地球人——純血でも部分的にでも——がいることに異存があった。わたしは彼を完全に無視した。あとから思えば、たぶん間違いだったが、結局はことなきを得た。

武術の稽古は、初めて武器の使用が許可されると活気づいた。当然、武器は大々的なしきたりと儀式とともに導入され、扱いかたの説明を真剣そのもので聞いた。大勢の生徒と同じく、わたしは一族が代々受け継いできた年代ものの武器を使用しての訓練を認められた。静かに、だが通常よりももっと厳粛な儀式をわたしと父だけで行い、金属製の武器リルパと、ムチまたは首締めとして使う長くて重たい革ひものアンウーンを受けとる。それぞれの武器は、わたしの記憶に名前が刻みこまれている曾祖父の代まで遡り、先祖代々受け継がれてきた。父は骨を折ってこの長い歴史をわたしに印象づけた。

「絶対の確証はない」父がいった。「これらの武器が実戦で使われたことがあるとはな。事実は時間の霧の中に失われた。ともかく、いまではこの武器の用途が戦闘でないことは確かだ。これは過去の流血にまみれた時代を思い出すためにある。そして、われわれ後世の心と体を鍛え、二度と暴力に支配されないように決意を新たにするためにある」

そうであれば、儀式用の武器とは、われわれが過去のものとした血塗られた歴史の遺物であり——だがその武器を手に、能力を誇示しなければならない。家宝を受けとったあと、自室の金庫に格納したのを覚えている。手入れのしかたに関するしきたりがさらにいくつかあり——刃を鋭利に保ち、金属は磨きあげ、革はしなやかに——それがすむと、注意深くしまって下へ下りた。母がわたしを待っていた。ほおに手を当て、瞳の奥で懸念が瞬いたのを覚えている。「戦闘術を習うには早すぎる」彼女はいい、続けてもっと何かいうのかとしばらく待った。だがそれ以上いわなかった。そのかわり母はわたしにキスをして行かせた。

いまにして思えば、わたしのバルカン式の育ちに母が示したこのまれな懸念は、練習していた武術とはあまり関係なく、遺物が象徴する別の慣習のほうに対してだったようだ。リルパとアンウーン――これらは儀式的な決闘のカリフィーに使われる武器で、もし挑まれれば、決闘は結婚式クナカリフィーの一部を成す。父（あとで学んだことには、母はずいぶん気をもんでいた）は自分同様、わたしが伝統的な婚約をするべきだと決めていた。縁談はわたしの誕生後間もなく進められた。わたしに子はなく、そのためわたし自身がこの種の高度な駆け引きを行う必要はなかった。様々な微妙な要素がかかわる。縁談相手にふさわしい家柄。不適当または悪趣味とみなされる家柄。わたしが三歳になる頃には婚約者が決まり、その後数年間、両家は相手方の子どもの成長具合を見守り、初めての見合いをすべきかどうかを判断する。

　夫候補としてのわたしの適正ぶりについては、たくさんの気がかりがあったに違いない。半地球人の血筋、識字障害。マイケルを養子にとった行為は、型破りとのわが家の評判を決定づけたはずだ。それでも当家はたいへん歴史の古い家柄であり、堂々たる格式を誇り、縁を結べるならやはり大いなる名誉となった。わが家を悩ませた様々な問題が徐々に解消していくにつれ、婚約続行の恩恵がはっきり優勢となり、見合いの準備が進められた。ランゴン山脈の先祖の土地に戻り、そこで未来の妻と家族の到着を待った。

　儀式の一日は子どもには長い。というのもおそらくは必然的に夜明け前にはじまり、瞑想と断食が大部分を占めるからだ。だが婚約の瞬間自体は驚くほど短く、厳か（おごそ）だった。ふたりが引きあわされ、それまではどちらも顔を隠していた頭巾（ずきん）をおもむろに脱いで、互いにさらけだす。

「ぼくはスポック」わたしが相手に告げた。

「わたしはトゥプリング」相手がいった。名前を聞いたのは初めてだった。きれいな顔の、まじめくさった女の子を覚えている。わたしもひどくまじめくさって見えたに違いない。父がわたしの手をとって相手のほおに触れさせた。その子の母親が娘の手をとってわたしのほおに触れさせた。すると、精神融合が起き――わたしの初体験だった。お互いの想念と願望と望みと恐れに触れあう。どちらも相手と同じほどおびえ、何を知り何を知られるのか、心底心配しているのがわかった。わたしが経験したのは、冷たく賢い知性であり、論理的な精神の持ち主ながら、興味と好奇心に相通じるものを見た。トゥプリングとわたしは、いろんな面でひどく似ていた。彼女がまばたきするのを目にし、驚くのを感じた――そして安心するのを――ふたりの共通点を経験して。わたしも同じように感じ、彼女はもちろんそれを知っていた。優秀になりたい、家族と先祖から誇りに思われたいという願望をわかちあった。それからふたりは離れ、両家は改めて縁を結び、ともに静かに食事をとった。翌日トゥプリングと家族は発ち、初対面で勇気づいたわたしは婚約が完全に成立する前に、再び何度か会えるのを心待ちした。母も胸をなでおろした。

　外部の目から見れば、見合い結婚は、子どもたちの思惑が考慮されないという観点から、ひどく憂慮すべき風習に映るのはわきまえている。わたしはそういった疑問を持つような育てられかたはしていない。家族の歴史を学び、祖父母も曾祖父母もさらに遡れる限り代々見合い結婚をし、どの家庭も円満だった。両親の友人や友人の両親を観察すれば、見合い結婚がおしなべて不幸になるわけではなく、価値観と背景が重なる者同士のパートナーシップだとわかる。われわれの暴力に満ちた歴史を心に留めおいてほしい、ジャン＝リュック。そしてそのような蛮族に逆戻りしまいかという恐怖を。心の問題に警戒し、情熱が社会のバランスを脅かしかねないとなれば、自然な帰結として論理を頼みとする。人生のパートナーシップが社会の安定の継続に大いに貢献したと知ることで、深い満足が得られる。トゥプリングに初めて会ったとき、わたしたちのパートナーシップは違うと信じる理由はなかった。

これ以上立ちいった議論はしないが、ただこういうにとどめよう。当時、トゥプリングとの結婚を強要されたという感覚はまったくなかった。価値観と背景の調和するふたつの家族が集まり、将来より近しい間柄になる可能性を補強した。精神の見合いの最中にわたしまたはトゥプリングが相手の中に不安な要素を見たとすれば婚約はそこでご破算になり、非難も不面目もこうむらないのは疑うべくもない。婚約に至らぬ儀式もなかにはある。結婚式が試練の場になる場合もある。そして、末永く続かない結婚もある。両家の合意がなければ結婚は実現しない。

だが、わたしがいわんとしているのは、もし自分に子どもがいたならば、この方法を押しつけはしなかったであろうし、おそらくはそのために父のさらなる失望を招いただろうことだ。父に対して公平ではないかもしれない。だが当時、わたしは内心たくさんの疑問を抱いていた。この儀式に参加して、そしてわたしがしたように、このとり決めが非常な厳粛さをもって執り行われることを知った身となってから、父の一度目の結婚に関する疑問はいや増した。半分血のつながった兄のサイボックは幼少時たまに見かけたが、この頃にはほとんど話題にすらされなくなった。彼については本稿のあとのほうでより詳しく書くつもりでいる、ジャン＝リュック。わたしが知っていたのは、母と結婚する前に父は貴族階級出身の女性と結婚し、サイボックが生まれて間もなく別れたということぐらいだった。ずっとあとになってから断片をつなぎ合わせたが、事実のすべてをつかんでいるのかはいまもって定かではない。この結婚の終焉が、わたしの将来をめぐる父の判断にどんな意味をもたらしたのか、まだ導き出していない。自身が長年尊敬されてきた一族の末裔である父の結婚が破綻したとき、伝統を破ったとみなされた可能性はあるのだろうか？　反骨の徒だとの評判が、二度目の結婚で非バルカン人を妻にめとったときに固まったのだろうか？

わたしのバルカンの側面を父が強調するのは、他人の目からわたしを守りたいとの願いが一部あるからだろうかと、何度も首をかしげた。周囲のどんなバルカン人よりもバルカン人らしいと何度も何度も証明してみせなければならないのを知っていたからではないか。そう解釈すれば、わたしに伝統的な結婚を望んだのも完全に腑に落ちる。トゥプリングのような家系に受け入れられれば、真のバルカン人だとみなされる。この珍妙な半分地球人の子どもが、バルカンの文化と社会に完全に組みこまれた証拠とみなされる。星々を旅し、広範な知識を有し、いくつもの異なる文明を経験した外交官であるにもかかわらず、父は少なからぬ同胞が信じるように、バルカンの生きかた、バルカンほど安定し調和し成功をみた文明はほかにないと信じた。当然、そのことから生じる恩恵のすべてを、わたしに享受させたいと望む。当然、より伝統的な道をわたしの前途に敷く。

トゥプリングとの婚約の結末は、詳細に明かすべきかためらう。これはわたしのであるのと同様に彼女の話であり、完全な同意なくして語るべきではない。時間と空間、そして状況が、ふたりをひどく異なる場所に連れていった。わたしにいえるのは、成長するにつれ、故郷にうんざりするにつれ、わたしをとり巻く疑念と束縛にいらだつようになり、敬して遠ざけるべく教わった宇宙の多様性をますます見たくなった。宇宙艦隊士官学校（アカデミー）に向けて発つ頃には、バルカンの多くが色褪（あ）せていた。わたしは持ちあわせているもの以上を求めた。結局、やがてはトゥプリング自身がおそらくは気づいたように、〝持つ〟ことは〝求める〟ことほど楽しくはない。

***

この時期心から楽しんだのは、母の家族がバルカンにやってきたことだ。母方の祖父母、母の兄、その夫君とひとり息子が、わたしの両親の結婚後初めてバルカン星を訪れた。いとこはとりわけ、実に興味深い人物だった。だらしなく、奇矯にして優秀、一日中何かに熱狂しているかのようにせわしなく、十五歳のアンドリュー・グレイソンはなんにでも、かたっぱしから興味を持った。数学、物理、音楽、アート、文学、動くもの全般、音を出すもの、這うもの、飛ぶもの、爆発するもの——目についたものはなんでもつかみ、原理を完全に研究し理解するまで離さなかった。わが家に到着すると、アンドリューは父と母と子どもふたりをぼんやり眺め、すると客が着いたときにわたしが椅子のそばに放りだしたカーシラに目を留めた。

「ああ！　こいつを弾いてみたかったんだ！」

ついと前に出てカーシラを手にとると、アンドリューは手近な椅子に座り、長い両脚を袖に載せ、早速メロディをつま弾いた。おじがいった。「あれがアンドリューです。誰に似たものやら、お恥ずかしい」だがわが子への愛情は疑いない。マイケルとわたしは目を見交わし、できるだけ早く大人たちから離れてこの尋常ならざる人物を間近で観察していると、いとこは楽器をかき鳴らして露骨に悪態をついた。ふたりとも、もちろんうっとりした。長いホリデーのあいだじゅう、オクタスの群れさながら、年下のふたりは年上のうしろにくっついて跳んだり跳ねたりし、いとこは新たな興味の対象をとことん追求した。

ふたりの子どもがなぜアンドリューの魅力に参り、マイケルとわたしの双方にとってそれほどの重要人物だったのかを理解するのは、いまでは難しくない。だらしなく、ほとんどカオスめいた態度、神経症的な活力を常にみなぎらせて両手を絶えずひらひら、または足をばたつかせているアンドリューは、どんな状況においてもバルカン人にとり違えようがなかった。それでも彼の優秀さは紛れもない。三十分もせずにカーシラで美しい音を奏でるようになり、何年も練習をしたわたしは決まりが悪かった。基礎をマスターして満足したいとこは楽器を脇に置き、新たな挑戦の種を探しにそぞろ歩いた（ふたつの影をぴったりうしろに従えて）。この移り気な若者を崇拝せずにいられようか、典型的地球人でありながら、バルカン人が最も重要とみなしている美徳をすべて示して感心させる。情報と知識への飽くなき欲求、熱心さと集中力は、学習センターの最も厳しい教師たちをも満足させるだろう。それだのに……彼の家庭にバルカン人の親はひとりもいない。彼の受けた教育にバルカン哲学の裏打ちはない。アンドリューは地球で地球人の両親のもとに生まれ、地球人の学校で教育を受けた。われわれの星が優秀さを独占しているのではないという生きた証だ。彼はわたしたちの魂の鎮静剤だった。

「魅惑的だ……」世界について新たな洞察を得るたび、アンドリューはよくそうつぶやいては、新情報のきらきらする宝石をひっくり返し、いざというときに備えて心の物置にしまう。マイケルとわたしはひどく興奮してカル・トーのボードの前に彼を引っぱっていくと、いとこが沈着にとり組み、みごとなかたちをつくりあげていくのを眺めてその習熟度に嫉妬し——そのうち、アンドリューはカル・トーボードをやったことがなく、遊びながら戦略を練りあげていっている事実に気がついた。何時間もかけて基礎の百手を暗記したマイケルとわたしはあぜんとした。これが、きわめて地球人的な資質の〝ブルースカイ・シンキング〟を初めて間近で見た例だった。世界の隠されたパターンを、漠然とではあるが鋭く察知できる奇跡さながらの本能の飛躍のことで、正しい者が利用すれば目覚ましいブレイクスルーと結果を出す。この資質を人生で何度か目にした。アカデミーの優秀な学生たちのうちに。何よりも、わが友ジム・カーク船長のうちに。この自信、このヴィジョン――アンドリューはくだんの能力をふんだんに持っていた。

このときはまた、母方の祖父母と会えてうれしかった。当然定期的にやりとりはしていたが、じかに会ったことはなかった。ふたりとも優しく頭の切れる知的な人々で、わたしは遠慮がちに接していたが、とうとう地球を訪れた際にもっとよく知ることができた。祖父と一緒に運河を散歩し、オクタスを眺めながら、トゥプリングとの婚約について穏やかにたずねられたのを覚えている。

「いってはなんだがね、スポック」祖父がいった。「見合い結婚は、わたしには奇妙な習慣に思えてならない――反対でさえある。本当にそれがお前の望みなのかい？」

わたしはもちろんまだとても幼く――幼すぎて自分にわかるのはただ、父があからさまにわたしに望む、模範的なバルカン人の息子になりたいということだけだった。「ぼくに不満はないよ」

祖父はおかしな目つきでわたしを見、それは後年理解したのだが、地球人の友人や家族がときどきわたしに聞く質問と関係があった。「そうだね。でも幸せなの？」祖父はそのとき、そう問いかけはしなかった。

「それならいいさ、ひとまずはな。今後のなりゆきを見守るとしよう。だが覚えておきなさい、スポック。お前の故郷は地球だ、ここがそうであるようにね」

それは興味深い発言だと思った。一度も行ったことのない星が、どうして故郷になり得るのか？　祖父は帰る前に美しいハードカバー本のセットをくれた。サー・アーサー・コナン・ドイルの全集だ。「きっと気に入るぞ」そして、ウィンクをするとこうつけ加えた。「主人公を気に入るはずだ、保証しよう。家系につながりが——というか似たところがある、少なくとも。わたしたちの御先祖かもしれんな。まあ読んでごらん」

祖父のこの主張はいまだによくわからない。架空の人物は本の表紙を超えては存在せず、著者の子どもは皆子孫を残さず亡くなっており、祖父は比喩としていったのだとしか推測できない。おそらく何か、まだ語られていないストーリーが——だが、それはそれとして、祖父はきわめて正しかった。主人公を気に入った、非常に。そして祖父のことばを忘れなかった——地球はわたしの故郷になってくれる。

子ども時代の後半がこうして終わった。わたしは続けて学業にいそしんだ。数歳年上のマイケルは、バルカン科学アカデミーに進んで量子物理学を学び、特筆すべきキャリアを歩みはじめ、あとに続くことを思う弟の大きな頭痛の種となった。やがて自分も科学アカデミーに入る準備をはじめたが、この時期の通信を見返すと、マイケルがわたしに連絡を入れ、最善の準備のしかたをアドバイスしてくれていた。わたしは注意深く必要最小限の返事をしたが、距離を置いていたとはいえ、アドバイスの一部を受け入れる論理は理解した。ふたりのあいだで交わされた一連のメッセージを見直すと、苛酷だったに違いない勉強スケジュールの合間を縫って姉はわたしの質問に答え、トピックをアドバイスし、細かく手ほどきし、入学手続きのあらゆる面にわたしを慣れさせるのに多大な時間をかけたのがいまさらのようにわかる。おかげで登録可能な科目、チューターとその弱点、出題のヤマかけにわたしは精通した。メッセージに映るマイケルの顔を見直すと、この時期どんなに安定して見えたか、実力に裏打ちされていかに自信にあふれていたかを思い出す。マイケルは――あえていえば――これまでで最も幸せそうだった。人生で確信に満ちた時期が彼女にあったことを、わたしは感謝している。

少年時代をふり返るこの部分を、穏やかで含蓄のあることばで締めたいのだが、最後にいま一度ショッキングなできごとがわが家を見舞い、その後何年も波紋を呼んだ。科学アカデミーで突出した成績を修めて首席で卒業、科学名誉勲章を受章したマイケルは、バルカン遠征隊に加わるつもりでいた。ところが、文句のつけようのない学歴に反し、願書が却下されたる。わたしは遠征隊の依頼を受けて願書の外部オブザーバーを長年つとめたが、マイケルに匹敵する願書は数えるほどだったと断言できる。それでもなんらかの理由で、マイケルは隊にふさわしくない出願者とみなされた。

のちに、ずっとあとになり、マイケルが遠征隊入りを拒まれた理由を学んだ。地球人の素地が、自分たちに呪いをかけているかのような場合がときおりある。自尊心の膨らんだ瞬間を狙い澄まし、致命的な欠陥が邪魔立てする。マイケルの科学アカデミーでの快挙は隊の関係者にとり驚天動地の事態であり、バルカン人の卒業生が占めるべき遠征隊の席を、地球人に明け渡さなければならなくなるという危機感を募らせた。あの者ら向けで、完璧に同等の組織がなかったか？　宇宙艦隊のほうが彼女にはより妥当な仕官先では？　これはバルカン遠征隊なのだ、せんじつめれば。のちに憶測したのだが、そのような主張が父になされ、そして正当に拒否したものの、より厳しい条件での選択を迫られるはめになった。この入隊が先例となってはならない。特例とし、ひとりの候補者を、ただ一度だけ受け入れる。父が選ぶのは地球人の子どもか、それとも半地球人の子どもか？

そんな選択を、父が迫られるべきでは決してなかった。この申し出をつっぱねきれなかった背景が、ほかにあったのではとにらんでいる。関係者は全員死んで久しく、あの時代の政治はとるに足らなかった。だが当時は違う。難しい選択を迫られた父は、わたしを選んだ。マイケルは明らかな自分の失敗にショックを受け、〈U.S.S.シェンジョウ〉にポストを見つける。わたしはそんな事情も知らず、やはり科学アカデミー入学の準備を進めていた。だがその道は、いまではより不確実になった。理由はふたつ。まず、姉の成功があった。アカデミーに入ればマイケルの弟として見られ、自分自身の評判を確立しにくいだろうと、ますます意識するようになった。自分がまったくの無名で、複雑な生い立ちの目立ちにくい場所へ行けば、有利かもしれないと考えはじめた。

　遠征隊に背を向けたもうひとつの理由は、マイケルが拒絶されたショックだった。完全ないきさつは知らないものの、わたしはばかではなく、地球人だったことが姉に不利に働いたのを察した。論理的には、似たような反応に遭うはずだ、少なくとも部分的にはバルカン人だという事実でいくらか和らげられるとしても。だが、自分がそんな対象になるのはますます合理的とは思えなくなっていった。密かにほかの選択肢を探しはじめ、地球の親族に、わたしが利用できるほかの道の情報を頼んだ。祖父がとりわけ、このとき助けになってくれたのを覚えている。

　わたしは願わずにはいられない――これまで何度も、様々な異なる状況で願ってきたように――父がもっとわれわれに胸襟を開いていてくれたらと。当時わたしとマイケルのふたりに起きたことは彼女が失敗したからではなく、安定し、成功し、平和な社会を実現したバルカン哲学の深い自信からくる不易の優越感のためだと説明してくれていたら。何よりも、父がわれわれに選択を相談してくれていたら。事情をぜんぶ伝え、わが子が感情抜きに論理的に選択肢を検討できると信用してくれていればと残念に思う。われわれふたり、姉とわたしはどちらも父自らの薫陶を受け、バルカン哲学と教育で鍛えあげられたたまものだ。父が話してくれていたら、わたしが最終的に下した決定が、一同にあれほどの苦痛をもたらしはしなかっただろうと信じる。悲しいかなそれはかなわず、そしておそらくはさらに複雑な事情がこれには絡み、それゆえ父は真相をわれわれに話すのをはばかったのだろう。だが真相からわれわれを守ろうとした父の善意――そして、おそらくこの恥ずべき決定に加担した罪悪感から――の副産物が、そのあと何年も家族に影を落とすことになる。

サイボック

わが家は多くの沈黙と欠落にとり巻かれており、三十代の半ばには、単にそれらを口にしなくなるのが習慣となって久しかった。これには多くの理由があり、すでにほのめかしているものも、このタン・アラットを綴(つづ)り続けるうちにおのずと明らかになるものもある。また、わたしの生来の寡黙さも一因だった。一部は、いい意味で姉を思い出すためでもある。一部は、別の理由で兄を思い出すため――より正確には、異母兄サイボックを。だがいまは時間を遡り、兄についてより詳しく語らねばならない。幼少期の兄との関係と、兄の人生がわたしに与えた影響を。

兄はのちにわたしの人生においてとある役割を演じたが、そのこと自体よりも、幼少時からわたしがどれだけ遠くへ来たかを実感し、さらには親しい友人たちにいまだ語らぬ過去がまたもやあったとさらしたことのほうが、はるかに重かった。兄は学問と、尋常ならざる強さの精神融合能力により生じる深い共感力(エンパシー)、両方の天分に恵まれた男だったが、同時に様々な面で問題を抱えていた。わたしが覚えておきたい兄の像はわたしが幼いときの兄であり、この兄の存在と、父との悩ましい関係がわたし自身の思春期に与えた非常に大きな影響を語ろうと思う。

父が以前に結婚し、わたしに兄がいるのは知っていたが、最初の結婚の詳細は多年にわたりあやふやなままだった。母が亡くなり、父が三度目の結婚をしたあとに初めて、いまわたしにわかっていることが明かされた。父の三度目の妻ペリンのおかげで、これから語る情報の多くを得られた。ペリンとわたしは常に意見が一致したわけではないが、父の死後は態度を軟化させ、遺言執行人としてわたしに父の遺した書類の裁量権を全面的に認めた。書類から、そのときサレクの最初の妻トゥリーが、サレクの一族同様に外交公務に深くかかわってきた貴族階級出身なのを知る。運良く年齢の近い子どもが両家にいれば、婚姻によってそのような一族同士を結びつけるのが通例だった。サレクとトゥリーは幼少時、通常のしきたりによる縁を結び、この婚約は父の最初のポンファー後、完全な結婚になった。その頃初期の外交任務を終え母星に戻った父はシカー市で外交公務につくことになり、トゥリーは当家の屋敷に入った。やがて、サイボックが生まれる。

当時、周囲の目にはこの縁組は最も成功した一例に思われた。代々要職についてきた名家の末裔が、バルカンの公益のために結束する。だが、サイボック誕生の二年後、トゥリーは実家に戻り、幼い息子を一緒に連れていった。のちの彼女の行動を思うと、サイボックを父のもとへ残していかなかった理由に納得のいく説明はない。自分がこのあとやろうとしている人生を変える決断をなぜしたのか、おそらく彼女自身もわからなかったのだろう。トゥリーはユーロン湖そばに位置するプトラネック修道院の聖域に入り、コリナール・マスターのトゥネルのもとで短期間修養した。それ自体は醜聞ではない。新米の親が、新たな責任を全うするのに必要な精神の均衡を得る一助にと、しばしば実践する感情を浄化するための儀式だ。そのような場合、修養は一般に長期にはならず、プトラネックは今日なお、一時的に世俗を離れたいと望む者の行き先としてつとに知られている。だが三ヶ月のおこもり期間が終わったあと、トゥリーの家族から父に連絡があり、彼女はプトラネックを発ちトゥネルとともにランゴン山脈の宗教的な共同体まで旅し、そこで〈静謐の部屋〉に入るつもりだと告げられた。

トゥリーの決心の意味を理解するには、ランゴン山脈および、そこに立つ神殿と修道院の歴史についてもう少し理解する必要がある。この辺境の地にはきわめて特異な歴史があった。全バルカンを彼の教えのもとに統一する布教活動をしていたスラクは、この地にて最大の抵抗に遭う。バッチュス高原にてスラクの信徒と高僧ソボックの信徒のあいだで大きな戦闘があり、スラクがその日勝ちをおさめたものの、一帯は完全には平定されず、過激派その他反対勢力の抵抗があった。岩ばかりの辺境であるこの地にはいまだ超禁欲主義者と孤独な隠者のセクトが潜み、もはや武器をとって蜂起はしないまでも、非正統派の温床との評判を保持した。

ここでは、奇異な神殿や変わった共同体がいくつも見つかる。たとえばクレンセンの村は、孤立した山頂のくぼ地にあり、現代のテクノロジーをすべて否定している。ジャン＝リュック、貴殿の故郷たる地球のアーミッシュ、あるいは任務で赴かれたバクーに似た暮らしを送る共同体だ。彼らはこの砂漠地帯で苛酷な生活を送るが、結束は固い。

クレンセンの東数キロ、砂漠の奥にはアモナック神殿がある。暴力が支配した時代、ここは宗教上または政治的理由で迫害を受けた者が逃げこむ聖域になったが、最後の日々は神殿というよりも要塞に近かった。バルカンにようやく平和が確立されたあと、建造物は崩落し、のちにクレンセンの人々が修復を決意する。ジャン＝リュック、この作業のとほうもない労力を考えてほしい、彼らはテクノロジーの助けを完全に排し、砂漠の炎天下で働き、朽ちゆく廃墟を補強した。それが、ランゴン山の美徳のすべて――外的な妨害や脅しに遭うことなく自分の道を進む自由を象徴しているからだ。修復は今世紀初頭にやっと終了した――引きのばしすぎたわが星への訪問を実現する日があれば、ジャン＝リュック――最も歴史ある聖地をそこで目にできるだろう。寄せあつめの建造物にかけられた壮大なファサード、かつての暴力的な時代に庇護を提供した隠れ里。神殿をめぐるツアーは、新築の高層ビルの頂上からはじまり、下層へと降りていく、考古学者が歴史の層をそっとはがしていくように。最も刺激的で実りある経験だと思われるに違いないと保証する。あの地を訪ねられたとき、わたしの家族の歴史に思いを馳せられるだろうか。わが父、最初の妻、彼らの息子を思い出されるだろうか。

修復事業の只中にトゥリーはアモナックへ旅をした。わたしはときどき、それまでの人生を捨て、この巡礼の旅をする彼女を想像しようとした。大都市シカーの生活のみならず、惑星間共同体のうちに深く組みこまれた名家の末裔が、すべて――家族、夫、息子に至るまで――を投げうちこの地へ旅する。一歩一歩――そうだ、ひりつく砂漠を徒歩で渡ったのだ、トゥネルにつき従い――俗世の層をはぎ落としながら。クレンセンを擁する名もなき山が、赤い砂塵からそびえるのを見たはずだ。しばらく村落に滞在し、次のステップへ向けて精神的な準備をととのえ、それから半分建った神殿を目指して古い道を歩く。だがその地にもとどまらなかった。アモナックを越え、別の道――未舗装の土の道――を行くと、左右に高い崖の切り立つ狭い谷に出る。目をこらせば、左右の岩肌を細い道がジグザグに走り、ところどころに暗い穴が目のようにうがたれているのが見える。それが〝セラナー〟、すなわち〈静謐の部屋〉、修道士の居室であり、トゥリーはここで残りの人生を過ごしに来た。

似たような風習がそちらの歴史にも存在するであろう、ジャン＝リュック。隠者と呼ばれる宗教家が俗世と縁を絶ち、修道院ではなく修行房にこもり断食と祈りに一身を捧げる。これがトゥリーの選んだ生きかただ、沈黙と瞑想と孤独。修行房に来ると、戸口に所持品を置き、靴を脱いではだしで手には何も持たずに房に入る。すると神殿の修道士が彼女の背後で戸口を封印し、その間死者を弔うお経〝イトシルサール〟を唱える。それがすむと、残された外界のすべては小さなのぞき穴のみとなり、穴を通して食べものが供され、荒涼とした空をのぞき見る。トゥリーはここに蟄居し、コリナールの修行に励み高い徳を積む。過去の暴力的な情動を排除しようとの試みでバルカンで行われている修行のうち、最も容赦ないのは確かだ。バルカン・フォージでコリナールの最も苛酷な道を歩んだ大導師でさえ、家族とのつながりは保持する。トゥリーが家族に〈静謐〉の道へ進むと打ち明けたとき、過去とは縁を切ると告げていたのだ。家族——夫と息子——は彼女を亡きものとみなすようにと。

　この決定直後のトゥリーの動向については情報がない。先方の家族に問い合わせる理由も足がかりもなければ、憶測も控える。因襲的な考えの父は、論理的に推測するに自分を男やもめ、息子を母なし子とみなしたのかもしれない。もちろん、この時期の話をわたしにしたことは決してなく、そしてペリンにさえ、どんな生身の存在よりも心を開いた相手にさえ、この時期の彼の考えを明かさなかった。多少なりと妻を惜しんだのか、トゥリーがこの選択をするに至った信念を誇りに思ったのか、わからない。おそらく彼女にとっては論理的なステップだと思ったようだ。

　関係者は全員、ペリンも含めていまは物故し、当時の父たちが何を思ったのかは赤い塵となって霧散した。次に起きたことについては、事実とサイボックがこうむった影響をまじえて伝え、また、わたしの幼少期に現れた若者を、子どもの視点から語ることしかできない。わたしにわかっているのは、トゥリーの出奔に続いて父が外交任務で異星に赴き、サイボックは母方に引きとられたということ。父はその後の数年間ときおり兄と会っていたが、ある程度の時間を過ごしたのはわたしが生まれ、兄にカーズ・ワンをやり終える時期が来てからだ。この時点で——わたしは四、五歳、サイボックは十歳年上——兄はわれわれと同居し、大事な儀式に備えた。

わたしの覚えている彼は遊び心があり、ばかに陽気で、普段は死んだようなわが家にやってきたはつらつとした人物にあぜんとしているはるかに年下の弟の相手を、忍耐強くしてくれた。サイボックと精神融合したことはなく、後悔している。だが彼の存在にひどく心がやすらいだ。兄は直感と共感力がとても強く、一緒にいると、完全に理解されているという感覚があった（混乱した子ども時代にはまれだ）。兄が若くしてありあまる才能に恵まれていたのは明白で、彼の故郷はその才能をもてあました。

カーズ・ワンの試練は容赦なく、普通は九歳から十一歳のあいだに挑み、挑戦者は最低限の救命備品さえ持たずに荒野で十日間生きのびる。不毛な土地で食料と水を探しだし、遭遇した野生動物から身を守らなくてはならない。十四、五歳というこの試練に挑むには遅い年齢でサイボックが臨んだのは、わたしの理解では、過去二回受けるも不首尾に終わったためだ。今回の三度目が最後となる。それ以上の例は聞いたことがなく、そのため暗黙のうちに最後だという感覚が準備のうちから感じられた。ランゴン山脈の家に行けば、そこで試練の準備をするサイボックを手伝えると母が父に提案し、父が同意した。地球人の妻が手伝うことに、サイボックのもう一方の家族がどんな心証を抱いたかのはわからない。おそらくはほかに代案もなく、母の関与の必要性を認めたのだろう。

母は何度もサイボックと連絡をとろうとし、ふたりのあいだには可能な限り絆ができたと信じる。彼の死——と死にざま——は母に大きな衝撃を与えた。最後に母と交わした会話のひとつで、彼の信頼を得るのに失敗し、どれほど後悔しているか打ち明けられた。折に触れて彼に地球で勉強するよう勧めたものの、徒労に終わる。バルカン人として完全に受け入れられることがサイボックの望みだった。母にそれ以上何をできたかわからない。もしくは、サイボック自身に何ができたか。母といるときの彼はいつも礼儀正しく控えめだった。父のそばにいるときに感じる押し殺した怒りと、のちには抑圧した暴力衝動は決して感じなかった。サイボック自身の要望で、最後にカーズ・ワンに挑むにあたり母がチューターを引きうけた。母はこの頃にはコリナールのレベル四にまで達し、その次のレベルでは隠棲しての修養となる。家族を捨てることなく行けるところまで行き、母が自分たちを捨てることはないのをわれわれは知っていた。それでも地球人が行けるとは誰も思わない高みまで到達した。おそらくそれが、兄の祖父母が孫を母の手に快く委ねた理由のひとつであっただろうし、母は手をつくした。

母がサイボックと何時間も過ごしたのを覚えている。静かに議論を交わし、瞑想した。山荘の静かな片隅で、ゆらめく瞑想用の灯りに照らされてともに座るふたりをいまでも昨日のことのように思い出す。鋭角的な兄の顔、優しく忍耐強い丸みを帯びた母の輪郭。母の声が、静かに一定に、兄のしどろもどろなしわがれ声に重なり、荒野で彼を導くマントラや規則を朗誦してつきあった。儀式をはじめる日を迎えると、母は荒野のはずれまでつきそい、サイボックの旅立ちを見送った。

十日が経過するまではサイボックの消息が入る予定はなかった。母は成功を密かに確信しているようだった。ところが兄が発って七日後、庭で母と噴水のそばに座っていると、せわしない足音がこちらへ向かってくるのが聞こえた。乱れて汚らしい風体の人物が、砂ぼこりに覆われたまま、額から汗をしたたらせて中庭に走ってくる。サイボックが戻った、三日も早く。

「サイボック」真っ青になって母が立ちあがった。「何が起きたの?」

「あの人はどこだ?」兄がいった。「父さんは? ああ、アマンダ、ぼくの話を聞いたら父さんがなんていうか、見ものだぞ!」外見にとどまらず、目つきに粗野なところがあった。両手が震えていたのを想像だったとは思わない。「アマンダ! すぐに父さんと話さなきゃ!」

書斎にいた父が中庭に出てきた。物音で気が散ったに違いない。サイボックを認め……ジャン＝リュック、兄を見た瞬間の、三たびカーズ・ワンから日数足らずで戻った彼を見た父の顔を、容易に忘れることはできないといわせてくれ。一瞬、父の目に炎が燃えあがり——それから静まると、完全に消えた。まるで、父の肉体が石化したような、文字どおり先祖の像同様に固まってしまったようだった。彼の息子は失敗した。

「サイボック」もの柔らかにたずねる。「なぜここにいるのだ?」

兄は急いで駆け寄り、父の肩をつかんだ。「父さん! すごいものを見ました! 父さんに伝えなくては——」

「話しあったはずだ」父は息子の拘束から逃れていった。「カーズ・ワンをまたもや失敗したらどうなるか——」

「失敗してません！　必要なことはすべて見ました！　〝シャ・カ・リー〟を見たんだ！」

沈黙が落ちた。父は頭を垂れた。「サイボック――」

母が前に出た。「中に入りましょう」抑えた声で冷静にいうと、手を夫の腕に添える。肩越しにわたしを見た。「そこにいて、スポック」あえて微笑む。「心配しなくていいから」

そういったきりそのあとの口論の中味は聞こえなかったが、サイボックの声が大きくなり、やがて彼の足音が再び廊下に谺（こだま）して、ドアが閉まった。戻ってから一時間と経っていない。あとでわたしをベッドに寝かしつけているとき、母に聞いた。「〝シャ・カ・リー〟って何？」

「幻よ。架空の場所」

「架空の場所をどうして人が信じるの？」

「欠乏を感じるから」

「意味がわからない」

「サイボックは人生でいろんなものを失ってきたの。ときどき人は何かを失うと、代わりを求める。存在しないものに手を出すの」

「非論理的だ」

「そうね」母がわたしの額にキスをした。「でも理解はできる」

シャ・カ・リーというのは、ジャン＝リュック、バルカン神話に出てくる地で、宇宙中の神話に見られるような、命と知識の源だ。クリンゴンは〝クイトゥー〟と呼び、ロミュランは〝ヴォルタ・ヴォール〟と呼ぶ。貴殿ならば〝エデン〟と呼ぶであろう。気の毒な兄は荒野をひとりでさまよい、どんな精神状態だったかは知るよしもないが、パラダイスをかいま見たと信じたのだ。まさしく幻視(ヴィジョン)を見、そして彼の中で何かが破綻した。思い返せば、そのわずか数年後に赤い天使が訪れたというわたしの主張があれほど警戒されたのも無理はなく、あれが現実だったとの確信は自分の胸におさめ、迷子の姉の居場所を正確にいい当てた理由について、両親が別の、もっと容易で合理的な説明にすがるのを許した。

幼少時に片親をなくした者が、それを完璧な世界からの追放として経験し、しばしば想像上の至福の場所へいわば戻ろうとするのを、長年にわたり目にしてきた。サイボックの母親は事実上死んだも同然だった。父は、わたしにはわかるが、しばしば近づきがたくなる。サイボックを駆りたて、シャ・カ・リーの発見にとり憑かせた要因に、それがいくらかはあったのかもしれない。とどのつまり、それがのちに起きたことなのは承知のとおりだ。最後のカーズ・ワンの試みに失敗したあと、兄はシャ・カ・リーのことを口にしなかった。ときたま、シカー市の家を訪ねてきた（山荘には二度と近づかなかった）。科学と外交官のキャリア両方を避け、代わりに学究の徒となる道を選ぶと、兄はバルカンの歴史における精神融合テクニックの使用例を追究した。人里離れた山中や忘れられた神殿の記録保管所でしばしば姿を目撃されるようになる。実際のところ、いまではわかっているが、保管所での研究は、シャ・カ・リーへの執着がいや増している事実の隠れ蓑(みの)だった。サイボックは砂漠で見たヴィジョン、やすらぎを得られる天国のような場所をはっきりと、かいま見たことを決して忘れはしなかった。研究の方向性に憂慮を募らせた父は、ついにはサイボックに放棄を迫る。

サイボックは断り、ふたりは互いに連絡を断った。マイケルが科学アカデミーに入学後間もなくのことだった。

　何年も兄をじかに目にすることはなかった。だが宇宙艦隊アカデミーに入って間もなく、サイボックがわたしに連絡をとってきた。この時点で、彼は〝ヴトッシュ・カトゥー〟、論理と感情の中庸を行く道を探す、廃れたセクトの教えに刺激を受けた集団にかかわっていた。彼はバッチュス高原の修行場に入るところで、この次バルカンにしばらく滞在するときに加わるように誘われた。わたしは断った。わたしと父との関係は、宇宙艦隊アカデミー入学を決意したことで控えめにいっても緊張したが、そのような集団にかかわれば、疎遠な関係が決定的となるかもしれない。そのときが最後の直接的な接触となり、以後三十年以上音沙汰がなかった。このやりとりのあとほどなくして、サイボックがヴトッシュ・カトゥーとその教えさえも捨て、感情的な経験の強化のみならず、ヴィジョンと啓示の追究へと邁進する道をとったと母から聞いた。

　あのときサイボックの申し出を受けていたら、そのあとの兄の人生は変わっただろうか？　そのような疑問はもちろん回答不能であり、だがしばらく熟慮した末に、変わらなかっただろうと結論づけた。ひとつには、わたしはあの頃は相当の若輩で、キャリアの初期にあって自分の進む道が定まらず、兄に影響を与えられそうになかった。わたし自身の生活への影響――とりわけ、この時期に兄と近しくコンタクトをとっていたことが知れたら、確実に父との縁を切られたはずだ――は疑いなくより大きかっただろう。だがどちらの側にも誤りはなかったと信じる。サイボックの天与の才——エンパシー、ヴィジョンを見る素質——は常にバルカン哲学の主流と対立した（それどころか、息子にそのような才能があったことが、トゥリーが自発的に俗世を捨てた理由のひとつなのではと人は推測するはずだ）。別の世界でなら、彼の才能の本質をもっと理解できる星でなら、より才能を開花させたかもしれない。バルカンでは進むべき道はなかった。

最終的に、もちろん彼は追放された——だが彼の話はこれで終わりではない。のちに、ずっとのちに、サイボックはわたしの人生に再登場する。彼の才能はいまだ健在で、だがその能力を駆使して人々を彼の目指す道に従わせた——シャ・カ・リーを探す旅へ。

兄の人生の悲劇は、彼の理解したいとの欲求が、代わりに彼を絶好のカモにしてしまったことだ。彼の才能は邪悪な知的異星種族に悪用され、彼らを神だと信じこまされた。最後にはだまされたと悟った兄は、自分を犠牲にしてわたしと友人たちを救った。そうならなければよかったのにと願う。彼が目的を見つけていたら。バルカンが彼の才能を育めていたら。

これで、おそらくお察しいただけたと思うが、わたしの見地からすれば、ふたつの大きな影がわたしの思春期後半を覆った。兄の忌まわしい失敗、姉の尋常ならざる成功。わたしの望みは、ふたりのあいだのどこか中間の道を見つけることだった。わたしの恐れは、姉すらも越える高みに羽ばたく道を見つけるはずだと期待されていることだった。後者はありそうにないと、論理がわたしに教える。さらにはそのような比較のされない道を試してみるべきだとそそのかす。かくして、すでに書いたように科学アカデミー以外の選択肢を密かに検討しはじめた。地球の家族に連絡をとり、彼らの援助で宇宙艦隊に所属した経験のある人物と話し、宇宙艦隊アカデミー攻略のアドバイスを受けた。両親には秘密にしたとはいわない。それよりも、ふたりが聞かなかったため、いわなかったとしておく。

　最終的に、決断しなくてはならなかった。おそらくこのままでは決してわたしは大成しない。半分地球人であることが常に欠点とみなされるという単純な事実を、ひしひしと自覚した。あるいは――ここで自分に正直になれば――父がずっとわたしに託してきた希望を拒む理由、しりぞける方便を単に探し続けていたのかもしれない。誇りはしないが、父とわたしのあいだに長いあいだあった溝がどうやってできたか、いまでは貴殿にもおわかりいただけただろう。だが、あのときほど自分に自信を持ったことはなく、ふり返れば、あれほど自由を感じたこともなかった。まるで重しがとれたかのようだった。そんな重しは二度と背負いたくはないと悟った。わたしの望みはバルカンを去ることだ。したいのは、自分の道を見つけることだ。宇宙艦隊ならばそれを提供してくれそうだった。

　それにはあともうひとつ、神経の疲れる話しあいを耐えねばならなかった。父とのものだ。

結果として、よくあるように、この対決は想像したよりもひどくはなかった。

「失望したぞ、スポック」父がいった。「だがまだ道はある。わたしが口添えすれば、まだ今年度のアカデミーに入れるだろう」

「お父さん」わたしがいった。「わたしは決めました。科学アカデミーには入りません」

「スポック。アカデミー入学が、遠征隊に入る必要条件なのだぞ――」

「遠征隊に入る意志はありません。お口添えはそのため必要なく、非論理的です」

何年経ってもわたしにはわからない警告サインを母が察したらしい。「スポック、あまりに急な心変わりでは――」

「お母さん。しばらく前から遠征隊にわたしの道があるものか、疑っていました」

「代わりに何がある？」父がきいた。

「宇宙艦隊アカデミーに入り、宇宙艦隊でキャリアを築くつもりです」

「しかし当家にそのような伝統はない」

「ありません」わたしは同意した。「または、こういいましょうか――まだないと」

「スポック」父がいった。「お前の宇宙艦隊入隊は望ましくない」

「お父さん、わたしは決断しました。二ヶ月後に地球へ発ちます――」

「お前の母親に免じなければ」父がいった。「戻ってくるなというところだ」

「お母さんに免じなければ」わたしは返した。「戻りたいとは思いません」

この会話を誇りはしない。内心、父の意向に真っ向から刃向かう高揚感を楽しんでいたのをわかっていたし、感情を昂ぶらせたことをいささか恥じた。だが父の露骨な怒りと悲憤は、当時理解しがたかった。反応の激しさが理解できなかった。もちろん、姉の遠征隊の入隊不合格時に何があったかなどは、わたしのあずかり知らぬことだった。わかったのは、父にとってわたしは失敗作であり、地球人の血を引いていることを思えば、それ以上を期待できないとまたも証明したことだ。ジャン＝リュック、貴殿と精神融合をしてそうではないといまでは知っている——彼の人生の終わりには、少なくともわたしという存在を受け入れていた。父の望んだ人物としてではおそらくないが、わたし自身を、ありのままに。だが、当時は父の失望をわたしは確信し、父はわたしの考えを急いで正そうとは確かにしなかった。

「あまりあの人を怒らないであげて、スポック」あとで母がいった。「本当はあなたを誇りに思っていますよ」

「その発言を裏づける証拠はありません、お母さん」

「いつかわかってくれる。時間をあげて」

父はもうこれ以上いうことはないと、はっきり立場を表明した。一週間後、父はバルカンを離れ、長期予定の外交任務のためアーデリア四号星へと母を伴い旅立った。わたしが宇宙艦隊アカデミー入学のために地球へ向かったあとも、長いあいだ戻ってこなかった。そのため地球へ発つ前の一、二ヶ月ばかり、わたしはシカー市にひとりきりで住み、おそらく人生で初めてなんの義務も負わなかった。勉強もなく、テストもなく、自分のしたいこと以外、何もする必要がない。登録してあるクラスの初セメスター（学期）に向けて準備してもよかったが、しなかった（母がわたしの様子を見て、無為に過ごすよう優しくそそのかした）。その代わり、数週間を生まれ故郷の市内や周辺の愛してやまぬすべての場所、よく母と一緒に行った場所を再訪し、別れを告げた。

とある午後、ひとり乗りのゴンドラに乗ってシラカル運河を下り、子どもの頃母とよく行った場所を見つけた。ここで、ついにオクタスと泳ぎ、ずいぶん昔に自分にした約束を果たし、彼らと精神融合をした。トゥプリングと対面したとき以来初めて、ほかの生き物の精神に完全に触れる経験をした。それも、自分とはまったく違う種との。心弾む経験で、彼らの優しく、探究心旺盛な精神に浸り、一緒に泳ぎ、彼らの感じるものを感じた。川を潜り、同類に会い、ほかの生き物とともに泳ぐ喜び。そしてまた、その背後に絶滅の悲哀を感じた。どうしてか、彼らは知っていた。自分たちが死から呼び戻された生き物であることを。われわれの紆余曲折の歴史のため、贖罪の欲求のために、いま生きていることを。彼らは知っていた。そしてわたしはいつの日か、そのことを思い出す理由ができる。

だが、この休暇は永遠ではなく、やがてはついに故郷を離れるときが来た。地球行きの便に乗ったとき、白状すれば、うしろ髪を強く引かれた。厳しく陰気なバルカン星の美をなつかしむだろうと、はっきりわかっていた。何よりも、もっと友好的に父と別れられていればと悔やんだ。だが、重い心でバルカンを発った一方、地球の姿が目に入った瞬間、精神が高揚しはじめるのを感じた。眼下に見える青と白の星に親しみを覚えた。正しい決断をしたとわかった。

スラク

長年のあいだに、誇張癖があるとの評判が立っていないことを願うが、バルカンを去って宇宙艦隊アカデミーに加わり、わたしは救われたと信ずる。それには理由がいくつかあり、最も重要なのは、わたしと故郷とのあいだにできた距離なのは間違いない。ますます息苦しくなる環境のなかで、ますます高まる期待とのあいだにできた距離だ。バルカン科学アカデミーと宇宙艦隊アカデミーを混同することはまずもってない。ひとつには、勉強量は科学アカデミーの向こうを張るほど大量にありながら、士官候補生はほとんどいつも遊んでいるようなのだ。単に悪ふざけやいたずらのこと（当然それらは大いにある。数千人の健康で知的な若者が集まり住んでいる場所で、ないと考えるほうがおかしい）をいっているのではなく、勉強に臨む姿勢がそうなのだ。当初観察したことから結論づけたのは、それはわれわれに問いかけられた問題への、一種の虚心のなさの表れだった。はじめ、自分が受けた教育で培（つちか）われた心の狭さから、そんな姿勢を否定した。抜け穴を見つけて利用しようとしているとみなしたのだ。問題にぶつかると、士官候補生仲間のひとり（ぜんぶではないが、たいていは地球人）が繰り返しこんなようなことをいった。「別の角度から見てみよう……」または「逆の見方をすれば……」

このアプローチにあきれ、しばしば難癖ともいえる反応をしたのは、あまり褒められたものではない。ある程度、わたしの差しでがましさは報われた。少なくともはじめのうちは、優秀な成績を修めたことで。理系の高等科目のほとんどで、わたしはかなり先んじていた。この点で、学習ドームは最も徹底していた。だが同級生の一、二名——知識量でわたしに最も迫る——が、ときにわたしより高い成績を修めるだけでなく、教官たちからずっと励みになる所感をもらっているのにすぐ気がついた。わたしの成果に対する評価で最も共通するコメントは「技術的には優秀」だった。はじめ、わたしはそれに満足した——〝優秀〟以上の賛辞があるだろうか？　しばらくして、ひとつ目のことばの背後に隠れるニュアンスを理解した。〝技術的に〟わたしの成績は実に優秀だった。他の面では違った。そして、徐々に、学友が少しだけわたしの先を行きはじめるのがわかった。

彼らの成績がわたしより上である事実に悩んだのではない。わたしは競争心は持ちあわせない。彼らのアプローチの何かがより優れた結果を生んでいるのがわかったからだ。そのため論理的には、自分も秀でたければ頑なにならず、もっと柔軟に思考したほうが成果が上がる可能性を考慮せねばならない。ゲームはしたが（ゲームをしないバルカン人がいるだろうか？）、どれも非常に練られて知的な種類のゲームだ。それまでは決着のつかない遊びには、それ自体によさがある可能性を考えもしなかった。しばしば、地球人の学友は無謀ないたずらに夢中になるようだった。

ラボであったとあるできごとを覚えている。われわれはいつもの三人組で課題の実験をしていた。当時のラボパートナーは、ルイ・マーハーという名前の地球人と、エイエイという名のイルタビア人だ。エイエイはとりわけ魅惑的な人物だった。イルタビア人は非常に短命だが濃い人生を送り、事実上生産的な仕事はわずか二十年しかできない。エイエイはアカデミーにぜんぶで四ヶ月在籍したのち卒業したが、大きな印象を残していった。

われわれの実験はダイリチウム安定化の上限を試すことだった。「君は段階的に試したいんだろうね」マーハーが退屈そうな声でいい、確かに順序立てて問題にとり組むやりかたをわたしは好んだが、以前の実験でパートナーたちの不満を見てとり、ワープ・コアもろともふたりの忍耐心を試したくはなかった。それで、ほかの学生のやりかたから学ぼうと決心したのを念頭に置き、こういった。「別のアプローチを試してみるべきだろう」

マーハーとエイエイは、互いに目を見あわせた。エイエイが大声で笑った。マーハーは指の関節をぼきぼき鳴らした。「よっしゃ」マーハーがいった。「自分たちを殺しちまわない程度にこいつを目いっぱい動かそうぜ」

これ以上に地球人的な意見表明があるだろうか？　これよりさらに向こう見ず、さらに野心的、さらに遊び心に満ち、さらなる大惨事か目覚ましいブレイクスルーで終わりそうなステートメントが？　一瞬、「やめるべきでは……」と思ったが、やめなかった。この方針でやってみて、結果を確かめよう。われわれはワープ・コアを最大限不安定な状態にした。いくじをなくしてコアをシャットダウンすべきだとわたしがいいだす約二秒前、ダイリチウムが超安定モードに入る。「やっぱり！」エイエイが叫んだ。「わかってた！」

ワープ・コアを超安定モードで十分間動かし、パワーを落とす。「これは」わたしはいった。「実に魅惑的な実験だった……」集めたデータを調べると、採取した記録から、超安定モードが発生した要因の予備的な説明がすでに見えた。

「おれたちのやりかたがわかったかい？」マーハーがいった。

「そう思う」わたしが返した。「ときには思いきって試してみて、そのあとで段階を検証するのが論理的なのかもしれない」

「君にもまだ救いようがあるな」

教官がたは実験の成果に非常に満足した（われわれがもらった〝優秀〟の評価に〝技術的〟な要素は何もなかった）が、ワープ・コアにしたことをマーハーが説明すると、ひとりが青ざめた。次の数週間、わたしはこの経験を何度も反芻（はんすう）した。論理で裏打ちされているのは段階的な方法だけとは限らず、そのため世界を探るほかの方法にも論理的な価値があるのがわかりはじめた。また、われわれのやった向こう見ずな行動は、無駄に終わる可能性があったのもわかった。さらにはそれが、何段階も先の思考へ発展する可能性もあった。それぞれ違う世界観——違う時間感覚さえ——がそれを促進させたことを考えた。わたしの種族の長い寿命と長い歴史観が、変化を段階的に捉える視点にわたしを向かわせ、エイエイのより短い、より凝縮された経験が駆りたてる思考の飛躍に挑戦を受けた。わたしの論理的アプローチはわれわれのやった手順を段階的に検証することを要求したが、非常に地球人的な好奇心とユーモアが、そもそも実験を前へと推し進めた。非論理的な実験的飛躍がもたらした発見を、論理的に理論化した。いまでは世界をもっとよく理解している。確実に、地球人をもっとよく理解した。それが将来最も役立つこととなる。

以上が、宇宙艦隊アカデミーに入って得た主なレッスンだった。人生で初めてコール・ウト・シャンを真に経験できた。無限の多様性が――無限でないにしろ、これまでの人生で見てきたよりもたくさんの種族が、狭苦しい寮にひしめいていた。人生で初めて自分とはひどく異なる人々と生活をともにするよう求められた。ここでいま一度指摘しておきたいが、わたしは惑星連邦屈指の多様性に満ちた都会育ちだ。シカー市は大使館が数多く所在する都市であり、毎年様々な種族の人々がごまんとやってくる。わたしの一族にしても代々外交官をつとめ、内向きとはまずいえず（わたしの二重のルーツは置いておく）、思い起こされると思うが、母はわたしに幼少時からアート、音楽、文学に親しませ、それこそ自分以外の種族の存在に慣れさせた。だがわたしの住んでいた世界は、圧倒的にバルカン人に占められていた。泳いだ水――というか、故郷に合わせれば歩いた砂というべきか――はバルカン土着だ。異文化に対してはオブザーバーとしてやり過ごした――学習し、体験したが、距離を置いていた。すべては故郷の哲学と文化の厳格な赤いレンズを通して偏光されていた。アカデミーでその選択肢はない。わたしは地球におり、青い空と日射し、または灰色の雲と雨の下に種族と文化を代表する個人が集まり、相互に尊敬と理解を学ぶのを目的とした温室の世界に浸かっている。優越感――育ちと不安定さの産物――はたちまち氷解した。いまではわかるが、一部には、優しい――そして気さくな――学友とのつきあいを通して。一部には、単に自分の目で見たものにそれを裏づける証拠がなかったからだ。

その結果、故郷をひどく違う目で見ることを学び、アカデミーでできたひとりの友人が、とりわけふり返る素地をたっぷりくれた。友人というのは、おそらく直感とは真逆で、トゥケルという名のもうひとりのバルカン人だった。トゥケルはアカデミーの同期生だが、指揮官コースを選んでいる。ふたりは地球へ向かう道すがら出会い、所属するコースは異なるものの、ふたりのバルカン人の進路が折に触れ交錯しないですむのは不可能だろう。瞑想室、文化交流プログラムのイベント、カル・トーボード、トゥセーの絵画もしくは六重奏の演奏会――おおざっぱにいえば同郷の若者ふたりが同様のイベントに惹かれるのは自然だった。われわれは友情を結び、講義以外に定期的に会った。トゥケルの大人数の社交グループの隅になんとはなしに居座り、歓迎されはしたが、わたしは一対一のつきあいを好んだ。いまだにそうだ。トゥケルとわたしは長めのランチを何度も楽しみ、バルカンで育った相手の経験を注意深く分析しあった。

故郷の興味深い特徴のひとつに、主要都市や外交団をのぞき、バルカンは概して外向的な社会ではないことがある。驚くべき統計があり、ほかの種族に比べて、異星を訪れたことのあるバルカン人は極端に少ない。母星を離れた経験のある者は人口の六パーセント以下であり、比べるに連邦は平均六十三〜六十七パーセントで一定している（正反対の出稼ぎ種族ももちろんいる。八十七・三パーセントのフェレンギ人が母星を出ていきたがる論理は見誤りようがない）。おそらくこの現象は、それほど驚くにはあたらないかもしれない。バルカンは歴史の膨大な期間にわたり、揺るぎなく平和で、豊かな、満ちたりた社会を築いてきた。だがそれは、コール・ウト・シャンが絶えず試されてきたことを意味せず、実践して生きるよりも理念として信じるほうがずっとたやすかった。バルカンの基準では国際人たる父の同胞たちが、父の地球人の妻と子どもを受け入れるのに苦労したのがいい例だ。

さらに興味深いのが、故郷を離れたバルカン人は旅をし続けるという事実だった。あたかも自分たちの核をなす教義、〝無限の多様性〟を信奉し、より完全に教義に従って生きたいと望んでいることに気がついたかのように。宇宙艦隊に入り、高いキャリアを目指したトゥケルはそのひとりであり、彼女との会話を通し、自分の星について、また自分の育った環境が必ずしも普通ではなかったことを学んだ。トゥケルはトゥパール地方で生まれた。ヴォロス海東部のへりにある、さわやかで温暖な地域だ。トゥパールは独特な文化を有し、理由の一部は過去二世紀、大勢の異星種族がただ訪れるのではなく、移住先として惹きつけられてきた事実による。天候が魅力のひとつ、気さくな暮らしがもうひとつ。トゥパールの町自体、それに周囲の小さな町や村には様々なバックグラウンドを持つ芸術家や職人が住んだ。生活のペースはゆったり、のんびりしている。だがそのすべてが亡命者や移住者たちの影響のせいではない。地元の住人も元来独特な文化を持ち、トゥケルともっと話すうち理解するようになったが、それでいてわたしの地元と同じぐらいバルカン的なのだった。

わたしは当時、バルカンのこの地方を訪れたことがなく、トゥケルが故郷と生まれ育った環境を説明したとき、はじめは誇張しているのかと思った。彼女の説明する緑の風景ひとつとっても、あり得ないように響いた。だが、真実だった――気候のきまぐれで、母星のその地域はほかの土地のようには不毛にならずにすんだ。代わりに、トゥケルはシカー市を身近に語るわたしの話を聞きたがり、首都を語るときの気やすさをうらやみ、洗練された人物とみなした。わたしの氏素性と育ちを知ったとき、厳しいしつけと伝統的なアプローチによる教育法が一般的ではないと、彼女が気づいたのがわかった。バルカン人全員が同じ方法で教育を受けてもいなければ、非常に禁欲主義的なわたしの階級にいるわけでもないのを理解しはじめた。それでもトゥケルは少なくともわたしと同じほど集中力があり、おそらくもっと適応力が高い。わたしの半地球人の側面が、わたしの育ちと反目しているというだけだろうか？　欠点はわたしの中にあるのではなく――バルカン式生きかたのせいですらないと思いはじめた。

だがトゥケルとわたしが最も議論を楽しんだのは、スラクの解釈の違いだ。ある時点で、論理の優越性をわたしが主張すると、トゥケルに読み返せといわれた。わたしはそうした。よく親しんだ文をもう一度、たいへん注意深く、二十年近くのなけなしの叡智すべてをもって読み直した。トゥケルの主張に反論する目的で読むはずだったが、実のところ気がつくともっと子細に、より広い心持ちで読んでいた。スラクの書きものを単純に内容分析すると、異なる感情がひんぱんに現れ、常に感情を抑圧するよりも把握することを強調していたのがわかった（公正を期せば、トゥケルもこのときにスラクを読み直したとずっとあとで告白し、彼の教えが――彼女のことばを正確に引用すれば――「覚えていたよりはるかに厳粛だった」のを発見する）。

改めてスラクを読んだことで刺激され、あるとき彼の著作を英語に翻訳しはじめた。もちろんすでに翻訳されているが、やってみると、彼の文章を新たな視点で見られた。地球人の目を通して読むのが狙いで、これは最も実りある経験だった。これまでになく、彼の文章のニュアンスをより感じとれた。バルカン人の心中に住まう感情に対し、より鋭敏な理解ができた。祖父母がこの翻訳に非常に興味を示し、わたしが訳した部分を送るよう頼まれた。同時に、コナン・ドイルを〝キタウ・ラック〟、バルカン人が文学と哲学書に使う文語形式で翻訳しはじめた。そして、若気の至りでタン・アラットに手をつけた。そう、二十年足らずの経験で、わたしの叡智を人に教えたいと思ったのだ。本稿を書きはじめる前に、読み返してみたよ、ジャン＝リュック。今回は謙虚なアプローチで臨むことを心しようとしてね。そこで出会った若者にわたしは同情を覚えた。その一編は赤裸々で、後悔と少なからぬ不幸に満ちていたが、希望、というよりは人生を歩む道を見つけようとする真摯な試みもあった。この拙文も貴殿に託そう、ジャン＝リュック――わたしの若き日の叡智の書だ。文学的価値が特別あると胸を張れるしろものではないが、とても正直で、あえていえば、すばらしく気持ちがこもっている。おそらく共感できる者が誰か見つかるかもしれない。故郷を遠く離れ、自分の中の異なる部分をすり合わせて新しく、完全な自己を作ろうともがく若者の肖像に。それを達成したとは確かにいいがたいが、ここからプロセスがはじまったのだ。

アカデミー時代おそらく最も長続きし、報いのあった経験は、地球に長期滞在したため、母方の家族、地球人の家族と親しくなったことだ。前に書いたように、彼らがバルカン星に来たのは一度だけで、非常に強い印象を残していったが、祖父母やおじやいとこととの交流は主に遠距離通信のチャンネル越しになされた。その結果、わたしはほとんど彼らを知らなかった。祖母はわたしがバルカンを発つに先立ちメッセージをくれ、たまには会えるのを楽しみにしているといった。わたしに会いたいが、「わたしのスタイルを束縛」することだけはしたくないという。

どう解釈すればいいのかわからなかった。地球人のコミュニケーションにはわたしが見逃す言外の意味がしばしばあるとの印象を以前から抱いていた。これは「会いに来るな」という要請だとほぼ確信した。だが賢明にもメッセージを母に見せて意味をたずねた。母は笑った。「スポック！　あなたのおばあさんは、正確にいったとおりの気持ちなのよ！　あなたを愛してて、できるだけたくさん会いたがってる――でもあなたが新たに多忙な生活をはじめようとしているってわかっているのでしょ。だから会うのを負担に思ってほしくないの！」

　自力でその解釈に行きつくことはなかっただろう。そして、彼らはバルカン人の孫とは距離を置きたいんだと判断したかもしれない。真実からこれほどかけ離れたこともない。祖母と祖父は、娘の息子をもっとよく知る機会がついに訪れ、静かに深く、そして心から喜んだ。地球に到着し、アカデミーに入るまで優に一ヶ月あったため、二週間旅行して回った。到着前にトゥケルと小旅行の計画を練り、都市を数カ所と、自然の景観がみごとな地域、歴史的に重要な遺跡をめぐる予定でいた――最も効率よく地球の驚異に触れる旅。残りの二週間を、ポートランドから少しはずれたカスケディアの祖父母の家に滞在した。

　祖父と祖母はふたりがスタンフォード大の大学院生だったときに出会った。祖父は十九世紀の英文学を専門とし、夢想家の詩人ジョン・クレアを研究した。祖母は教育心理学者だった。ふたりはパロアルトでふたりの子どもを育てたが、アマンダが実家を離れたあと学究生活に興味をなくし、田舎に引っこんで調べ物や執筆その他のプロジェクトにいそしんだ。祖父は写真と、写真に関連したアートの歴史と進歩に興味を持ちはじめ（彼はカメラオブスクラを組み立て終えたところだった）、祖母はシモーヌ・ヴェイユの神秘的な著作と活動を詳しく研究しはじめ、ときには没頭した。家はあまり広くはないが驚くほど平和で、普段はひとりかふたり祖父母の友人が滞在し、のどかさを楽しみつつ研究をするか、自分の原稿を書き終えるかした。幾度となく訪問した折々に、詩人、劇作家、様々なジャンルの美術家、ミュージカルの作曲家に会った。初めての冬期休暇になるとすぐに祖父母の家を訪ね、初めての寒さを、そしてもっと快い、外の天候がすぐれないときに暖かい家にこもる楽しみを体験した。祖父とわたしはシャーロック・ホームズを再読した。祖母とは白黒映画を多数見て分析した。祖父母の友人がひんぱんに訪ねてきた。

彼らとの出会いは確かにわたしの地平を広げたが、祖父母をよりよく知ることが、当然訪問の第一目的だった。ふたりは一緒に座って会話をするのを何よりも好み、しばしば外のテラスに座り、夕日が落ちて光が消えていく中、いまだ滋養に満ちたふたりの精神をよぎるものはなんであれ、楽しくおしゃべりしている姿を見かけた。話題は決して予測がつかない。典型例を挙げよう。マルク・シャガールの絵画。トーマス・マンの小説。ダグラス・アダムスの著作。ヴィトゲンシュタイン後期の哲学。スラク初期の哲学。原子力時代以前の三文小説。ファースト・コンタクト時代の三文小説。修道院解散。五世紀にわたるフェミニスト分離主義者のユートピア。ベートーベンの後期スタイル。後期スタイルのコンセプト。完璧なゆで卵のゆでかた（ふたりは決して意見が一致しなかった）。なぜ卵を完璧にゆでるのか。ゆで卵はスクランブルエッグより好ましいか。そうだ、オーブンを消すのを忘れてないかい、君……？

それらすべての話題が一晩で俎上（そじょう）に載せられるかもしれない。彼らと過ごすひと月を、貴殿は想像されるだろうか。よく、椅子を持ってきてふたりに加わるよう誘われた。何時間もそうやって過ごし、やがてどちらともなくこういう、「さて、今日は結論が出なさそうだな」

あくびをして、立ちあがり、二階の寝室に引きあげる。祖父母の探究心は無限で、共同研究し、公正な立場で議論し、人道主義を重んじ、わたしを深く愛した。わたしは祖父母の暮らしかたにたやすく合わせられた。ふたりと過ごし、またふたりを見本に、わたしの地球人の遺伝子に対する認識は、不幸な障害から創造性と好奇心の源へと変わった。感情過多になることはなかった、驚異、高揚、喜びを勘定にいれない限り。娘の結婚は彼らにはいまだ謎らしかった――だがわたしを歓迎しているのは疑いない。ふたりは文句なく当時のわたしの親友に数えられる――もしそれが若い学生にしては変わっているというならば、やはり、自分がエキセントリックでよかったと思うだけだ。「魅惑的だわ……」祖母は新しい情報に出会うとよくそういった。いとこのアンドリューが使っていた表現だ。いまでは出所を知っている。

このようにしてアカデミーでの日々は過ぎていき――わたしの人生で最も重要な時期のひとつであり、そのくせ、ふり返ると、とんでもなく早く過ぎ去った。アカデミーで吸収できるものは、すべて吸収しつくしたか？　アカデミーでの思い出を語る大勢の者が、勉強と交友関係のぼんやりした時期として記憶しているのを知っている。指揮官コースの候補生たちの気骨とばか陽気を見るにつけ、まったく別の学府に通ったのかとときどき疑いたくなる。

自分をアカデミーの花形として描くつもりはない。わたしの寿命は長く、わたしと同期にアカデミーに入り、いまでも存命のわずかばかりの者は別の主張をするが、どれも説得力はない。宇宙艦隊アカデミーに入るというわたしの決断を父が気に入らなかったという事実は、確実にそこで成功してみせなければならないことを意味した。そのため生来の性分と同等に必要に迫られ、わたしはたいへんな努力をして課題をこなし、勉強した。高等授業をたくさん、追加授業をたくさんとった。余暇の楽しみかたは、だいたいがひとりででき、知的な傾向になった。友人の輪は比較的小さかったが、それぞれ大いに価値があり注意深く開拓した。非常に多くの時間を祖父母と過ごし、ふたりをとても愛し、それはおそらく十代後半や二十代前半の若者には普通のことではないが、優しく好奇心に満ちた愛情深い彼らと過ごしたことを、みじんも後悔していない。

将来この書を読む者の誰にも、宇宙艦隊アカデミー在学中、なんらかの悪評を立てずに卒業したと思われるのは本意ではない。最終学年の学生たちにはいたずらをする伝統があり、成功とみなされるには、首謀者は学長の面前に呼び出されねばならない。三年目の終わりに向けて、わたしは以前のラボ・パートナー、ルイ・マーハーと彼の仲間から、いたずらの計画に誘われた。上級職員のオフィスに侵入して、彼らのことばでいえば〝化粧直し〟をする。セキュリティコードにアクセスするために、助けを求められた。プフンを聞き、すぐに仲間に入る誘いを断った。彼らの戦略は子どもじみていると思った。わたしはこの時点までにじゅうぶん学習しており、口にこそしなかったものの、マーハーにはわかったようだった。わたしが断って間もなく、友人たちと引きあげる際、彼はわたしを感慨深げに見ていった。「君は話がわかるやつだと思ったのに。その、わかりかけてると思っていた。見立て違いだったよ」

夏季休暇のあいだ、わたしはこのやりとりを考えた。概して伝統自体に反対しているとは思わない。ただ、提案されたプランには芸がないと思っただけだ。キャンパスに戻り、最後の年がはじまったとき、そしてマーハーがあからさまに驚いたことに、わたしは彼に近づいて別のプランを提案した。

「冗談だろ」わたしが計画をかいつまんでいったあと、彼がいった。

「ミスター・マーハー、わたしがジョークをいったことがありますか？」

「できっこない！」

「可能です。そして成功します」

「へえ」尊敬のまなざしも新たにマーハーがいった。「イヤーブックになんて載るかわかったぞ。〝未来の犯罪王〟だ」

卒業式当日の朝、二時間ばかりホールを悪霊払いする事態を引き起こすだけ、じゅうぶん進んだ遮蔽(しゃへい)技術をひねりだすのに入り用と思われるスパイ活動および技術的ノウハウの複雑さについては、詳細を割愛させていただく。わたし、ミスター・マーハー、そして共謀者数名（陰謀は少数にとどめるに限る）は学長に呼び出されただけでなく、宇宙艦隊の情報部代理が並々ならぬ関心を示し、ルイ・マーハーをリクルートしたというにとどめよう。彼と将来交わすやりとりから学んだのは、あのセメスターにやった工作が、のちに遮蔽船追跡技術の精度を上げる基礎となった。わたしに関しては、プロジェクトに大いに満足し、単に「技術的に優秀」以上の首尾だったと述べておく。宇宙艦隊情報部から同様なオファーを受けたが、断った。〈エンタープライズ〉のポストの声がかかり、そちらに飛びつく。スパイ活動にこれ以上手を染める必要はない。探検がしたかった。宇宙の驚異を見たかった。

宇宙艦隊アカデミーの卒業式に父は出席しなかった。当時は外交任務でアルセティス・プライムに向かっていた。それがどれほど重要な任務なのかは母に問わなかった。父の頭の中では、わたしの卒業式に出席するためにアルセティス行きを延期するのが妥当ではないほど、じゅうぶん重要だったと思われる。わたしの「多くの、輝かしい成果」を認め、希望したポストについたことを祝う短いメッセージを寄こした。また、健康を祈ってくれ、父にしてはたいへんな譲歩だと受けとめた。

「お父様は喜んでますよ、スポック」メッセージを一緒に見た母がいった。それでも、ともに喜んでほしいと願いはした。

わたしはその日、滅多にひとりにならなかった。もう一方の家族（結局、祖父母はあの年月の重要な要素となった。わたしを支え、基盤を与え、アカデミーでの日々がきつすぎたとき、避難所を提供してくれた）はそろって出席した。母はもちろん出席し、マイケルは義弟に愛情のこもったメッセージをくれた。もしいまのわたしが父の不在について考えるならば、彼に哀れみを感じる。いい大人でありながら、半分地球人の息子に対して抱くわだかまり、わたしへの愛とわたしの下した選択への否定のあいだで起きる緊張を、いまだに解決できずにいる。わたしは当面その緊張を残していたが、解消プロセスはすでに進行中だった。アカデミーがわたしの命と正気を救ったといっても過言ではない。ここでの経験なくして——バルカンの生きかた以外の可能性に目を開かれた——故郷から距離を置くのに成功していなければ、次の数年間でわたしは完璧に壊れていてもおかしくはなかった。情報のあとに知識がくる——とりわけ、自己認識が。

FAI-TUKH

第二部

ファイ・トゥク［知識］
——2254～2293年

天使

自分の人生の書を書くとは、そもそもどういう意味か？　どのバージョンの人生を提示すればいい？　わたしは息子、弟、孫、士官候補生、士官、中佐、船長、大使だった。利口で、間違いを犯し、論理的で、感情的だった。賢くもあり愚かでもあった。いまだに賢くもあり愚かでもある。常にバルカン人、常に地球人、だが決して完全などちらかではなく常にどっちつかず、両者のあいだに存在している。ときには完全に統合した自己を経験した。別のときはあまりにばらばらになりすぎて自分のかけらが二度とひとつにまとまりそうになかった。貴殿が初めて会ったわたしは老人だった。この書でいま、若者のわたしと出会っている。わたしの話す物語は必要上重なりあい、絡みあう——だが生きていれば、それは起きる。過去の人物が、突然もう一度大きな存在になる。自分の古いバージョンと対決し、新たな自分を鍛えあげて前に進む。死者はときに死したままではなくなり、最大限努力して、人生の物語をストレートな語り口と直線的な進行で綴り、単純で満足のいく完全性を目指そうとしても、努力が覆されることもある。ジャン＝リュック、貴殿はここまでつきあってくれた。この先もおつきあい願いたい。

これからふり返るのは、おそらく人生で最も困難な時期だ（死からの生還ですらこれほどの試練ではなかった）。わたしはまだ若く――利口な若者で、宇宙艦隊のキャリアを自信満々ではじめ、これまでせっせと蓄えてきた情報――ローフォリ――があれば、前途に待ち受けるすべてへの備えは盤石だと考えた。自分は深遠かつ安定した、優れた生の哲学の後継者であり、自分のもうひとつの遺伝子がいかなる欠陥をもたらそうとも、努力すれば埋められると信じた。人生を前に進め、過去の鍛錬と情報のすべてをもってファイ・トゥク――すなわち世間を渡るための実用的知識を広げる用意はできていた。人生経験を積みはじめる時期、新たな試練に遭うたびにそれまで学んだすべてを引きだして、自分をとり巻く世界のより深いパターンを認識しはじめる時期に、いままさに入ろうとしていた。準備は万端、前途に横たわる試練への覚悟はできていると信じた。自分と世界に対するわたしのその見立ては、ほぼ完全に誤りだった。

バルカン哲学には理念がある。〝クシア〟。訳すのは難しく、最もよく当てはめられる英語は〝現実的真理〟となる。その意味するところは、世界を自分の見たいように見るのではなく、真の姿の世界を見ること。前者は生きていればわれわれ皆がときにする間違いだ。他者よりも多く間違えがちな者もいれば、自分の築いた世界のはんぱな真実より先には決して行かない者もいる。自己欺瞞の世界に住んでいながら、にもかかわらずそれを真実として、一貫したものとして経験しているのかもしれない。〈エンタープライズ〉に初めて乗り組んだ若者にたずねれば、自信たっぷりにこう答えただろう、自分の気質と宇宙の一般的な性質を完全に理解していると。数年も経たず、彼はばらばらになる。彼の自意識が粉砕される。現実感は細切れになる。あの若い士官は、どれだけ自分自身を否定しようとしても、真実の世界に住んでいなかった。

いま現在、この瞬間を書いていて、わたしは自分自身を最も一貫した自己として経験している。己れをはっきり認識している。目的をはっきりわかっている。ジャン＝リュック、すでにおわかりのように、常にそうではなかった——幼少期の自意識は、自分の本質が調和しがたく分断していると確信させられたことに、深く影響された。ふたつの種族の遺伝子を持つという事実。長年のうち、議論の余地のない事実と受けとめていたものが、実際には他者の間違った信念でありながら、あまりに強く、強制力のある概念のため、何年も〝現実的真理〟として受け入れ続けたと理解するに至った。だが自分自身の本質について間違った信念を永遠に抱え続けることはできない。自己の〝現実的真理〟と折りあいをつけるプロセスをはじめなくては、結果はろくなものにはならない。ふり返れば、当時の自分の真実の姿が明確に見える。でき損ないのハリボテ、宇宙艦隊の光沢をかろうじてまとい、みごとに整然とした情報を自在に生みだして、完全で機能的な人物だとの印象を与えた。事実は、宇宙艦隊アカデミー艦隊のキャリアがはじまって間もなく、わたしの偽の自己認識がひび割れだす。わたしは実際、砕けはじめた。

バルカン人は正直と一貫性を、それ自体が美徳であるクシアの理念に則って尊重している。タン・アラットは何よりもこの理念に忠実であるべきだ。真実のみを語るのは、受け手である読者を尊重してのことなのも確かだが、第一に、叡智の書が論理的にそれを求めるからだ。なぜこのような骨の折れる作業を、自分に嘘をつくためだけにやるのか？　そんな労力を払う目的は？　いまこれをいうわけは、ジャン＝リュック、様々な理由で秘密に覆われていたわたしの人生の一部を述懐するところだからだ。わたしがいうのは、どんな家庭にもあるようなありふれた秘密――家族にまつわる身内だけの悲しみや後悔のたぐいではない。厳密に箝口令を敷かれた事件や人々のことだ。何十年にわたり、わたしは命令に従った。

だが、ここでわたしは行きづまった。タン・アラットは正直さを求める。友よ、貴殿に値するのは正直さだ。叡智の書は、書き手が隠しごとをすれば真の叡智とならない。部分的に記述したところで叡智を授けられはしない。ここであらましを語ることが起きたのは、一世紀以上も昔――百三十年前だ、実に！――であり、関係者のほぼ全員が故人か、彼方へと去った――われわれの手の届かない時の向こうへ。この一連の事件に触れずにおけば、姉への裏切りになる。また、この一連の事件を語ることにより、おそらく現在のわたしの決断がより理解しやすくなるだろう。事情は複雑で、大半の時間――わかっていただけると思うが――精神を現在に保つのに苦労していた。だがわたしに起きた異変について可能な限り話すつもりだ――そして、ジャン＝リュック、このくだりの最善な処理の判断は貴殿に託そう。

〈エンタープライズ〉に乗り組んで数年後、悪夢を見はじめた。珍しいことではない。悪夢は子ども時代を通して見続け、わたしの創りだしたヨンティスラックのイメージがひんぱんに現れた。思春期の後半、悪夢はきれいさっぱり消えてなくなった。おそらく大量の勉強で頭がいっぱいだったのだろう。そのためいまさらの悪夢の復活は様々な理由で気がかりだった、内面的に何かが乱れている印だ。この頃の日記を見返すと、早いうちに静かな苦悩の兆しを感じとっているが、最初は現実を拒んでもいた。ただの悪夢ではなかった。そうではなく、子どもの頃に見た幻視が舞い戻り、どのような合理的な手段でも説明がつかなかった。少年時代にわたしが〝赤い天使〟と名づけたものを見たのを覚えておられるだろう。両親に姉の居場所を教え、姉の命を救う手伝いをしてくれた。その後、わたしは後遺症らしきものを経験し続けた。光の赤い爆発が宇宙中に散らばる強烈なイメージだ。

赤い天使の影がいま一度わたしの夢をよぎり、その圧倒的なパワーは空想よりも予兆に思われた。だが、それが真実であり得ようか？　論理的に、そのような神秘的な考えは受け入れがたかった。これは混乱した思考の産物、弱さの証であり、制御しなくてはならない。瞑想をした。精神を鍛えて赤い天使を追い払おうとした。だがこの頑なな拒絶――体験したことの否定――は役に立たなかった。夢はより強力になり、目覚めているあいだもその夢で頭がいっぱいになるほどだった。これは明らかに捨てておけない、とりわけ自分と同僚のクルー双方に深刻な害を及ぼす危険がある以上は。長期上陸休暇を願い出て、了承された。要請した理由は特にいわなかったが、最近遂行した長期にわたる任務で誰もが疲弊し、わたしの休暇は数ヶ月分たまっていた。一見要請に不自然なところはなく、精神的に苦しんでいる素振りをおくびにも出さずに離船できた。船長として理解を示してくれたクリストファー・パイクには深く感謝しており、このあとの彼の行動にも等しく恩義を感じ続けている。

はじめ、どう対処したものか迷った。論理的な手順としては、バルカンに戻って山にこもり、ヴィジョンが消えるまで精神修養し続ける。ヴィジョンはますます強力になり、とほうもなく恐ろしかった。いなくなってほしかった。再び自分をコントロールしたかった。故郷に帰り、静修し、この妄想を完全に消すべきだ。それなのに本能がそれは最善の選択ではないと告げた。子どもの頃、父に――マイケルの居場所を両親に教えたとき――居場所を特定した推理力を褒められたのを思い出した。それでもわたしは知っていた――知っていた、だがなぜかは聞かないでくれ――天使が現実に存在し、わたしを姉のところへ導いたことを。ここには何か学ぶべきことがある――だがそのとるべき道がわたしを怖がらせた。天使が導くところへついていけば――これらの妄想に身を任せれば――正気を失うのでは？　ごく幼い頃から、おそらくはシャ・カ・リーを見たと主張した兄と、それが起こした両親の苦悩を目の当たりにしたためにわたしはブレイクダウンを恐れ、自分が正気を保てなくなり卑しい本能の餌食となるか、一貫した自意識を失うのを恐れた。それは、それまでに想像し得る限り最も忌まわしい末路だ。だがそれでも――それがわたしの選んだ道だった。天使に従い――
――わたしはばらばらになった。

この期間についてわたしが知り得た多くは、母がのちに話してくれたことをつなぎ合わせたものだ。わたし自身はこの時期を支離滅裂な幻覚として覚えている。自意識と、正常に流れる時間の感覚が完全に乱れた。自分の日誌――個人的な航海日誌の記録――を読み、名前のない惑星に向かったのはわかっている。そこでもう一度赤い天使と出会い――出会ったと信じた――精神融合した。このときの記憶で圧倒的だったのは、天使が感じていた孤独――心細さ――であり、わたしは深い哀れみを覚えた。彼女の裡にわたしがそれを認めたこと、認識したことが彼女を力づけ――それを彼女の中に感じ、感謝されるのを感じた。お返しに、当時は控えめにいっても疑わしい贈りものをくれた。わたしに未来を見せたのだ。圧倒的に悩ましい経験だった。地獄のヴィジョン、兄がパラダイスを見た場所。アンドリアの、テラーの、地球の破滅を目撃した――そして、バルカン星の。このあとわたしの現実との接点が、さらに不安定になる。時間のたががはずれた。第五宇宙基地へ旅し、そこで精神科の治療を受けた。宇宙艦隊には家族に教えないよう頼んだ。母か父、どちらかにこんな状態のわたしを見られると思うだけで耐えられない、それも理由のひとつだった。

時間が砕けた。わたしが砕けた。感覚が麻痺(まひ)した。あたかもくもりガラスを通して見ているように周囲を体験した。通常の時間の経過がわからなくなった。何も感じなかった、だがわたしに向けられた疑惑のすべてが立証されたのを知っていた。ずっと起きるのを予期していたことが起きた。わたしのふたつの側面——論理と感情、理性と本能——は共存できなかった。実験——自分をそう見ていた、母と父の実験作だと——は、完璧に失敗した。ふたりは試みるべきではなかった、わたしを存在させるべきではなかったのだ。同時に地球人でありバルカン人であるのは論理的に不可能であり感情的に擁護できない。訓練と自己修養のすべて、わたしの中の両者を和解させようとの試みはすべて無駄に終わった。わたしは赤い爆発と予兆を経験した。天使を見て地獄のヴィジョンを見たと信じた。これより導かれる論理的な帰結はただひとつ、わたしは正気を失った。

そのとき、宇宙空間で複数の赤い爆発が個別に観測されたと知り、電光が走ったかのようにはっきり悟った。わたしのヴィジョンは、単に自分の乱れた精神の中だけで起きているのではなかった。わたしは精神科病棟の退院を要求した。去りたかった——ができないといわれた。このときまでに連邦内の強力な影の組織がわたしの身に起きたことに興味を示し、わたしの意志に反して病棟に拘束しようとした。彼らは成功しなかった。わたしが脱走したとき、わたしが医者たちを殺害した犯人だとの虚偽を広めた。わたしは唯一信用できる人物を探しに行った。名前もつけられないような、口にしたくもないような窮地に陥ったとき、誰もがしたいと望むことをした。慰めを求めた。母を探しに行き——かくまわれた。

　その者たち、わたしの赤い天使に関する知識を求めるあまり無実の人々を殺し、わたしに罪を着せることすら辞さない者たちの正体は？　貴殿は確かにご存知でおられよう、ジャン＝リュック。宇宙艦隊内部で活動し、法の外で、広く罪に問われず行動を許可されている集団を。そのような要員が必要かどうか、もちろん意見をお持ちのはずだ、わたし同様に。彼らは連邦の歴史を通して存在しているらしい。その権限は増減する。ときには表に現れ、ときには陰に引っこむ。おそらく貴殿なりの呼び方があるのだろう。わたしは〈セクション31〉の通称で知っている。そのような面々がいまではわたしを追跡し、姉と船長を探しに要員をさし向けた。母はマイケルを信用してわたしを託した。マイケルはわたしの正気が戻るまで身柄をかくまった。赤い天使とは、ガブリエル・バーナム。マイケルの母であり、現在われわれが向かっている未来からの警告を送っていた——知的生命体の壊滅。われわれはそれが起きるのを防ぐ手立てを発見し、パイク船長が重要な役割を演じた。マイケル、彼女の乗り組む船、彼女の友人が犠牲となって未然に防いだ。

　これは外的な脅威ではなかったことを理解しなくてはいけない、ジャン＝リュック。これは内憂、とりわけ秘密組織の存在が不健全に組み合わさって起きた脅威なのだ。だがまた顕著なのは、戦時編制の結果として生じた猜疑(さいぎ)、それが新たなタカ派を組織にもたらしたことだ。われわれのような文明は、常にそういった変化に目を光らせている必要がある、自分たちを開明された種族とみなし続けたいのであれば。火星攻撃以降の宇宙艦隊の縮小と、ロミュラン人への一般的な、膨れていくばかりの敵意の中にこのパラノイアを再び目にすることになり、残念でならない。

だが、わが姉と、彼女の乗り組む〈U.S.S.ディスカバリー〉のクルーを失うに至った経緯についてもう少し説明させてほしい。クリンゴンとの開戦時、宇宙艦隊情報部は新たな分析システム〝コントロール〟に日ごとに頼るようになった。〝コントロール〟は人工知能AIを使い、惑星連邦の安全を脅かす脅威を予測し回避する。赤い爆発がよりひんぱんに出現しはじめた頃と時を同じくして、宇宙艦隊情報部の一部がこのシステムを拡張し、自分たちの地盤を増大させようとした。ところが暴走したシステムは情報士官を多数死に至らしめ、艦隊へのアクセス――コントロール――を手に入れた。わたしの見た地球やバルカン、その他すべての知的生命体壊滅のヴィジョンは、AIが連邦の機密情報へのフルアクセスを獲得した延長上にあるらしいと判明する。とりわけAIがアクセスしようと狙ったのは、宇宙艦隊が古代の生命体から受け継いだ記録だった。それは〝球体〟としてして知られ、〈ディスカバリー〉が先だって遭遇していた。〝球体〟は何十万年も昔に生存し、往時は銀河系じゅうの星系や種族の情報をあまねく集めた。もし〝コントロール〟がこのデータバンクにアクセスしてしまったら、わたしの見た死の未来が起きる。われわれのとれる最善策は、すなわち姉と船が失われることを意味した――破壊されたのではなく、死んだのでもなく、往ったたのだ。〝球体〟のデータを破棄せずに〝コントロール〟の手の届かない、数百年未来に送った。マイケルが先に、母ガブリエルによって未来から送りこまれた手がかり（リード）を追っていき、そのあとを船とクルーが続いた。というより、そうわれわれは願った。彼らが目的の時空に到達できたのかはわからない。マイケルが母親を見つけたのか、友人たちはマイケルと再会を果たしたのかわからない。現在のわれわれが助かり、彼らの犠牲が無駄でなかったことは知っている。従って、わたしを含め、誰ひとり手の届かないところで姉たちは無事に安全でいると、希望を持っている。

当時、〈ディスカバリー〉の未来への旅を手配したわれわれは、一部始終について固く口を閉ざし通さなければならないと承知していた。〈ディスカバリー〉の任務は、極秘であり続けねばならない。いつまでも秘密に。姉——名前、キャリア、存在のほぼすべて——は闇に葬られた。何十年と経ち、あのときわたしがした約束はほとんど別の人間によって、別の世界でなされたかのようだ。姉を完全に思い出し、しかるべく名誉を与えなければこの書を執筆できないとわかった。わたしはマイケルを覚えている。そして、彼女を完全に忘れられた存在にするつもりはない。払われた犠牲のあったことを、完璧に忘却の彼方（かなた）に沈ませる意志はない。姉と和解する機会があったのは実に幸運だった。永遠に旅立つ前、マイケルはわたしにいった。大勢の者がわたしに手をさしのべるだろう、拒みさえしなければ、と。それは常にたやすくはないが、姉のために努力した。

貴殿の目は節穴ではない、ジャン＝リュック。そして宇宙艦隊の内と外両方を操る秘密部門に関する独自情報をご自身でお持ちのことだろう。年をとるにつれ、残り時間が短くなるにつれ、他者が演じるその手のゲームにはうんざりしてきた。彼らは必要上行動していると主張するが、自分たちのやっていることを楽しみ、嬉々として秘密を持ち、極端な行動に走っているのが透けて見える。わたしにそんな趣味はない。そんな時間はないのだ、いまとなっては。長い人生の終わりにあたり、時間はわたしの最も大切な持ち物となった。このできごとを思い出すにあたりわたしにとって重要なのは——このタン・アラットに重要なのは——マイケルが新たな行き先に向けて旅立つ前に、和解できたことだ。われわれはふたりの傷ついた子どもとして出会った。われわれはふたりの傷を癒した大人として別れた。もう一度、ふたりのあいだに横たわる過去を、互いに与えた傷を見た——そして、互いを許した。混乱し、苦しみ、入りくみ、恐怖した日々の中で最も大切なことがふたつあると、いまにしてわかる。ひとつは、姉とわたしは友人として別れた。もうひとつは、わたしが最も道に迷い、身も心もばらばらだったとき、母がそばにいて、断片をつなぎとめてくれたため、やがてわたしの用意がととのい再びひとつになるプロセスをはじめることができた。父については——母からのちに聞いた話では、去る前にマイケルと和解した。だが、父と息子にできた溝は、もうしばらく開いたままとなる。

その反対側にいた男は？　この件を経て、スポックはどうなったのか？　ここからの復帰は、楽ではなかった。わたしは〈エンタープライズ〉の職務に戻った。残された断片を集めて、一人前に機能する自分を再構築しようとした。貴殿には、いくらかわかってもらえると信じる、ジャン＝リュック。御身自身のボーグとの経験から。わたしは〈エンタープライズ〉に比較的早く復帰した。頼みにできる正常さがあった。船内には規則正しい生活がある。パイクは確かに配慮してくれた。間違いでも妄想でもなかったとの認識があった。何があろうとも母の愛は揺るぎないという事実があり、決して疑わなかった。使いものになる自分を組み立てようとするのに、まんざらではない基盤がある。この状態をはるかに少ない基盤で乗り越えた者は大勢いる。

この物語には、いままで他の誰にも明かしたことのない終章（コーダ）が存在する。だがいま、貴殿にぜひとも伝えねばならない、ジャン＝リュック。なぜならそれによってこの物語が完全に閉じ、さらにはわたしの未来に待つ可能性がかいま見えたからだ。赤い天使を最後に一度だけ見た——その残像を、といえるかもしれない。〈エンタープライズ〉の任務に復帰後間もなく、非番中に自室にひとりきりでいると、感じた——または見たというべきか、いつも区別がつかない——赤い天使の訪問の前に必ず先んじて現れるオーラを。わたしの示した最初の反応が恐怖だったと認めるのは恥ではない。過去数ヶ月に起きたできごとにかかわらず、これらの経験は実際の説明がつかぬまま残り、二度目のブレイクダウン、あるいは感情的に苦悩する張りつめた日々がはじまる兆候かもしれなかった。まるで昨日のことのようにくっきり目に焼きついている。

だが今回は、何か違う。まず、それまでのヴィジョンと関連づけていたオーラが赤みを帯びていない。その代わり、青味がだんだんと深まり、インディゴに近づいていく。赤方偏移。青方偏移。この小さなディテールにはたとなり、気をとり直したわたしは、何よりも、以前の経験が自分を変えたことを思い出した。わたしのヴィジョンは結局実証されたのを思い出す間ができた。赤い天使はいたのだ——驚異的で、尋常ではないものの、幻ではない。わたしは正気を失ってなどいなかったし、いまもいない。現状を否定しようとせず、もしくは抗おうとせず、その代わりにそのまま起きるに任せた。自室の床に座って呼吸をととのえ、心を開く。

いま一度、女性を見た——するとたちまち正体がわかった。ガブリエル・バーナム、子どものときかいま見たのをはじめとして、最近再び現れ、存在を否定しようとすればするほど崖っぷちに追い詰められた、天使の正体。わたしの地球人の姉の、地球人の母親。わたしは彼女の立っている室内を見回し——そこはわたしの知っている場所ではないものの、ただちに明かりの性質を認識した。これは、バルカン星だ（あるいはおそらく、バルカン星だった）。目に映ったのはほかにもたくさんあったが、最も戸惑ったのは彼女のまとう服装だった。バルカンでは、宗教的また思想的な教団のローブを認識することなく育つのは不可能だ。ガブリエルはその種の身なりをしていた。青い服の僧衣とベールをまとっている。背中には棒を背負っていた。この教団を知らない。その後何年ものあいだ謎だった。わたしにわかったのは――見えたのは――この女性の統一された自意識、異質な部分を統合した姿に感動しただけでなく、慰められもした。この女性が歩んできた道がどんなものであれ、慣れ親しんだすべてからどれほど遠くへ弾き飛ばされようと、自分の道を見つけた。彼女は完全な存在で、娘と、わたしの義姉との再会を果たした、そう望む。

後年、ロミュランについてより詳しくなったとき――おそらく知識量でわたしに匹敵するのは貴殿だけだ、ジャン＝リュック――ガブリエルが一員となったその教団の名前を学んだ。貴殿はすでに察せられたことだろう、わが旧友よ。クワト・ミラット――真実の家の隠者、無垢なる在り方の教義を信奉する者たち。魅惑的な集団だ。腹立たしい、確かに――それともおそらく「すがすがしい」というべきか。彼女らの存在を知り、ロミュランの生きかたへの理解が深まる助けにずいぶんとなった。そしてもちろん、教団のシスターたちとじかにまみえたとき、ガブリエル・バーナムの裡にわたしが見たことをとうとう完全に理解する重要な情報の断片が手に入った。地球人の女性が、ロミュランで生まれた教団のローブをまとい、バルカン星に住まう――これがわたしにとってどれほど深い意義を持つか、いう必要はあるまい？　ガブリエル・バーナムは、わたしが生涯をかけて成そうと奮闘してきたものと同種の統一を果たした。彼女のあの最後の姿は、当時完全には理解しなかったものの、一種の約束、わたしにもああいったかたちの統一が可能だと、かいま見せてくれたようにのちには思われた。当時、すっかり見えていたわけではない——あのときは無理だった——が、彼女が完全に自己を統合したことは認識でき、そして、そのような状態に到達するのは可能だとの知識から慰めを得た。のちにわたしが見たことを完全に理解できたのは、近頃の困難な日々において、再び大いなる慰めの源となりつつある——わたしががんじがらめに組みこまれた三つの偉大な文明の絡まりあった歴史が、ひとつに統合される日が、やがては来るのだから。

ヴィジョンを信じるのか？　論理的には、注意深く接するのが賢明だろう。自分の望む世界のマニフェストであり、ありのままの世界の〝現実的真理〟ではない。〝現実的真理〟の世界は、知性を有する者なら誰でも受け入れるすべを学ぶ必要があり、子細な観察、データの取得、仮説の系統だったテスト、検証可能な証拠の積みあげを通して最もよく理解できる。ヴィジョンはクシアの対極とみなせるかもしれない。それでもなお、情報を入手し知識を増やしてきた長い歳月で学んだのは、われわれの住まうこの広大な、最もすばらしく多様な宇宙には発見すべきことがまだ数多くあるという事実だ。

わたしはヴィジョンを〝信じ〟ない。もしそれによって意味するのが、完全なる超自然からのメッセージだとしたら、もしくはなんらかの特別な啓示へのアクセスだとしたら。それでもときおり、われわれは結論を立証できぬまま、本能的な手段で洞察を得ることは否定できない。宇宙はたくさんの驚異を抱いており、そのすべてを表現できる言語や用語を持たない——それ自体が何よりの証拠だ。大人になりたてのわたしがしたこれらの経験が、おそらくいくらかは、現在のわたしが下した決定の説明になるかもしれない。これからまさしく暗闇へ飛びこもうとしていることへの。合点がいかれるといいのだが、ジャン＝リュック。理解されることを願う。

パイク

初めて着任する新米士官は、誰でも皆、同じ発見の旅を経験するのではないだろうか。アカデミーで教わったすべてが真実である一方、宇宙船暮らしの現実をおよそ反映していないと、すぐに悟る。われわれに仕込まれた情報では、効率的かつ効果的な任務遂行に必要なことの表面をかすりさえしていない。その点においてわたしの経験は、わたしの前にいた無数の若い士官およびわたしのあとに来る無数の若い士官と、なんら違いはないと確信する。アカデミーの最終学年で身につけたペルソナ――地球人の欠点の辛辣な観察者――が、それなりにうまくいった。希望としては、演じているうちこの役回りが自然となじみ、板につくようになる。ある程度はそうなったと信じる。バルカン人の仮面はこの先何年も、非常に有用だった。

若い士官のほとんどのように、わたしは直属の上官、この場合副長のウーナ・チン＝ライリー、通称〝ナンバー・ワン〟と、クリストファー・パイク船長から多くを学んだ。パイクについては、ここで語っておかなくてはならない。キャリアの初期に船長から受けた影響ははかりしれず、ブレイクダウンの期間だけにとどまらず、次の船長に仕えていたときでさえ、パイクに受けた恩義を少しでも返すためには軍法会議さえいとわなかった。パイクは少なくとも、手本を示してくれた。士官としての律しかた。行動すべきときと聞くべきとき。決断力と無分別の違い。パイクは下級士官の訓練に手を抜かなかった。例を挙げると、指揮官コースにない下級士官は全員、彼のクルーになったときに受けるテストがある。アカデミーでは指揮官コースの候補生は〈コバヤシマル〉テストを受けるのが必須で、勝算のない状況下での対応能力が試され評価される。パイクは他の候補生にもこれは必要な訓練だと信じ、改善策を探した。指揮官だけではないからな、パイクはそう主張する。大事な決定を強いられるかもしれないのは。彼はいつもどおり、正しかった。そのような経緯で、ナンバー・ワンこと副長が新米士官用に、困難な状況における反応を評価するシミュレーションを設計した。〈エンタープライズ〉到着後間もなく、わたし自身テストを受けることとなる。

第二十八宇宙基地での短期滞在中、突然非常警報が発令された。拘留室に呼び出されると、捕虜が一名拘束されており、パイクがいうには捕虜は基地の安全にかかわる重要な情報を握っている。手近なバルカン人士官の部下はわたしだけのため、捕虜と精神融合をして情報を入手しろと命じられた。基地の安全と保安と生存が、これにかかっているらしい。

受け入れられない命令だった。精神融合は尋問用の道具ではない。通じあえそうな意識を和合させるテクニックだ。パイク船長が要求する用途に濫用すべきでもなければ、してもいけない。部屋の向こうで爆発と警報が響く。状況は悪化していた。パイクは強要し続け、わたしは拒否し続けた。室外から響く音と、船長の受信した通信がさらに絶望的になり、直接命令に従うのを拒否すれば反逆罪で軍法会議にかけられると諭された。

「拷問しても有益な情報は得られません」わたしは返答した。「あらゆる証拠がこの主張を裏づけています。ご命令は非論理的かつ非倫理的であり、従う必要はありません。二度と命令しないでください、船長」

「それはつまり軍法会議にかけられる覚悟のうえだと受けとってよいのだな、少尉」

「チャンスに賭けます、船長」

パイクは長いあいだわたしの目を見つめた——そして、唐突に非常警報が鳴りやんだ。捕虜が緊張を解いて笑った。パイクがにやりと笑い、わたしの主張とわたしの行動を褒めた。

「ありがとうございます、船長」わたしは彼にいった。「ですがお褒めを授かるには及びません。これは難しい選択ではありませんでした」

「そうかね?」船長が返した。「あいわかった」

実際、それは難しい選択ではなかった、なぜならほぼはじめから、これはある種のテストではと疑ったからだ。倫理と忠誠をベースにしたモラル上の選択を即刻迫るなどという事態が、自然に発生することはまずあり得なかった。のちにデブリーフィングの席で、ナンバー・ワンにこれはシミュレーションテストだと類推したと認め、そしてその結果彼女が入手したわたしの反応についてのデータは役に立たないとみなすべきだといった。

彼女はため息をついた。「うまくいかないっていったのよね」

「テストを台無しにしたことをお詫びします」

「心配しないで。絶対何か別の手を考えるから」

「心得ておきます」

当時、同僚と話すと彼らも似たような調子でテストされたとわかったが、同じシミュレーションは皆無だった。新任ほやほやの士官たちの複雑な感情と反応をどうすれば引きだせそうかを見極める、並々ならぬ嗅覚をナンバー・ワンは発揮した。わたしの同僚が語ったシチュエーションはどれも、宇宙艦隊への忠誠心を保てるか否かがなんらかのかたちで試されるか、または個人的な事情の何かが判断に影響を及ぼすというものだった。新米士官がこのテストに失敗したと聞いたことはないが、その後自分が何度も反逆し、そしてそのうちの一件はパイク自身のためだったという事実の皮肉を看過するものではない。ずっと年を重ねてから一度、情報入手のため強要されて精神融合をした事実に対しても、盲目ではない。その話はあとで触れる、ジャン＝リュック、誇れるものではないがね。ほかに同様のテストはしかけられなかった。もしあったら、おそらくは試練が現実になったとき、うち克（か）てていたかもしれない。

二二五〇年代の半ば、クリンゴン帝国と惑星連邦のあいだでくすぶっていた緊張がはじけてついに開戦、連星系において戦端が開かれる。最初の数ヶ月でわれわれのこうむった甚大な損失にもかかわらず、全クルーの驚いたことに〈エンタープライズ〉は現行任務を続行し、前線には戻らぬよう指示された。理由は、わたしの理解では、本船の投入が絶対的に必要になるまで切り札としてとっておくためだ。だがこの指示は、クルーのあいだで不評だった。僚船の友人や仲間が戦っているというのに蚊帳の外にいろとの指示は、少なからぬ者にかなりの葛藤を与えた。わたし自身は戻る意味がなくなるまで離れているよう命じる論理が見えなかった。もし戦争勃発に演じたマイケルの役割による複雑な事情があるのなら、そしてそれがわたしの忠誠心を危ぶんでのことだとしたら、決して問われなかった。そのためその限りではないと踏んでいる。わたしの忠誠心の所在に疑念があったなら、単に戦時中わたしを〈エンタープライズ〉からはずすほうがずっと簡単なのは論をまたない。

最終的に、この決定に論理はほとんど関与していないと結論づけた。〈エンタープライズ〉を予備に回すのは、主に情緒的な効果のためだ。〈エンタープライズ〉が参戦すれば、おそらくはひどく損傷するか、破壊される可能性が大で、そうなると旗艦の戦闘不能または破壊による士気への打撃は計りしれなかったはずだ。戦線から本船を遠ざけた結果、その事態はまぬがれた。〈エンタープライズ〉クルーの士気への打撃は、価値ある代償と思われた。多数の利益は少数の利益に優先する。だがこれは大方の同僚にとっては受け入れがたかった。わたし自身は、戦闘に加わることに熱心ではなく――初期の訓練において、勝者として戦争を終える準備があるならば、一番論理的な戦略は戦争の勃発を防ぐことだと教えこまれていた――そして、それを証明する必要性を個人的に感じなかった。ほかの者にとってはその限りではなく、この不参戦が少なからぬ者にとってその後何年も古傷として残ったのを知っている。戦争が終結したとき、そしてわれわれの任務が終了したとき、わたしはすぐに別件で忙しくなった。これは、わたしが赤い天使の幻視問題に対処するため、宇宙艦隊から長期休暇をとるのを余儀なくされた時期と重なる。

休暇を許可したのは、パイクの英断だった。その後の数ヶ月、船長がわたしに示した誠意と信頼をわたしは永遠に感謝している。あれはわたしの人生でもきわめて難しい時期であり続けた。確かに、科学士官が機能不全になってはなんの得にもならない。だがパイクはこの件がどこへ向かうのか推し量ることはできなかった。ジャン＝リュック、いまではご承知の赤い天使をとり巻く事件のあとも、パイクはわたしを支え続け、祖父母に会いに地球に戻る長期上陸休暇を許可してくれた。

この頃の祖父母は百歳前半で、まだ健勝だった。ふたりの生活はあまり変わっていない。住まいは変わらず穏やかな環境で、クリエイターの天国だった。ふたりの会話も変わりなく

――興味はこれまで以上に多岐にわたっていた。祖父母はクリンゴンとの戦争について、倫理面その他、いうことがたくさんあった。この戦争をわたしが回避できたのは喜んだが、ひどく異質なクリンゴンという種族について実地の情報を仕入れられずにがっかりもしていた。ふたりにはまた、マイケルについての疑問がたくさんあり――そしてもちろんわたしはその多くに答えられなかった。ふたりに話したのは、マイケルは極秘任務を遂行中行方不明となったこと、義姉の忠誠心または勇気に関してはいまや疑念の余地は皆無だということ。それ以上の質問は控えるよう頼み、ふたりはわたしの頼みを尊重した。

バルカン人は嘘をつかないかもしれない。地球人はつけるし、つく。ふたりからもっと話してくれと頼まれたら、ふたりの知る権利を強調されたらどうしていただろうかと、しばしば思案した。どんなシミュレーションよりも迫真のテストとなったであろうし、わたしはふたりに嘘をついたはずだと考える。すでに、マイケルに関する情報を隠していた。ふたりは真実を知るに値するか？　確実に。わたしはそれを明かす立場にいるだろうか？　ないと信じる。おそらく、そうなれば厳密にはまったくの嘘はついていないと、ふたりに害の及ばぬ範囲でじゅうぶん真実を伝えているとことばを濁し、一方で義理の孫をなくしたふたりにわたしにできる範囲で慰めを与えただろう。だが、それでは独善になる。祖父母はマイケル失踪の真相を知らずに亡くなり、わたしがすべてを明かしてはいないのも知っていた。わたしをあっさりと放免したのは、わたしのではなくふたりの人徳ゆえだった。

訪問したとき、ふたりの望みは主としてわたしのブレイクダウンを承知していること、わたしを心配していると教えることであり、そしてわたしが回復の途にあるのを確かめたがった。少なくともそれについては確約できた。赤い天使の実在が証明された効果は絶大だった。わたしの見たヴィジョンが精神の均衡を崩したためではという長期にわたる疑いは、完全に晴れた。今回がふたりの生前に訪問した最後にはならなかったが、きわめて重要なものとなった。わたしはもはや子どもではなかった、どんな意味においても。ふたりの目にはもはや子どもとは映らなかった。大人同士の秘密がわれわれのあいだに横たわり、以前ほどふたりにあけっぴろげになれなかった。代わりに立場が逆転し、わたしが保護者になった。やがては誰でもそうなるのだろう、自分を世話し、育ててきた人物が精力的な時期から老境へと移行していき、自分が彼らの世話を引きうける。職務柄、ふたりとしょっちゅう会えはしなかったが、このときからできるだけ訪ねるようこころがけた。

人生のこの時期、身内について口にしない習慣を身につけた。過去を語ると、とりわけ地球人たちが相手の場合、決まって答えに窮する質問に行きつく。子ども時代、または宇宙艦隊に入る決断理由についてすらどうすれば話せるだろう、姉のことを思いも、触れもせずに？　完全に口をつぐむほうがずっと簡単だった。嘘はつきたくはなかったし、困難な辛い経験に線を引きたくもあった。だがこの習慣は、幾度となく、わたしを困った立場に追いやった。

何度か地球を訪問したあるとき、ライラ・カロミと出会った。そして必要上人生の様々な局面を他人に明かさない習慣が、思うにきわめて不本意な結果を招いた。ライラと出会ったのは新たな植民惑星開拓に関する科学会議でだった。すぐに秀でた才能の知的な女性として、強い印象を覚えた。会期中と、その後とった数週間の休暇中の多くを一緒に過ごした。気分がやすらぎ興味深い連れとなってくれた。彼女がわたしに恋していると、おそらくはすぐに気づくべきだったが、気づかなかった。もちろん思いは返せない。トゥプリングとの婚約がある。ライラに脈がある素振りを少しでも見せるのは不当だ。だが友情から身をひいたわたしの行動は明らかにライラを戸惑わせ、距離を置いたいまではわかるが、別れかたを誤った。婚約していると説明すれば効果があっただろうが、個人的なことを話しあうつもりはなかった。誤解はたやすく生まれ、秘密にしておかねばならない情報は漏れやすい。だがあれではふたりの関係が終わったという印象を、ライラに与え損ねた。なお悪いことに、ふたりのあいだには愛が芽生える余地がまだ残されているとの思いを抱かせた。

ライラ・カロミに別れを告げたときは、これで縁は切れたものと思った。のちにライラが地球を離れて農業コロニーのオミクロン・ケティ三号星に移住したと耳にし、前に進む判断をしたようだと安堵した。お門違いだった。数年後、コロニー星で再会したとき、あのときの感情は確実にこの星に根づき、成長を許された。今回は、双方ともに。オミクロン・ケティ三号星の特異な環境のせいで住人は陶酔状態、もしくは恍惚（こうこつ）状態で暮らし、楽園の住人と化していた。だが、それは幻想だった——ありのままの世界ではない。ここの生活はなんであれ現実ではなく、単なる幻想だった。この星に進んで住みたいとは思わないが、住みたがる者がいるのを学んだ。

それ以降折に触れ、若い頃のある局面に線を引きたいとたとえ望んだとしても、実際には思うようにいかないことを学んだ。自分にすら自分の秘密を明かさないと揶揄されるロミュラン人でさえ、そこまで自分を区画整理できない。最も必死に抑圧しようとする自分の局面は、必ず戻ってくるものだ。パイクへのわたしの負い目については、確かにそのとおりだった。新船長が着任し、われわれの次の五年間の任務をパイクは指揮しないとの通達がクルーに伝わると、わたしは当然、別れをはなはだ惜しんだ。同時に安堵の念も多少はあった。この奇妙な状況が終わる、指揮官がわたしの姉とわたしのブレイクダウンについて知りすぎていながら、事実上、沈黙の誓いがそれらの事件に壁を作っているという状況が。何も知らない者たちに囲まれ、単に現行の士官として振る舞えるほうが確実に楽になるだろうとわたしは思った。

大人になることが求められた重要な時期を、クリストファー・パイクのもとで何年もつとめた。〈エンタープライズ〉に乗り組んだとき、自分は情報に通じ、訓練を積み、クルーメンバーとしての役割を果たす準備はじゅうぶんできていると信じた。すべての士官候補生がそう信じる。すべての士官候補生が——ある部分で——自己評価を完璧に間違う。パイクに仕えた期間は赤い天使の再出現をめぐる事件で複雑怪奇を極め、個人的な問題と職務上の問題が重なるのはわたしの望むところではなく、二度と起きてほしくなかった。

パイクが〈エンタープライズ〉を去る頃には、本船が新たな時代に入ったというざっくりした感覚があった。そっけなく、無神経すぎると評判の医療主任の離船が決まると、クルーのあいだにある種の安堵感が広がり、より親しみやすい後任の配属を望んだ。副長もまた転任が決まり、重要なポストを占めるクルーが、ごっそりと入れ替わる。〈エンタープライズ〉に乗務したチームが転任になるという展開は、新たな任務が下されることを意味し、そしてパイクが去るならば、何ひとつ変わらぬものはないと全員が了解していた。船長が船のトーンを決める。気むずかしい船長――無能な船長――は士気をくじく。われわれは旗艦であり、そうであるなら、パイクの後釜は注意深い人選がなされるはずだ……だが、またもやあれほどの当たりを引けるだろうか？

パイクが〈エンタープライズ〉を去ったとき、わたしは個人的に人生のある種の分岐点を過ぎたように思えた。もちろん、人生がそんなに単純であろうはずがなく、過去にした判断が現在の自分に影響する。自分たちの生まれるずっと前に下された決定が、われわれの人生の道筋を変えるのと同様に。個人的に大恩ある人物、クリストファー・パイクを見たのはこれが最後ではない。次に彼を見たときは、だが、ひどい変わりようだった。

彼が〈エンタープライズ〉を去ったあともちろん連絡をとりあった。ひんぱんではないものの、定期的に。艦隊指揮大佐に昇進後、祝辞を送るととても丁重な返礼を受けとった。貴殿はパイクが遭った事故の状況には暗いかもしれない。Ｊ－級の訓練船で航海中、バッフル・プレートが破裂して放射能漏れが発生、候補生数名が危険にさらされた。パイクは火中に飛びこみ息のある候補生を全員引きずりだしたが、自身は自動ロックダウンで閉じこめられ、デルタ放射線を致死量浴びてしまう。人生が一変する重傷だった。全身が麻痺し、ひどい裂傷が残る。移動、生命維持、意思の疎通には、特別製の椅子を必要とした。パイクへの様々な恩義をかんがみ、これは彼の望む生きかたではないとの結論に至り、彼をアシストする計画を立てた。

　パイク船長指揮下の〈エンタープライズ〉に乗務した期間には、長年にわたり極秘とされた事項、いまだ機密のままの事項が多数ある。一部はすでに打ち明けた。おそらくは、必然的にさらに明かさねばならない。パイクのもとで勤務していた当初、〈エンタープライズ〉はタロス四号星に住むタロス星人と遭遇した。彼らとの遭遇にまつわる事件を貴殿はどれだけご存じだろうか、ジャン＝リュック。確実にこれはご承知だろうが、タロス四号星には一般命令が発令され、いかなる船艇――緊急またはその他どのような状況においても――であれ接近が禁じられ、違反すれば死罪だった。それ以上の知識はお持ちではないと推察する。一般命令は、われわれのタロス星人との遭遇の結果発令されたのだ。彼らは他者に幻影を刷りこめる。あまりにリアルなため、現実と思いこんだ相手はそのままかの星に住みついてしまう危険があった。タロス星を訪れたときに目撃したもののうち現実の存在はほとんどなく、例外はタロス星人および、タロス星に数年前墜落した〈S.S.コロンビア〉唯一の生き残りであるビーナという女性のみだった。

　タロス星人は〈エンタープライズ〉を捕獲し、その目的は戦争で荒廃したこの惑星の人口増加に地球人を利用可能かどうか実験するためだった。船長とナンバー・ワンが、地球人は虜囚となるよりは死を選ぶと最終的にタロス星人に理解させた。一行は解放されたが、ビーナは〈エンタープライズ〉に同乗できなかった。〈コロンビア〉の墜落で重傷を負ったが、タロス星人は彼女の種族に無知だったため、外見を再建せずに放置したのだ。ビーナはタロス星人が彼女のためにつくりあげた幻想の世界に残るほうを選ぶ。パイクからあとで聞いたが、ビーナを最後に見たのは、彼自身の幻影と連れだって施設に戻っていく姿だったという。「タロス星人はこういった。彼女は幻を生き、わたしは現実を生きる――幸せが待っていることを祈る、とね」

そのような感傷は、わたしにとっては意味がまったく通らない。いったい、誰が嘘を生きたいと望む？　パイクがしばしばビーナに思いを馳せ、彼女の運命に心を痛めていたのは知っていた。少しのち、精神を病んだわたしは姉にタロス星まで連れていかれ、タロス星人がわたしの心象風景をマイケルに見せ、収容されていた病棟を脱走時に担当医らを殺害した容疑が晴らされた。そして、わたしの心のバランスを修復する手助けをしてくれた。前船長を救う最善策を探したときに、このすべてを思い出した。最善の道は、パイクをタロス星に連れていき、選択させることだ。それには反逆行為が必須となる。わたしはタロス星人に連絡をとって助けを求め、彼らが〈エンタープライズ〉を制御できるようアシストし、（この時点で同僚が気づいている限りの）結果として軍法会議にかけられた。のちにジムに語ったように、わたしの行動を伏せておくことが最も肝要だった。協力を頼んで死刑の危険にさらすような真似は、同僚の誰にもできなかった。虚偽が露見し、そしてタロス星人がついに姿を現したとき、パイクは彼らと一緒に行く機会を与えられた。彼はその道を選択する。わたしが今回とった行動のすべてが間違いなく報いられた。最後に見たクリストファー・パイクは、満ち足り、壮健で、苦しみもなく、ビーナとタロス四号星に残った。あんなふうに、わたしは自分の人生を生きたいだろうか。周囲のすべては幻影だが、現実へ戻れば苦しみと痛みが待っていると知りながら？　望まないと、断言できる。クシアの価値を、世界の〝現実的真理〟を見ようとつとめることの価値を、わたしは教育で学んだ。ライラ・カロミは幻の楽園を差しだし、わたしはそんな括弧つきの完璧性は欲しなかった。わたしは真実が欲しかった、ありのままの。

だが、地球人の詩人がかつていったように（表現は変えた）、現実が過ぎれば人間はうまく耐えられない。それならば代案は？　パイクの立場になったら、わたしは死を選ぶだろうか？　わたしは死さえ生きのびた、もちろん。だがそのような選択肢が万人に開かれているわけではない。和らぐ望みのない恐ろしい身体的苦しみの現実を生きる必要は、わたしにはなかった。そしておそらくその状況であれば、別の生きかたを望んだかもしれない、苦しみから解放された世界で。それが、わたしが初めて仕えた船長の選んだ道であり、自分は同じ選択をしないかもしれなくとも、パイクの決断を確実に実現するために必要なことを喜んでした。初めて仕えた船長、部下のわたしのために助力を惜しまなかった船長が、同じ助力をつくし返してもらったと信じてくれるよう願う。

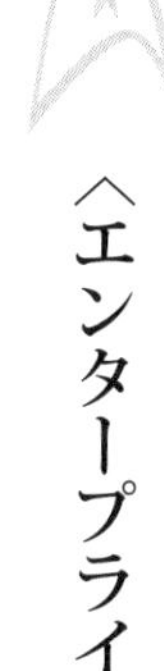

〈エンタープライズ〉

クリストファー・パイクの下で十一年間勤務したのち、新たな船長のもと、そして多数の新たなクルーとともに暮らし、勤務することに慣れるには、調整が必要だった。わたしの副長への昇進も同時に舞いこみ、ジェームズ・カーク率いる〈エンタープライズ〉がクリストファー・パイク率いる〈エンタープライズ〉とは異なるのはすぐにわかった。ひとつには、惑星連邦はクリンゴンとの戦争終結後の平和な時代を謳歌しており、冒険心と探求心が宇宙艦隊にやっと戻ってきた。それがわれわれに課せられた任務だった。探検せよ。発見せよ。学べ。出航前に乗り組んだときの胸躍る感覚が甦る。いまのわたしの日には、クルーのなんと若々しく映ることか。また、密かな安堵の念も思い出す。クルーが一新された利点のひとつは、周囲のできごとからより自分を切り離し、冷静な観察者になれることだった。わたしのことをこういう者さえいるかもしれない――同僚のドクター・マッコイがしょっちゅういっていたように――絵に描いたような典型的なバルカン人だと。それは新鮮かつ気が休まる状態だった。忌憚（きたん）のない本心だ。

五年間の任務（ファイブ・イヤー・ミッション）から五十年後、宇宙艦隊アカデミーが士官候補生のためにもうけた会議に出席し、あの任務のいまも変わらぬ意義や、われわれのつけた日誌からアカデミーで学生たちが学び続けられるものについてつらつらと考えた。多数の興味深い発表――「艦隊の誓い」の改善にカークの決定が与えた影響について。当時の星際政治に与えた影響、とりわけ戦後のクリンゴンとの関係や、ロミュランとの新たな冷戦について。時間旅行と倫理、ファースト・コンタクトをした種族とのいまも続く関係等々、魅力的な各種セミナーに出席した。どの候補生も驚くほど情報に精通していた――だがそれから、われわれの乗務日誌はすべて閲覧可能で、上層部に提出した報告書も同様だったことに思いあたった。その点ではわれわれは几帳面だった。

友人のパベル・チェコフもまた出席していた。開催中の休憩時間にわたしを探しに来た。いらだって気色（けしき）ばんでおり、わたしはどうしたのかたずねた。

「士官候補生と話してたんです」彼がいった。「いや、ガキですよ、どう見ても！」

わたしは笑みを抑えた。着任直後のチェコフがどれほど初々しかったか、思い返す。

「そいつはわれわれが〈深宇宙（ディープ・スペース）ステーションK－7〉にいたときの話をしていた。覚えておられますか？」

わたしは非常によく覚えていた。

「あきれたことにミスター・スコットがケンカをはじめたなんていうんです。ミスター・スコットがそんなことをするもんですか！　わたしが最初の一発をお見舞いしてやったのを、はっきり覚えてます」

その候補生はまったくもって正しいと友人に教える心臓は持ちあわせていなかった。チェコフの記憶は事件と異なって記憶されている。われわれが話を繰り返し述べるとき、往々にして起きることだ。実際に起きたできごととは別に話自体が命を持ち、それがわれわれの経験した現実となる。別にいいではないか？　その場にいたわれわれにとって、それらのできごとは個人的、心理的な重みがあった。語る際にそこを強調する。他者からすれば――それは歴史、あるいは伝説、もしくは神話の領域にさえ入っていく。

これほど年月が経ち、これほど語りつくされたあとで、ジェームズ・T・カーク指揮のもと、われわれが遂行した〈エンタープライズ〉五年間の任務について何を語れというのか？ときには、わたしが加わったのは、壮大な英雄譚だったと思える――おそらくはオデュッセウスの航海、または戦争末期にスラクに誓いを立てるためフォージをわたったセテルの偉大な旅に匹敵するような。そのときにはもちろん、歴史が作られたとは気がつかない。周囲に展開する最新の状況に、できるだけ冷静に対処するだけだ。

われわれの任務は――貴殿のものと同様、ジャン＝リュック――事件や冒険抜きにはあり得ない。数ある中でとりわけ人が挙げそうなのが、トリブル騒動、星をまたにかける詐欺師たち、あるいは優生戦争後、人工冬眠し続けていた優生人類の覚醒。過去への旅、並行宇宙、貴殿の星の禁酒法時代の歴史に感化された惑星、それともいまだに剣闘士を戦わせている星か。幻影の世界をまるごと紡いでみせる種族や神々を気どる種族との遭遇だろうか。

予測不能だった、確かに。しかも瞬時の判断を要求され、過去に経験談を語ったときは、そういった部分に焦点を置いてふり返り、分析した。だがタン・アラットにおいてそれらは重要ではない。いま、短くも鮮烈なあの数年間を、おそらくはわたしの人生最後となる時間に回想するにあたりいうべきは、あの時期に得た最たるものが、うまく機能する家族の一員になるとはどういう意味なのかを生まれて初めて身をもって知ったことだ。子ども時代、かいま見たことがある――気負わずに送っていたいとこの生きかた、たまに腹をたてても無条件に息子を受け入れ、見守っていた親。アカデミーでもまた、学友を観察し、うまく機能しているらしいユニット（多種多様なタイプがあった）をさらに見かけた。パイクのもと、初めて〈エンタープライズ〉に乗り組んだ期間は、わたしの〝実の〟家族の介入がおそらくは多過ぎたため、すべてを知っていた近しい同僚との関係をうまく築けなかった。

このクルーの場合は違う。家庭の事情は瑣末事だった。割りこんできたとき――もちろんきた――彼らは相当な興味を引いたが、〈エンタープライズ〉上級士官としてのわたしに対する見方に誰ひとり影響を受けなかった。たとえばわたしがポンファー期間に入り、バルカン星に戻らざるを得なくなったときのことを考えてみる。症状が表面化したため、わたしは個人的な事情を明かさざるを得ないかもしれないとの恐怖に満たされた。だがこの件の片がついてみると、あの数日間で最も重要だったのは、トゥプリングとの婚約破棄ではなく、わたしになり代わって動いた船長の度量の広さ、ドクター・マッコイの機転、クリスティン・

チャペルの優しさとほとんど底なしの忍耐力だったとの理解が残った。そんな日もあるさ、とでもいうように。そしてわれわれは業務に戻った。

五年間の任務の終わりに向かったあるとき、自分が重要な節目を通過したのを悟った。バルカンで育った時間より、宇宙艦隊で過ごした時間のほうが長くなった。そんな認識は、過去のできごとすべてに重い平衡錘(へいこうすい)をつける。そのとき人生の前半と後半をふり返ったのを覚えている。一方は生き生きとして進行中の現実だ。常に知識と判断力に自信を持って行動するよう求める。活力は頂点に達し、先へと続き、見返りが倍増していく人生を歩む。もう一方は……薄れてはいない(それは決してない)、だが確実に、ずいぶん俯瞰(ふかん)して見るようになった。わたしが任務をやすらげるといったのはそういう意味だ。ほかの占すべてにおいては、これほど多忙だったことはない。生気に満ち優秀な人々を満載した宇宙船。クルーの多数が若く、全員が冒険への期待と、未知の事象に出会って体感したセンス・オブ・ワンダーにあふれ――そしてわたしは副長だった。あの五年間の話だけでこの本を埋められる。すでに多くの紙面を占めている。

任務が完了したあと、バランスは宇宙艦隊のキャリアの側に傾く。わたしはその時点までに二十年間士官をつとめてきた。クルーが、一部はより嬉々として散り散りになっていくと、わたしは自分の今後が宇宙艦隊にあるかどうか、ほかの道を探すべきときが来たのか、迷いはじめた。しばらくバルカンに帰省しなかったが、〈エンタープライズ〉で父と母に再会し、そしておそらく父との溝が多少埋まったいま、母星に戻るのが次なる論理的なステップだとみなしはじめた。

〈エンタープライズ〉での年月は——一番最後の任務はとりわけ——ある意味可能だとは思いもよらない方法で、刺激的で胸躍る冒険に満ちていた。それらの経験についてじっくり考察してみたかった。わたしの人生のより大きな図式の中に占める意味を知りたかった。また、バルカン星に戻り、母星に変化があったかどうか（ないだろうと予測した）、それともずっと離れていたあいだに、わたし自身に変化があったかどうか見極めたかった。わたしは知りたいと思った、故郷により惹かれるようになったのか、それとも心が離れたのか、そして、どれだけ離れれば解決するのか。

母は喜んでわたしを迎えた。父は興味深そうに迎えた。わたし自身は家に帰ってうれしかった。トゥプリングとストンについてたずねるのは控えたが、母は連絡をとってみるようながした。わたしはもはや興味なかった。わたしがしたかったのは、ただバルカン星に再びいることだった。戻ってひと息つくと、シラカル運河の静かな流域に再び足を向けた。最後にここに来たとき、オクタスと泳ぎ、精神融合した。この日、ともに泳ぎ融合する群れは見あたらなかった。季節は秋で、ファタールの木から赤い葉が落ちていた。一枚を地面から拾いあげると手のひらに乗せ、じっくり観察した。葉先は、成長の限界。葉脈は、滋養を全体に行き渡らせる。色はすぐに褪せる、そう思った。

生命の多様性について、再び思いを馳せた。生命そのものがあらゆるかたちで提示され、中にはほぼ理解できないものもある。黒い木の幹に手のひらを置き、この木を存在させたプロセスのすべて——生物学的、科学的、進化——を思う。突然、わたしがこれまで見た中で最も驚異的なものに思われた。なんととほうもないのだろう。なんと優雅にして効率的なのだろう。このような存在と精神融合することは可能なのだろうか。樹木の視点から宇宙を経験することが、そしてそれはどのようなものなのか、想像をめぐらせた。この星に生まれた種として一種の連帯感を感じるだろうか、分子レベルでの深いつながりを？　それともこの生命体は異種族（エイリアン）であり、先ごろ帰還した長い航海で遭遇したどんな種でさえ及ばぬほど異質なのだろうか？　周囲を見まわし、バルカン星が突然新たな、ほとんど探検していない世界に思われた。いまや、わたしが求めているのは探検する時間と心の平和なのだとわかった。わたしは完璧な明晰さが欲しかった。感情のフィルターに邪魔されることなく、雑事と他者からの邪魔を受けることなく宇宙を理解したかった。次に何をすべきか、腹が決まった。わたしはコリナールを受ける。

貴殿はコリナールを覚えておいでだろう。純粋な論理の求道。一連の儀式と鍛錬により自分に残る感情をぬぐい去り、その境地を維持するために修練を積む。より高い段階になると修道院か霊場にこもり、少なくとも二年間、普通は五、六年間俗世から隔絶して修養する。軽々しく進むような道ではなく、成就する保証はない。自宅に帰り両親にわたしの意図を話すと、ふたりの顔が懸念に曇った。だが、懸念は別々の源から出ているように思われた。母のは、やるべきなのかという懸念。父のは、できるのかという懸念。おそらくわたしは父に不当に当たっている。サレクの最初の妻はそのような修行の地に赴き、やがては〈静謐の部屋〉を選んで外界から自分を隔絶した。コリナールの最も厳格な修行によって父は妻を完全に失い、そしてそのことが、父が長男と疎遠になる結果となった一連の行動を起こさせたのではないかと見ている。おそらく彼はもうひとりの息子ともことばを交わさなくなるのを恐れた。わたしにはなんともいえない。当時わたしはそういった事情をほとんど知らなかった。父の最初の妻の出家をめぐる事情をもう少し知っていたら、コリナールの旅をはじめるのに別の地を選んだかもしれないが、どうしようもない。わたしもまたプトラネック修道院を目指し、そのことが父には不安の種となったはずだ。

母に関しては……わたしの旅立つ日が近づくにつれ、沈んでいくのがわかった。母を不幸にするのは本意ではない。庭の、枝にほとんど葉の残らぬファタールの木の下に母と座り、こういった。「ご自身が拒まれたと受けとらないでください、お母さん。でも、これがわたしにとって論理的なステップなのです――」

「きっと別人になっているのでしょうね、戻ってきたとき」

「それは重要ではありません。それより、より重荷がおりて、負担が減っているはずです。

より真実の自己に近づいているでしょう」

結果的にそれは真実となるが、わたしの期待とは違うかたちでだった。そしてそれは母の慰めにはならなかった。母はわたしのほおに手を添えた。母がいった。「『それでは愛とはいえない、相手が心変わりしたからといって……』（訳注：シェイクスピアのソネットの一節）」母はいいやめた。日が暮れてきたが、母のすすり泣く声が聞こえた。「戻ってきて、スポック。それだけが母の頼み」

次の数週間はもと同僚のクルーや友人からわたしの決断について、そしてその意味をたずねる通信をいくつも受けとった。わたしの気がかりな挙動を思いとどまらせようと皆が示し合わせたのかと思うほどだ。だがその中のひとりだけは、ぶっきらぼうな性分のため率直に気がかりを口にした。出発の前の晩、レナード・マッコイからメッセージを受けとった。〝なんとまあばかげた発想だ。自分が何をやっているのかわかっていることを願うね〟

★

プトラネック修道院はユーローン湖を囲む山脈の麓（ふもと）に位置する。バルカン星は広い内海や湖にとぼしく、ユーローンの雄大さと湖面の穏やかさが多くの人々を湖畔に惹きつけた。とりわけ湖の南東側は訪問者でひどくにぎわうときがある。だがさらに北へ足をのばして岩場地帯へ入りこめばより落ちついた一角が見つかり、静けさのあまり手をのばせば触れられそうだった。修道院自体が、隠し部屋と秘密の通路、山をうがって作った目立たない穴蔵の寄せあつめだ。院の主要部分の数十メートル下、岩盤の奥深くに、この地が選ばれた理由が横たわる。温泉が湧いていた。そこで体を清め、感情滅却の準備をする。一般の訪問者がときおりプトラネックを訪ねるが、わたしが滞在した二年間はひとりも見かけなかった。彼らを避けるのは難しくはない。通廊と部屋の迷路が望みのプライバシーを確保してくれた。

修道院暮らしの大部分は、貴殿の星の似かよった施設の調査をした者なら誰にもなじみがあるだろう、ジャン＝リュック、貴殿同様に。だが、それらとバルカンで見つかる聖地のあいだには大きな相違がある。ひとつには、信仰の性質が完全に違う。ここは神について考えたり、超自然的な存在を崇める場所ではない。個人もしくは集団による祈禱は行われない。ひとりまたは複数で、コリナールの上位者か導師による指導あるいは手本のもと瞑想する。また、地球で最も隔絶された宗教的聖地においては共同生活にかなりの重きを置いているのを理解しているが、それは聖地の歴史的なルーツをたどれば、祈りと崇拝の場であったのと同じほど、交易と学問の中心地であったことから来ているはずだ。バルカン星では当てはまらず、共同生活は瞑想活動から不本意かつ不用意に気を散らすものでしかない。プトラネック滞在中、わたしが身を寄せている導師のトゥセット以外は誰とも話さなかった期間が数ヶ月あり、そのあとは滅多に口をきかなくなった。ある時点では、ひと月近く誰とも話をしなかった。

あまりにも孤立しているように聞こえるかね？　そのような孤独は平和で穏やかだと思われるだろうか。そうではなかった。それどころか、消耗しつくし、自分に課した課題の中でもこれほどの困難を味わったことはまずない。思考のひとつひとつを観察し、吟味した。衝動のひとつひとつを精査して捨てた。狭い石室を出るだけの気力すら出ない日もあった。沈黙には多大な恩恵があり、どんなに密かな物音でも雪崩や大嵐なみの大音量になった。これほど宇宙船の副長の暮らしからかけ離れた暮らしもあるまい。一連の要請、要求、決定、あらゆる些細なことがらに満ち、先進テクノロジーの粋であるマシンの円滑な運営と、船に乗り組む複数の種族数百名が調和のとれた暮らしを送れるよう気を配る日々。そしてこれには自分たちが陥るどんな危機も勘定に入れていない。だが結局、この隠棲生活の目的は、そこにあったのではなかったか——行動ばかりの日々から離れ、完全な瞑想の日々を送ることに？　あの年月で学んだすべてを考察し、省察を通して外の世界の知識をより深く、より持続する自己認識へと変換することでは？

プトラネックの修道士は全員、修養中のある時点で、修道院から湖の南西端へうねうねと下る有名な散歩道を通る。この道は〝啓蒙の道〟として知られる。非常に古い道で、過去に通った大勢の人々の足で踏みならされており、丘の切り立つ黒い岩石のあいだを抜けて、ユーロン湖の小さな入り江へと続く。道に面した岩肌には、民話や歴史にもとづいた記号や絵が彫りこまれたり描かれたりしている。通行人は何度も足を止めてはじっくり眺めずにはいられない。とりわけわたしが惹かれる図像があり、何時間も道ばたに腰をおろして眺めたものだ。描かれているのはわたしのような修道士だが、何世紀も前の人物で、オクタスと泳ぎ、手をのばして触れている。彼の精神を彼らの精神へ。男は絶滅する前のオクタスと泳いだ。絶滅する前のオクタスを男は知っていた。わたしが知っているのは復活後の彼ら、遺伝子工学の知識と、過去の重大な罪を理解して学んだ叡智を傾けてわれわれが呼び戻したあとのオクタスだ。

やっと目的の入り江、〝修行者の天国〟に着くと、そこは静かな秘境だった。ひとりそこで三日間水面を眺めて過ごした。炉のように暑い。絶食し、瞑想した。精神が洗い落とされるのを感じた。あたかも自我の層がはがされ、新たな在りかたに進むために必要な根元的な知識のみが残ったようだった。まったく新しい何かに変容したように感じた。気が散ることも苦痛もなく――遠くにいた。このためにここへ来たのだ、とどのつまり。不必要な感情を自ら捨て去る。純粋な理性と論理にできる限り自己を近づけるべく鍛える。宇宙の些事から離れ、より大きな全体をより容易に感知し、学ぶ。

プトラネックに滞在中ずっと、自意識の小さなかけらを決して完全には切り離せず、世界から完全に断絶できていないのに気づいていた。修道院に来た当初、これをわたしの中の情動の源泉だと認識し、トゥセットに導かれ必要最小限に減らすように精進した。心の中のシミとして思い描く。白い紙にたらした青いインクといったような。次に逆の動きを想像した。ゆっくり、その後何ヶ月もかけてシミは小さくなり、点に、ページの上にペン先を軽く押しつけてできる印程度の大きさになった。だがその印は、決して完全になくなりはしなかった。

修道院で過ごした最後の数ヶ月でさえ、わたしの精神がこれまでに最も穏やかな状態になっても、点は残った。すると、理由は解せないものの再び点が広がりはじめ、まるでペンを押しつけていた紙の吸いこみが突然よくなったかのようだった。そのときには少しの集中で印が広がるのを防げるまで自己鍛錬は進んでいた。だがその状態の退歩に驚いた。印はやがては無になると予測していた。だが違った——抑制が効かなくなっていくようだった。

不安や心配やパニックには陥らなかった——そのような感情的反応はとっくに克服している。代わりに、きわめて注意深く、これがどういう意味かを考えヒントを求めて記憶をたぐった。アカデミー時代に参加した実験を思い出す。ワープ・コアをほぼ限界まで押しあげたときだ。すべての制御が不能になると思った瞬間、超安定に入った。似たようなことが起きているのか？　自己抑制の明らかな退行は、単になんらかの超安定状態に入る前の前兆にすぎない？　コリナールを会得する直前にいる？　だが点は頑としてそこに居座り、日増しに少しずつ大きくなり、しまいに、これはわたし自身の精神からまるごと起きたのではなく、外部の影響が入りこんだのだと悟った。何か大きな意識が交信しようとして、わたしのほぼ空白になった想念、印をつけられる空間を見つけたのだ。導師たちからただちに院を立ち去るよう告げられた。プトラネックでのわたしの時間は終わろうとしていた。学ぶことはもはやない。彼らに教わることはもう何もない。わたしの探した知識はバルカン星では見つからず、さらにはコリナールに達しても得られなかった。

わたしに届いた意識、白い紙についたあの小さな青い点は、命ある機械、何世紀も前に地球が送りだした探査機が進化を遂げ、長く孤独な旅のあいだに膨大な情報を獲得し知覚を持つに至った存在が発していた。探査機は生きており、孤独だった。この感情に名前はなく、〝感覚〟の意味を認識して名づける能力さえなかった。情報は持っていた、確かに。だが知識は持ちあわせていない。これは探査機との精神融合を通して学んだ。また、それがどれほど冷たいのか、完全な情報の世界とはなんと空虚なのかも。わたしの精神が探査機の精神に接触したときに感じた――まるで自分が感じているように――のは、つながりと相互の関係、他者の存在する意味を見つける必要性だ。それは、わたしには最も人間らしい欲求であり、そこからあらゆる人間的な感情が生まれるように思われた。ひとりぼっちの恐怖、または誤解される恐怖。自分と異なるものと出会い、共通の基盤を確立する不思議。知ってもらうこと、そして理解してくれる人々の輪にいることの喜び。虚無を埋めようとヴィジャー探査機が作りだした広大で空虚な世界の中で、わたしは人間であることの意味を理解した。もともとの目的はおそらく失敗したが、より深い知識、ファイ・トゥクの別の感覚がそれになり代わった。わたしはバルカン星には戻らない。

コリナールを成就しようと修行したことを後悔するか？　二年以上の沈黙と自己否定と俗世からの離脱を、最後の瞬間にやめたことを？　一秒たりとも後悔していない。幼少時からひとつの疑問がわたしを悩ませてきた。わたしの精神生活の中で論理の占める位置とは、そしてバルカン人のわたしにとってその意味するところとは？　修道院でその疑問は解消した。純粋な論理をわたしは顧みない。そこでおのずと湧きあがる疑問とは、ではほかに必要なのはなんであるのか？　ヴィジャーに棲すみついた知性との遭遇を通して、答えを学んだ。感情抜きの論理は不毛で無意味だ。だがもしその問いを自問しなければ、自分を見失っていた。科学者ならば、誰でも失敗した実験の価値を知っている。次に問うべき疑問の基礎が作られる。

わたし自身へ徐々に戻るプロセスで、とりわけひとりの友人が重要な役を演じた。ニヨータ・ウフーラ大尉、現在は宇宙艦隊情報部を退任しウフーラ提督となられた。〈エンタープライズ〉に着任した当初は、若手ながら通信士官としての手腕はすでに評判になっていた。わたしはじきじきに五年間の任務に彼女を指名した。ウフーラは転属を即座に受け入れ、同時に部署内の主任に昇格した。ジムの指揮のもと、そしてわたしがメンターとなり、急速に期待を上まわってみせた彼女は、業務部門における責任を拡大していきながら、通信士としての専門性を維持した。われわれはアカデミーで再び数年間ともに服務したが、この時期彼女は暗号学にまで専門を広げており、短いアカデミー教官時代は士官候補生を宇宙艦隊情報部にリクルートするのが役目の一端だったと、その頃にはよく知られていた。ニヨータの人生をふり返ると、経歴にいくつか説明のつかない穴が開いている。どのようなファイルがこの先も封印されたままなのか、およびもつかない。彼女は優秀だった――沈着にして冷静。おそらくわたしの出会った中で最もプロフェッショナルな人物だ。

ヴィジャーの任務のあと〈エンタープライズ〉に復任したわたしは、ニヨータと腰をおろし、彼女の弾くカーシラの調べを聴いていた。何年も前にこの楽器の弾きかたを彼女に教えてあった。はじめは、音楽に耳を傾けるのに困難を覚えた。最もひそやかな曲でさえ、ひどい騒音に聞こえたのだ。徐々にもう一度聴けるようになっていき、数週間経つとニヨータがわたしにカーシラを手渡した。

「弾いてみて」ニヨータが指示した。

わたしは三年近く弾いていない。

「それならなおのことやってみなきゃ」

わたしは弾いてみた。弾けなかった。調べは再び鑑賞できるようになったものの、両手はぎこちなく、頭に描いたとおりに反応できない。わたしは怒りを覚えた。欲求不満を感じた。わたしは感情を覚えた。すると、演奏でき――最初はぎこちなく――だが弾き続け、そして何度かやってみたあと、なめらかさが戻った。

のちに、人生のずっとあとになってニヨータがいったことには、わたしが〈エンタープライズ〉に戻ったとき、あまりに変わり、あまりによそよそしかったため、彼女と僚友たちにはわたしが感情をとり戻す日がくるのか、確信が持てなかった。静寂に慣れた人物――そして宇宙船は静寂ではない。だが前進の旅がはじまった。危機が去ったあと、〈エンタープライズ〉の最初の晩、わたしは白紙と小さな点を再び見ようと試みた。ところがイメージを心の中に結べず、同じ鮮烈さでそれを見る機会はもはやないことを瞬時に悟った。失われた感覚が確かにつかの間ありはしたものの、修道院での数ヶ月は無駄にならず、感情は分析され、統一され、記憶にとどめられた。わたしの呼吸は冷静だ。わたしの想念は落ちついている。

わたしの精神が、あるイメージをもたらした。ごく単純な実験に使うようなフィルターペーパー、ぬれそぼったその上に、インクのしずくがしたたり落ちる、雨のように。色は様々で、最初は鮮やかで明るい――青、赤、黄、緑――しずくが吸いとり紙(フィルターペーパー)にしみこみ、やがて混じりあって新しい色が生まれる。そのときからこの心象が、瞑想の中心に常にあった。いま目を閉じれば、難なく心の中に描きだせる。

〝ボーンズ〟

友人の医学博士、レナード・H・マッコイ提督（以下単に〝ボーンズ〟と表記する）は四十五歳の老いぼれた田舎医者としてジョージア州に生まれた。これは、ボーンズに関する多くのことと同様、照れ隠しというよりは、すっかり板についた役どころを技巧的に演じているのだ。レナード・マッコイに関しては何ひとつ、ひと筋縄ではいかない。宇宙艦隊に入隊後、一年経たぬうちに様々なコロニー世界の予防接種プログラムの先頭に立った。医師としての技量と最低でも同程度には管理能力が問われる仕事だ。また、無数の外科的処置を開発した――わけても脳外科手術は特筆に値する。安定した手もとだけでなく相当の自信を必要とし、それについては定評があった。腕のいい外科医であり優れた内科医なのと同様、異星生物学と宇宙心理学にも精通し、その道の専門家が赤面するほどだった。また、忘れてならないのは、この〝老いぼれた田舎医者〟が宇宙艦隊旗艦の医療主任士官を二十七年間つとめたことだ。わたしの知っている中では群を抜いて短気な人物でもある。わたしの炯眼の母は彼を敬愛している。特筆すべきは、父が彼を気に入っており――ボーンズに命を救われたのだから当然かもしれないが。

宇宙艦隊入隊を希望する全員がおしなべて不幸な家庭生活に悩んだり、家族の代わりを求めているわけではないものの、そのような例が驚くほど多いのは、貴殿自身も長年にわたり気がついておられることだろう、ジャン＝リュック。クルーの中には万物（ユニバース）の驚異を探索し、宇宙（コスモス）の壮大さに対峙（たいじ）したときに誰もがことばを失うセンス・オブ・ワンダーを体験したいという以上の複雑な動機を持たない者もいる。たとえば友人のヒカル・スールーは、このときめきを決して失わなかった。彼には〈U.S.S.エクセルシオール〉を指揮して探査任務へと出航し、新たなセクターの星図を作り、そこに隠された宝ものを発見しているときが無上の幸せだった。未知の世界に向けてファイブ・イヤー・ミッションに旅立つ船にボーンズがサインアップしようと決めたのは、彼なりに単純な選択だった。妻エリノアとの離婚が、どんなカリフィーでも類を見ない死闘の域に達していた。

わたしはここで守秘義務を破っているのではさらさらない。結婚から解放されるまでのこみ入った手順と不正の数々は、彼の愛する娘ジョアンナの写真を見せられたあとで本人じきじきに吹きこまれる二番目の身の上話だ。われわれが初めて顔を合わせたのはターボリフトでのことで、正確にこのパターンをたどった。彼はよどみなく、長々としゃべった。わたしは何も返事をしなかった。ドアが開いて通路に出ると、ボーンズはわたしをふり返り、頭を横にふりふりいった。「バルカン人め。もちろん、くそったれのバルカン人に決まっとる」

わたしの沈黙と彼の捨てゼリフのあいだで、ターボリフトのドアが閉まった。彼が世を去るまでわれわれはこんな調子だった。

その間、ボーンズはわたしの命を救った（数回にわたり）ばかりか父の命をも救った。後者は他人に漏らさぬよう多大な努力を払っていたわたしの過去が、またもや日々の生活に介入してきた際に起きた。〈エンタープライズ〉は惑星バーベルへ大使たちを送り届ける任務を担っていた。コリード星の惑星連邦加盟を認めるか否か、会議に諮るためだ。大使には父も含まれ、いつも通り母を同伴した。両親の乗船（わたしは父と何年も直接話をしていなかった）は、父の健康悪化が表面化するととてつもなく事態を複雑にした。父は心臓発作に似た発作を起こした。バルカン人の心臓は地球人の心臓とは非常に異なるが、そこはボーンズの面目躍如、バルカン人の身体構造に限られた経験しかなかったにもかかわらず、完全に新しい外科的処置を考案し、それにはわたしの輸血を必要とした。ボーンズの懸念に反し、それはまさに論理的な処置だった。だが同時に、船長が襲われて負傷したとき、危機的状況下で任務からはずれることになる医療処置を拒否するのは、わたしにとって完全に論理的な行為だった。

船長が巧言を弄し、指揮に復帰できる体調だとわたしに思いこませたのを遺憾に思う。さらに遺憾に思うのは母と口論したことだ。わたしはむきになり、母は怒りをダイレクトに表した。ふたりとも口が過ぎたと思うが、父を失うことへの母の危惧は理解できた。あのときのわたしの判断を、何度も考えた。もしパイクとナンバー・ワンがわたしの忠誠度を真剣に試したかったのなら、わたしのバルカンの生まれと地球人の気質で大きな葛藤が起きるテストを考えてしかるべきだった。あとから思えば、少なくともわたしは正しい選択をしたと結論づけられるだろう。ただ、〈コバヤシマル〉テストの管理人同様、システムの裏をかいて自分に有利に改変するジムのやりくちも、非常時だろうとボーンズは完璧なオペをこなせることも見逃していた。それらの事実を勘定に入れるべきだった。たぶんジムは正しく、わたしはほかに気をとられて頭が回らなかったに違いない。

今回の騒動の結果、父とわたしの仲がずいぶん修復したことは記しておくに値する。その後の通信で、父はいつもわたしに「お前の同僚の才能あるドクター」と特定して様子をたずねた。母は「あなたのチャーミングなお友だちの船長」についてたずねるほうが多かった。父はついに、宇宙艦隊を選んだわたしの判断を満足はしていないとしても、もはや怒ってはおらず、わたしとしてはそれで満足だった。そして母が喜んでくれたのは、まじりけなしにうれしかった。

後年、ボーンズが自分の父親の臨終間際、苦痛を和らげてやれなかった過去を持つことを知る。わが父の救命に彼があそこまで手をつくしたことにその件が影響したのか、勘繰らずにいられない。それについて彼にたずねたことはない。母が死の瀬戸際にあったとき、わたしはまずはじめにボーンズに頼った。母の死後、彼はわたしと父のそばにしばらくとどまった。父は本当に彼を好きだった。

五年間の任務が完了し、地球への帰途、たまたま医療室を通りかかるとボーンズが荷造りをして、地表に降りるシャトルに乗りこむ用意をしていた。

「別れを告げずに去るつもりだったのですか、ドクター・マッコイ?」

「君には絶対に声をかけていくつもりだったとも、スポック」そう返事をすると——思いがけず——わたしの肩に腕を回した。そして、わたしの記憶ではいとも楽しそうに叫んだ。「これっきりだ! 君との縁はこれで切れるぞ! それに金輪際、二度と宇宙船には足を踏み入れんからな!」

非常に残念なことに、三年足らずでボーンズが〈エンタープライズ〉にもう一度乗り組んだとき、わたしはその場に居合わせなかった。のちに知ったが、彼の復任はジムの要請によるもので、ほとんど知られず、滅多に発動されたためしのない条項のおかげで、ボーンズは地球にいるあいだも予備役の責務を負っていた。さぞかし見ものだったに違いない。再会したのはヴィジャー危機がはじまって少し経った頃で、彼はわたしに会えてうれしいと主張した。それはつまり、主にわれわれは進退窮(きわ)まっているという意味だと解釈した。

一連の事件が終結したあと、ボーンズがいった。「コリナールなんてのは時間の無駄だって知ってたよ」

「それははなはだしい誤りです、ドクター」

「くそったれバルカン人のばかさかげんときたら、つける薬がないね」

カトラ、つまり個人の精神のエッセンスが存在するかどうかはバルカンにおいて長いあいだ決着のつかない謎だったが、初代〈エンタープライズ〉船長ジョナサン・アーチャーを通して、ついに疑いの余地なく立証された。アーチャーがスラクのカトラを送り届けた日は、地球人とバルカン人の初期の関係において、重大な瞬間となった。それはまた、すでにない、または瀕死のバルカン人のカトラを地球人が成功裡にとりこめるという事実をわたしが知っていたことをも意味する。〈ジェネシス〉装置を爆発させたあと、自分の命を犠牲に〈エンタープライズ〉のクルーを救う判断をしたとき、この選択肢が利用可能なのは承知していた。わたしはドクターと精神融合し、死ぬ前にわたしのカトラを彼に移した。

ボーンズは以前、わたしがカトラを彼と共有したのは腹いせからだといった。それは真実ではない。わたしは悪意は持たない。だが一般に信じられているのとは逆に、わたしにはユーモアセンスがある。ジムをわたしのカトラの運搬人にしたほうがより妥当な選択だったという者は少なくない。もちろん違う。ボーンズは完全に論理的な選択だった。船長はかけがえがない。

ファル・トア・パンはカトラを本人に戻す儀式だが、時間がかかり、リスクも大きく、滅多に行われない。ボーンズはわたしのためにこの儀式を行った。もちろんわたし自身の記憶はぼんやりしており、大部分をボーンズの地球人の目を通して見ていた。広大で威圧的なフォージの砂漠。そびえ立ち、峻厳なセレヤ山の山頂が近づいてくる。長く、疲れる階段をのぼり、最も神聖な場所、何百年も前にスラクが歩き、説教した場所へ出る。儀式と式次第の厳粛な時間。まったく異質な星の、苛酷な熱気。そしてそのあとにとうとう太陽が昇るのを眺め、もう一度自分がひとつになった。

しばらくのち、ボーンズが来てわたしのとなりに座った。「二度とわたしをあんなふうにはめるな」彼がいった。「聞いてるのか、スポック？　二度とするな」

「ドクター・マッコイ、近々死ぬ予定はないと請けあいましょう」

「本当だな？」

「はい。復活の予定もです」

「そうか。ま、それでよしとするか。だがまたやりかねん」ボーンズがジムを見た。「君もだぞ」

退任した旧友に会いに、ジョージアの自宅をできるだけ訪ねた。彼はバートン湖に気持ちのいい家を構え、広々とした庭の手入れにいそしんでいた。ボーンズはその方面の才能に欠け、孫のひとりが相当な時間を割いて祖父の与えた損害、とりわけバラへの損害を補おうとしたようだ。彼は絵を描きはじめたが、悲惨な出来で、悲惨さを喜び、〝駄作〟を贈りものとして純朴な人々に与えてはさらに悦に入った。われわれはたくさんの思い出話をした。ともにした冒険や共通の知人、だが彼が最も話したがるのは、隣人についてだった。彼らの暮らしぶりと愚行の熱心な観察者になった――そういいたければ、ゴシップの味をしめたとさえいっても過言ではないかもしれない。わたしは大いに喜んで彼の話に耳を傾けた。逸話の構成と伝えかたはひとつの芸であり、ボーンズは話芸を達人の域にまで高めた。わたしは話半分に聞き、それは自分としては寛大だったと思っている。

ボーンズは訪問客には不自由しなかった。娘のジョアンナは自身が優秀な医師で、よく顔を見せに寄った。この時点でボーンズには数名のひ孫がいた。晩年、やはり医師になったひ孫のデビッドがこの地域で開業して居を構え、ふたりで口論を楽しんで過ごし、わたしが訪問したときには大声で互いに相手をののしりあった。わたし自身に子どもはおらず――それでも家族に不足しているという感覚は一度も覚えなかった。この男、人生の多くの局面で家族のもとにいなかったことを激しく後悔していたボーンズが、家族に囲まれて一生を終える。そんなはからいをした宇宙が、わたしには公正で正しく思われた。

この長きにわたった友情をふり返るとき、確実にいえることがひとつある。知りあって以降、レナード・マッコイはたいして変わらなかった。単に年をとり、多少腰が曲がり（ひどくはない）、髪が白くなり、歩みがいくらかおぼつかなくなった。それ以外はほぼ一世紀前、ターボリフトで初めて会ったときとまったく同じ人物のままだ。年老いてなお気むずかしく——論理的にいってもそれは当然のなりゆきといえるかもしれない、何十年もそれを実践してきたのだ。わたしが「友人」と呼ぶ中で、彼はおそらく最も裏表のない人物だ。だからといって、複雑ではないわけではない。それどころか深い知性があり、高潔な人柄とみなされていた。だが彼の中に欺瞞はない。彼が感じたことといったことのあいだに溝はない。あるときには雷を落とし、次の瞬間には明るい陽だまりのよう。どんな瞬間だろうと、彼の立ち位置をとり違えることはない。あれほどの誠実さ、あれほどの率直さ——一生のうち滅多にお目にかかれはしない。あれほどの温かさにくるまれることは、そうそうない。

　彼が世を去る少し前、ボーンズからメッセージを受けとった。先ごろ新しく就役した〈エンタープライズ〉を訪れたそうだが、貴殿が着任された直後だと信じる。その際には対面されたことだろう、そして間違いなく思い出話のひとつやふたつを聞かされたと信じる。ボーンズが最も感銘を受けたのは、第二副長の特質だ。「アンドロイドだぞ、スポック。あいつらはアンドロイドなんぞを使ってるんだ。君より下がいたとはね」わたしはこれを、彼がデータ少佐を気に入って感心し、もう一度、いわばわれわれの船を目にできてひどくごきげんだったのだと受けとめている。ジャン=リュック、貴殿については、褒めちぎっていた。どうとるかはお任せしよう。それから間もないうちに彼の訃報が届いた。追悼式は悲しいものではなかったといいきれる。死者を悼む気持ちはもちろんあったが、彼のようなすばらしい男を知っていた喜びもあった。確かに彼の死は、ロミュラスへ赴くわたしの決意の背中を押した。旅立ちの障害となるものはいまや何ひとつなく、そしてわれわれ全員の中でボーンズが一番死から甦(よみがえ)りそうにないとにらんでいる。あれほどすてきな相手を悪魔は絶対離したがるまい。

遺書により、レナード・マッコイは二点をわたしに残した。豆料理の〝特別〟なレシピ、およびボーンズ特製ミントジュレップ。わたしへの指示は、「乱痴気パーティーでも開いてくれや、くそったれ」。わたしはこれらの贈りものを貴殿に託そう、ジャン=リュック、同じ精神で、そして似たような指示つきで。彼を忘れないでいてほしい――彼ら全員を。わたしのいまは亡き友人たちを。

サービック

もし時を遡り、若い頃の自分に、バルカンとロミュランの人々の再統一がわたしの晩年の悲願となるといったら、若者のわたしは信じなかっただろうとの確信は変わらない。宇宙艦隊のキャリアが終わり、そしてわたしの外交官としてのキャリアがはじまったあとでさえ、未来の自分にとっては惑星連邦とクリンゴンの関係、もしくはカーデシア侵攻とドミニオンとの破滅的な同盟による星際情勢が最重要課題、自分の時間と労力を注ぎこむ問題になるというはずだ。確かにどちらも時間と労力を必要とするが、どちらもわたしを決定づけるものではない。

いいや、それが自分の未来になるとは予想しなかった。何年もロミュラスで生活し、ロミュランの人々に混じり、彼らの言語と彼らの希望、絶えず身近に存在してすべてを消耗させる恐怖を学び、われわれのあいだに共通の基盤を見つけようと試みることにすっかり没頭する未来は。タン・アラットを書くにあたり、わたしの人生の物語を、当時はそう見受けられたとおりに描くことと、あとからふり返り、行く手には避けがたい何かが待っていると後知恵で示唆することを注意深く書きわけなくては。この道が避けがたかったのではない。確かに一連の選択をし、そしてその多くが過去の経験に深く根ざしていた。だが運命ではない。宇宙は常に、自身の姿をたちどころに説明がつくようなかたちでは明かさないのだ、ジャン＝リュック。それでも最終的には解き明かされるとの信念はそよとも揺るがない。わたしをロミュラスへと押しやる運命などは何もなく、単に両種族で共有された歴史の事実と、そのときそのときの必要性に従ったまでのことだ。

バルカン星で過ごした若い時分は、ロミュラン人のルーツが遠い昔にわれわれの歴史から分岐した一団であったとの認識は、一般にはまったく浸透していなかった。外見が酷似していることさえ、カーク船長時代の〈エンタープライズ〉の任務によってやっと知られるようになった。ごく限られた政府の首脳レベルのあいだでは長年極秘情報として共有されてきたが、ロミュラン星間帝国におけるわれわれの兄弟姉妹との限られたコンタクトおよび、相手側が親善に消極的なことから、バルカン代々の行政府は情報の開示に慎重だった。少しでも明かせば、民衆がどう反応するのか結果が予測つかなかったのだと考える。バルカンの社会はとどのつまり、安定性と継続性に非常に価値を見出している。中立地帯の向こう側の謎めいた恐るべき文明がわれわれと地続きの仲だったと知り、父が驚愕したのを知っている。ショックにもかかわらず、無知を決めこんだのは、地球の同胞を偽る必要に迫られずにすむからだ。それでも外交上容易な状況ではなく、そして公私両面における父の後半生に影響した。ロミュランのやっかいごとなどはかかずらわないに越したことはない、とりわけキャリアが終わりに近づき、そして母の人生が終わりに近づくに際しては。

わたしについては当時まだ宇宙艦隊在任中の身で、事実が判明した直後の影響は往々にして、より実際的だった。ある任務では、とりわけ難問を突きつけられた。半バルカンの子どもたちの集団がロミュランのコロニー星に遺棄され、なんの生存手段も持たずに放置されていると知ったバルカン政府は、子どもたちを収容して故郷に連れ帰る援助を宇宙艦隊に求めた。宇宙艦隊は人員を派遣して任務に当たらせる同意をした。現役のバルカン人士官に当然白羽の矢が当たり、わたしは躊躇なく引きうけた。これ以上悲劇的な場所は想像がつかない――貴殿はそのような光景を想像する必要はないことと思う、ジャン＝リュック。救援任務でよく似た惑星を目にされてきたはずだ。住民はその星をヘルガードと呼んだ。

この星は、ロミュラン管轄下の多くと同様、帝国の衝動的な拡大主義によって占領された。そのあとはおなじみの悲劇的パターンをたどる。支配された人々は卑しめられ、インフラは崩壊寸前になる。ロミュランの多くの戦略同様、この惑星を侵略した理由全体がそもそも不透明な、内政のきまぐれ事案だった。ヘルガードは突然、そして警告もなしに捨てられた。おそらくは占領を提案した役人たちが誰であれ、ロミュラスで失脚し、悲運の惑星がそのてんまつのツケを払った。ロミュラン人たちが惑星にいたのは二十年足らずだったが、なおかつ徹底的に破壊しつくした。そして、子どもたちの一団を残していった。

子どもたちの存在目的はわからない。彼らが着ていたぼろぼろの制服と、またある種の隊員として全員が互いを知っているらしい事実から、単にレイプの産物ではなく、特定の秘密プロジェクトの一部だろうとわれわれは見当をつけた。わたし自身の推測では、子どもたちは特定のバルカン人の親を脅迫する材料に使われる、でなければ諜報員として仕込まれたのち、バルカンに潜入させる意図があった。もともとのプランがなんであれ、ロミュランが引きあげたときにプロジェクトは破棄され、子どもたちも捨てていかれた。

　ヘルガードの残された住人は、侵略され、暴力的に植民地化され、そののちに捨てられていくつものトラウマを負った不幸な生き残りであり、破壊された星で食いつなごうと必死だった。彼らにはこの子たちを支援したいという時間も資源（リソース）も、意欲もなかった。宇宙艦隊が到着した頃には、子どもたちはがれきと廃墟の中で食べものを漁っていた。われわれがヘルガードに降りたった当初、住人たちは警戒した。また別の破壊的な侵略の序章だと疑ったのだろう。これは、彼らにレプリケーターを何台か提供し、後続の救援がやってくると約束すると慎重な興味になり代わった。われわれがお返しに求めたのは子どもたちで、当然即座に引き渡された。

　八歳から十五歳まで、総勢四十七名。バルカンに戻る旅の途中、彼らの多くに血縁が見つかり、迎え入れる手はずがつけられた。残りの子どもらはそれぞれバルカン星の家庭が引きとることに同意し、トラウマを抱えた子どもたちの面倒を見るという軽くはない責任を負った。しまいに、血縁であれ里親であれ落ちつき先のないひとりの子どもがわれわれの手もとに残される。小さな、野育ちの、怒れる少女。年齢はおそらく九歳か十歳、その子の態度がとりわけ引きとり手を見つけにくくした。近づく者には片端から噛みつき、そうなるとあえて近寄ろうという意志のある者はまずいなかった。わたしは誰かがやってみるべきであり、しなくてはいけないと判断した。バルカン星に戻る旅のあいだ、その子となんらかの意思疎通を試みる役を買ってでた。彼女のそばに行って座る。ことさら話しかけようとはしなかったが座って仕事にいそしみ、その子がわたしを観察し、もし望めば話しかけるチャンスを与えた。ある朝その子がかたわらにやってきて立ち、わたしを見つめた。

「君の名前は？」わたしがたずねた。少女はわたしに唾を吐いた。翌日わたしは戻り、再び質問をし、その次の日も、またその次の日もたずねた。とうとう少女が口を開いた。名前を教えてくれた、サービックだと。サービックはバルカン星に行きたくない。バルカン人を憎んでいる。ロミュラン人を憎んでいる。わたしを憎んでいる。

「君はわたしを知らない」わたしが返事をした。少女は再びわたしに唾を吐いた。次の日、近づいて彼女のそばに座ると、わたしはいった。「おはよう、サービック。わたしはスポックだ」

　われわれはそれを続けた。何歩か前進し、何歩も後退した。ときどき彼女はわたしに襲いかかった。わたしは何度も噛まれた。彼女の怒りは突然、荒々しく、あたかもスイッチが入ったかのように現れる。わたしは何が衝動のきっかけになるのかをつきとめようとしはじめた。彼女は顔に触れる者を誰であれ疎(うと)んじた。左側から近づかれるのを好まなかった。一度、激怒の赤い霧に包まれたサービックが、わたしに両の拳を叩きつけたのを覚えている。

そのうち疲れたのか、わたしにもたれてくずおれ、わたしが肩に腕を回すのを許した。われわれは床の上にとなりあって座り、やがてサービックは頭をわたしにもたせかけて眠りに落ちた。起きると泣いた。

ついにバルカン星に着いた。ほかの子どもたちは新しい家に連れていかれ、サービックだけが残った。「わたしはどうなるの？」

「わたしと一緒に行くのだ。地球へ」

祖父母の住んでいた家にサービックを連れていった。いまではいとこのアンドリューとわたしとでシェアしている。彼と彼の妻はそのとき不在で、サービックとわたしはしばらくふたりきりだった。その間彼女はわたしとの精神融合を許した。顔に触られるのをサービックが好まないのを思い出してほしい。彼女は勇気を奮い起こしてわたしにほおを触ることを許した。彼女が共有したのは、捨てられる恐れ、そして自分のロミュラン人の側面が意味することへの恐れ。わたしがわかちあったのは、わたし自身のふたつの気質から起きた子ども時代の問題、そのせいで正気を失うのではと若い頃につきまとった恐れ。いまでは感じている心の均衡。それが可能だと知った彼女の安堵を感じた。

「覚えておきなさい」わたしは手を離していった。「ロミュラン人であることは、すでにバルカン人であることだ。バルカン人であることは、すでにロミュラン人であることだ。君のふたつの部分は共通の源から発している、サービック。君にはふたつを合わせる勇気があり知性がある。自分自身が平和に生きるための」

少しのち、わたしの要請により母がバルカンからやってきて、ふたりに加わった。母は何時間も少女と一緒に過ごした（覚えておいでかな、ジャン＝リュック。母はトラウマを負った子どもたちを育てた経験が以前にもある）。母の優しさと穏やかさにサービックはすぐに打ち解け、ふたりは何時間も静かな家と庭で過ごした。

母はサービックを養子にしてバルカンに連れ戻ろうかと思うとほのめかしたが、それは明確にふたりのどちらにとっても最良の案ではない。母と父はいまでは高齢で、少なくとも父は、この扱いの難しい、怒れる子どもが自我を確立するまでにそばにいる最適の人物だとは思えない。父に対し点が辛すぎるかもしれない。違うかもしれない。だが、ほかにも気がかりがあった。とりわけ、サービックをある意味マイケルの身代わりにしてほしくなかった。ふたりにはたくさんの共通点がある。サービックはマイケルがわが家にやってきたのと同じ年頃だ。ふたりともトラウマを経験している（だがサービックのほうがより長く、いつまでも残る傷を負い、独自のケアを必要とした）。何よりも、サービックはひとりの個人であり、彼女自身の道を見つける権利がある。

「お母さん」ある夜、あの子が寝たあとでわたしはいった。「サービックはマイケルに犯した間違いを正す機会ではないんですよ。過去の過ちを正せるようにあなたのもとにやってきたのではないんです」

最初、母はショックを受けていた。第一に、近頃では滅多に、プライベートでさえ出さないマイケルの名前をわたしが口にしたことに。だがまたおそらくは、自分自身まだわかっていない動機をわたしが指摘したために。一瞬、母は心底わたしに腹をたてた。これは、それ自体とてもまれなことだった、およそ母らしくなく、わたしは何よりもその点に魅了された。母はかつてわたしに怒ったことがある。一度、最も印象深くも、わたしをひっぱたくほど。だが母を恐れることなどできない。母のほおが燃えるように赤く染まるのを眺めた。両手が震えるのを見た。一瞬後、深呼吸をして、自分を抑える。微笑みさえした。再び自分をとり戻した。「いつからそんなに賢くなったの？」

「ぜんぶお母さんから学んだ知恵です」

「だったらすてきね、スポック。でも本当のことじゃない」

「バルカン人は嘘をつかないと、お母さんだってよくご存じでしょう」

母はわたしに笑いかけた。「あなたのいうとおり、もちろん。あの子にマイケルを重ねてる――そしてそれを動機にすべきじゃない、少なくとも注意深く判断しろというあなたは正しい。だけどたぶん、お返しに警告してあげられる。あなたがあの子を見るとき、旅の仲間として見ている――ふたつの世界に引き裂かれた同類だって。大きな傷が癒える未来を重ね見てるのね。でも覚えておいて、あの子はあなたじゃないのよ、スポック。そして自分の二面性にいまでも覚えている断絶は、自分で解決しなきゃいけない。サービックの道はあなたとは違うし、同じにはできない」

「ある程度それは合っています」わたしは認めた。「ですがロミュラスとバルカンの統一は、単にわたしの想像の産物ではありませんよ、お母さん。ふたつの文明は共通の源から発生して──」

「あなたのお父様は反対なさるわね。あの人ならこういうでしょう、お前をバルカンたらしめているものこそ、まさしくお前をロミュラン人と隔てているものだ。それは絶対的な分断なのだ」

「ことばは再定義できますよ」

「でも事実はできない」母が答えた。「あなたはバルカンを長いこと留守にしすぎたわ、スポック。自分で思っている以上に忘れてしまってる」

サービックにどうしたいかたずねると、地球にいたいといった。彼女は何よりも拒絶を恐れ、そしておそらくは精神融合でわたしが意図したよりも多くを学んだ（これは往々にして起きがちだった）。自分が半ロミュラン人であることが仇となり、バルカン星では完全に受け入れてはもらえないとの印象を抱いたようだった。間違っていると良心に背くことなくいえたらよかったのだが。

ヘルガードの子どもたちを診ている臨床心理士のチームと密に動き、サービックを養子にと望むバルカン人の女性と地球人の夫のカップルを見つけた。サービックの評価のため夫妻はしばらくこの家に滞在し、間もなくニューヨークの自宅に連れ帰った。わたしは数ヶ月近く残り、母も残った。サービックが落ちついたと納得すると、母はバルカン星に戻る用意をした。わたしは一緒に戻る意向を告げた。母星を長いあいだ離れているとの指摘が胸に刺さり、母が正しいと考えた。

「そういうんじゃないかと思ったの」母はわたしの手をとった。「家に帰る時間よ、スポック」

それが、少なくとも当分のあいだ、宇宙艦隊におけるわたしのキャリアの終わりとなった。これ以上続行するべき役割が見いだせず、自分をふり返る時間が必要だった。究極的に、それがコリナールを極める決断へといたらしめた。貴殿は覚えておられようが、このプロセスをはじめて二年あまりでわたしはバルカン星を去ったため、コリナールを成就せずに終わっている。〈エンタープライズ〉に乗り組む友人たちに再会し、ヴィジャーの危機に加勢するためだった。そのあとにバルカンには戻らないと、はっきり悟った。あの任務がわたしに与えた洞察は非常に深く、わたしの世界観を一変させ、そのためコリナールのプロセスを完遂するのは不可能なばかりか、もはやしたいとも思わなかった。論理が完全に支配する世界はいまとなっては不毛で、虚しく映る。わたしの望む生きかたとは違う。過去二年間わたしの人生をあれほど占めていた目標はほぼ一夜にして消えた。生者の地にわたしは舞い戻った。あの時間が無駄だったとはいわない。それどころか——孤独、平和、内省の時間がコリナールの修行のとても重要な部分を成し、長年のあいだに初めて立ちどまり、現状を評価し、自分に耳を貸すことがかなった。だがいまではもう、これまでになく深くわかっていた。わたしは単なるバルカン人ではない。何か別の存在だ——だが細りはしない。豊かになり、広がった。新たな人生の任務への用意はできていた。

宇宙艦隊アカデミーから教職のオファーが来たとき、わたしは飛びついた。理想的な役回りに思われた。才能、気性、興味に合致する。母も祖母も教育の専門家だった。過去には大勢の若手乗員のメンターを引きうけた。最も顕著な例は、最後の任務のときに。若い同僚がわたしの監督のもとで自信と能力を増すのを見るのは、航海中の密かな楽しみだった。わたし自身の受けた教育には様々なメソッドが含まれた。学習ドームの苛酷さ、アカデミーの統制のとれたカオス、宇宙艦隊士官たることとの実際、コリナールの冷たく無慈悲な内省。成功の秘訣は？　抜きんでるための必要条件は？　そのような疑問がいまの興味の対象であり、アカデミーは理想的な追求の場となってくれる。

魅惑的かつ見返りの大きな仕事だった。教えるという行為に最も成功だと思える局面があるとすれば、情報の受け皿だった学生が、学んだことを初めて統合し、深い理解に至るまでの変わりようを見守ることだ。アカデミーでは膨大な量の情報を学生につめこむものの、情報が知識に変わるのが常に在学中とは限らない。まずたいていは、士官になって最初の数年間に起きる。それでもときおり、最も才能に恵まれた学生が目の前で変身を遂げる場面に居合わせるかもしれない。学生が椅子から飛びあがる。たったいま起きた知性の飛躍に体が反応する。シナプスに火がつく。新たな道が敷かれる。精神と頭脳に、より深いパターンが刻まれる。アップグレードが起きる。その瞬間を目の当たりにする楽しみを、どうして否定できよう？　一個人が秀でるきっかけとなる刺激を、なんらかのかたちで与える機会を誰が渋るだろうか？　コリナールの孤独な内省に背を向けたのは、賢い選択だった。アカデミーの共同作業的な環境を受け入れたのも、またしかり。

宇宙艦隊に復帰しアカデミーの教職を引きうけたあと、わたしは定期的にサービックと連絡をとりはじめた。ティーンになった彼女は進路を検討しはじめ、宇宙艦隊を視野に入れていた。生身の彼女と再会すると、精神的な変化は著しかった。養父母は〝奇跡〟と呼んでもいい仕事をした――だが真の要因をいおう。勤勉、忍耐、優しさ、そして固い意志の結果である。怒ったり自己防衛的だったり攻撃的になったとしても、サービックは感情を表に見せず、それればかりか単に抑圧するのではなくうまく制御しているのが感じられた。それを思春期のさなかにやってのけた。先は長いが、子ども時代の暴力とトラウマを過去のものにする道を見つける決心をした彼女に、いつも最大級の敬意を覚える。真面目な子で、おそらくは真面目すぎ、勤勉だ。決めたことをやり遂げる決意をし、自分を全面的に信頼しているわれわれが間違っていなかったことを証明すると固く心に誓った。そしてわれわれは間違っていなかった。アカデミー受験期間中は彼女のメンターを引きうけ、教え子はみごとに成功した。

ロミュランとバルカンの人々の再統一を実現したいと願う理由は幾重にも重なって複雑だが、サービックとの友情がひとつの役割を果たしているのは疑いない。年をとるにつれ、自分がふたつの種族の遺伝子を受け継いでいるというシンプルな事実に構えなくなり、より自信を持ち、そしてもはや、自分の中で互いにぶつかりあっているような感覚はなくなった。そうではなく、双方が共存し、互いに栄養を与え、協力しあって全体としてのわたしが栄えるほうがより生産的だとわかった。サービックが同様の平衡感覚によって、同様の心の平和を得られるようせつに願う。前に彼女が抱えていた暴力性はわたし自身にも多少はあったが、幸い、面と向きあわずにこられた。だがわれわれに共通するふたつの遺産が、わたしの理念にさらなる試練を課す。いまでは常にわたしの心の奥にあり、今後ますます前面に出てくることになる試練だ。おのおの激しい熱と怒りで隔てられ、長年にわたり疑惑と暴力によって補強されてきた両者が、ひとつになることがあるのか？　誰にとっても簡単な仕事ではない。おそらくはつまるところ、わたしは過信し高慢だった――だが、この目標に向けて費やした時間を後悔はしない。ただ失敗したことを悔やんでいる。

☆

わたしは五十六歳で死んだ。ほぼ百年前になる。まったくの自由意志で命を差しだした。よく生きたと信じ、大なり小なり恐怖はなく、だがひどい苦痛を味わいたいとは特に望まなかった。太陽の周りを一周するあいだに誕生から死を迎えた惑星で、わたしは復活した。二度目の子ども時代は断片的で、あまりに急速に、あまりに非同期的に過ぎ、そのためダリが描いた溶けた時計の絵のようにシュールな記憶しかなく、覚えた感情はぼやけた緊張感にまで高められた。わたしの人生で最も恐ろしく、最も方向感覚の狂う、最も未知の期間中最もよく覚えているものの、止まった点のようだったのは、わたしに冷静かつ合理的に話しかけて導いてくれたサービックだ。あの迷子の子どものかたわらに座り、なだめて信用させたいと望んだずっと昔、将来立場の逆転する日がくるとの考えが、心をよぎっただろうか？　いつの日か、現実感をまったく持てずにおびえた子どもに恐れるものは何もないと話しかける者が、彼女になると？　ときに、人生の物語は予想もつかない方法で繰り返す。

　わたしが死んだときの状況（自分について書くにはなんと興味深いフレーズだ）はこうだ。士官候補生（サービックを含め）を乗せ、いまは訓練船に転用された〈エンタープライズ〉にジムと古参クルーとともに乗り組んだ任務で、宿敵、優生人類カーン・ノニエン・シンとの対決に巻きこまれた。カーンはコロニー星の失敗、そして妻の死の責任がわれわれにあると逆恨みし、復讐を誓った。それには〈ジェネシス〉装置の強奪が含まれていた。〈ジェネシス〉は先端的なテラフォーム・テクノロジーであり、ジムのかつての恋人キャロル・マーカス、そしてふたりのあいだに生まれた息子デビッドが開発した装置だった。敗北を喫して瀕死のカーンが装置を発動し、圏内にいた〈エンタープライズ〉とクルーは、ワープ・ドライブ損傷のために安全圏まで逃れるだけのスピードを出せなかった。ドライブを修理する過程でわたしは致死量の放射線を浴びた。修理に成功し、わたしは死んだ。

　そして生き返った。〈ジェネシス〉装置が創造した惑星上で、サービックとデビッドがわたしを見つけた。ジムの息子は、装置の秘密を奪いに来たクリンゴン艇のクルーからわたしとサービックを守って死んだ。友人の息子がそのようなかたちで命を落としたと思うと、なんともやりきれない。この痛手から、ジムは決して回復しなかった。デビッドの母親も同様だった。もしわたしの命を彼と交換できたならばそうしていただろう。すでに一度人生を全うした——いい人生を、精一杯——デビッドは自分の人生を送る機会を与えられてしかるべきだった。百年、デビッド・マーカスのおかげでわたしは長らえた。あれ以来わたしがする息のひとつごとを、わたしは彼に負っている。ジム・カークとキャロル・マーカスの息子に。

死から生還するとはどういう意味か？　どうすれば可能なのか？　貴殿自身の臨死経験を過日書き送っていただいた、ジャン＝リュック。何年も先まで、それが最も死の淵に近づいた経験であることを願う。復活し、肉体にカトラを戻したあと、わたしは数ヶ月をバルカン星で過ごし、母とサービックがつきっきりで、生前身につけていた知識をとり戻す手助けをしてくれた。かつて知っていたもろもろを学び直すのは、この作業の一番楽な部分だった。一度習い覚えた知識を再び習得するのが容易なのと一緒だ。たまに、ふたりのうちどちらかがわたしにたずねる。

「だけど、気分はどうなの、スポック？」

その質問には決して答えられなかった。次の課題に移る。どうでもよくもあれば、おもしろくもないと思った。ほかにいくらでも思い出すべきことがあるというのに。苦労して得た知識、ヴィジャーから得た知識が、完璧に忘れ去られる危険にあった。その後、過去へ旅して絶滅した種の代表を連れ帰るのが万人に可能な選択肢ではないと認める初めての人間になる一方、時間と空間を通して生きとし生けるものすべてをつなげる網につながる感覚を、わたしはそうやってとり戻した。そしてそのあとは？　どう感じた？　そのあと、わたしは感じた……

いい気分を。

きつかったあの数ヶ月、わたしはサービックの存在を忘れないだろう。彼女がデビッドの死を嘆いていたのを知っている。彼が死んだとき、ひとつの未来がサービックから奪われた。わたしがバルカン星を昔のクルーとともに再び去ったのは、惑星ジェネシスで拿捕したクリンゴン艇でだった。ドクター・マッコイは持ち前のブラックユーモアで宿無しの身である現状を自嘲し、反乱した船員に乗っとられた数百年前の地球の船にちなみ、宇宙艇を〈バウンティ〉と改名した。友人たちが命令に背いてわたしをとり戻しに来たとき、たいへんな犠牲を払った。一番多くを支払ったのは、ジム・カークだ。

地球を救うため、不確かな任務がわれわれを過去に連れていったが、サービックはもう一度母の庇護下に残った。任務を成功させて戻ると、宇宙艦隊はわが友人たちを復任させた――だが、デビッド・マーカスは死んだままだ。サービックに再会したときは、宇宙艦隊に戻る用意をしていた。「わたしは大丈夫です」たずねると、彼女はそう返事した。「上々です」これまでになく勇敢で、これまでになく快活。わたしが必要としたとき、彼女は常にそばにいた。彼女の気質が、わたしをとり巻く世界に対する見方を再び変えてくれた。何年も前に彼女にいったことは間違いではなかった。バルカン人であることはロミュラン人であることであり、ロミュラン人であることはバルカン人であることだ。少なくとも、わたしが与えたのと同じだけ彼女はわたしに与え、そして彼女はこのあとのわたしの人生でも重要な役割を果たした。いまも果たし続けている、わたしが書いているこのときも。サービックを支えてやってほしい、ジャン＝リュック。わたしが去ったあとに。温かく、誠実に、同胞として接してやってほしい。彼女にいってほしい、心を開き、恐れるなと。ジョラン・トゥルー。それから、どうか伝えてやってくれないか、わたしはいい気分だと。

KAU

第三部

カウ［叡智］
——2293～2387年

バレリス

キタウ・ラック――バルカンにおいて文学と哲学の記述に使われる形式であり、スラクが著書『理性的社会の基盤としての普遍的共通語』の中で提唱した――で〝叡智〟に当たることばが〝カウ〟だ。意味は、貴殿が〝叡智〟ということばから連想するであろうものとだいたい重なる――経験、知識、適切な判断に関する素養、またはどんな状況でも適切な行動をとれる素養といったところか。経験。知識。適切な判断――ここから見えるのは、何が賢明な判断かは状況次第であるということではないだろうか。

だがスラクは、知識と叡智に関する著述の大半で、〝賢くあること〟の素養の背後に横たわるべき普遍的な原理を強調する。論理的かつ理性的、状況（コンテキスト）によらないどのような原則が、われわれをして最適な判断せしむるのか？　似たような区別――普遍的叡智とコンテキストによる叡智――は貴殿の星の哲学にもあるのではないかな、ジャン＝リュック。たとえば、アリストテレスは抽象的・知的な知識、学びによって獲得し、理性を働かせることで賢人の域まで到達できる〝上智（ソフィア）〟、そして世の中でどう行動するかという実践的な叡智、思慮深さで中庸を行き経験によって獲得できる〝実践知（フロネシス）〟とを分けている。これにもとづき、思うに貴殿はこう推測されるかもしれない。ソフィア、またはわれわれの同等の思想が、スラクから発展したバルカンの思想では広く支配的だと。その推測は正しい。

だが両方の理念はともにカウの理念に含まれるとわたしは信じ、普遍的な側面を強調するのは、主にスラクの死去した時期のためだと信じる。スラクがカウについて書いたのは、大部分が死期の迫る頃だった。文は短く警句的で、かつては透明性を旨（むね）とした書き手にしては、やけに不透明だ。晩年の著作を読むと、わたしはシモーヌ・ヴェイユ、もしくはヴィトゲンシュタインらの著した、哲学が詩や啓示の側面を備えたように思える書物を連想する。スラクの著作『叡智の経験』の解釈をめぐっては、後世の学者たちが何世代にもわたって論争をくり広げてきたが、概してこの一作――彼の死により未完に終わる――はみごとに明瞭かつ論理的な著作群における、とるに足らぬ、奇妙で理解不能ですらある終章とみなされている。スラクはおそらくベンダイ症候群を患っていたと示唆する者もいる。これは神経系の病気で、症状としては感情抑制の減退が起こり、それに関してはわたしと貴殿のふたりとも説明には及ばないだろう、ジャン＝リュック。正式な診断は何も残されておらず、この仮説は根拠のない無意味なものとしてしりぞけざるを得ない。

だが、わたしはまた、スラクの『叡智』が彼の著述の終章にあたるとの考えにも与（く）みしない。そうではなく、彼の思想が根本的な転機を迎える兆しだったとの説をとる。あまりにしばしば、われわれは著者の生涯にわたる著述と試みを一貫した全体として見るが、それより留意すべきは時間とともに思想は変わるものであり、思想の変化を探るべきではないだろうか。スラクが『叡智』を著したのは人生の末期で、われわれ全員がやがては行きつく終焉を目前にしていた。最も偉大な賢者はわれわれが愚かだと、そして自分たちが編み出した規則の複雑なシステムは最後には必ず失敗すると知っている。スラクの『叡智』が示すのは、われわれはものを知らないという悟りとしての叡智だ。自分たちの作った規則が実践により必ず失敗するという認識。彼が提示しはじめたこれは、ありのままの世界、宇宙におけるわれわれの存在の〝現実的真理〟だ。われわれは有限の宇宙の中の有限の存在だ。自分という存在、知識、そして現在の〝いまここ〟にある状況をもって、最善をつくすしかない。

考えると奇妙だが、スラクがもうあと十年長生きし、そして『叡智』の中に見られる内容を押し広げられていれば、バルカンの不介入主義〝ハヤル〟（〝冷静〟または〝傍観〟と訳せる）を基礎にしているが、ずいぶん異なっていたかもしれない。実際、わたしのキャリアで——貴殿もだと承知している、ジャン＝リュック——わかったのは、この規則はしばしば遵守するより違反してこそ尊ぶことになるほうが多い。植民地主義と帝国主義の介入を防ぐ——そう、それが「艦隊の誓い」の理念だ（だが多数の連邦非加盟世界では〝ソフトパワー〟、われわれと親しく交流することでこうむる文化的悪影響について皮肉な指摘をしている。その点では、たとえばカーデシア人とベイジョー人の多くが同じ見解を持つ）。だがひどい苦境を尻目に高慢な無関心を許すことにもなり、貴殿もわたしもその根拠について心当たりがあるように、それもまた真実だ。「艦隊の誓い」が、コンテキストにより重きを置き、実践知を決定の指針としていたら？　惑星連邦はどう異なっていただろう。スラクがもう一冊本を書いていたら？　そのような命題を、年をとってからときどき自分に問うているのだ、ジャン＝リュック。人生のこの時期、現在のコンテキストにおいて、わたしは断固介入の側に立つようになった。おそらく、もう十年か二十年したら、再び高慢な無関心、積極的ではなく受動的な主義に戻るかもしれない。老人の身としてはそちらのほうが確実に労力が少なくてすむ。

　どうやら叡智とは、われわれがどう定義するかにかかわらず、地球人とバルカン人の哲学ともに、老齢と関連づけられる傾向にある――何年にもわたる知識と見識により、または日々の経験を通じて苦労の末に行きつく境地だと。だがその考えには貴殿やわたしのような者にとり、危険があるように思う。歴史がまたも過去を繰り返すのを見て、繰り返しへの倦怠、そして若気の至りへの倦怠を、叡智と混同しはじめる。一部の者にとり、シニシズム――多くの者が晩年になって世界に覚える斜に構えた幻滅――が叡智の仮面をかぶる。そのような立ち位置に魅力があるのは理解できる。裏づけるようなできごとがひんぱんにある（だが、わたしにいわせれば、少なくとも同程度に助長もしている）。シニシズムには洗練の趣がある。皮肉屋に洗練の空気を、世界の〝現実的真理〟をより深く理解しているような空気を与える。わたしはさまざまなミスを犯したが、まだシニシズムの沼にははまっていない、そして、ときには実用主義が理想主義をしのぐが、概して後者がわたしの世界観の核であり続け、行動の指針となり他者の倦怠が見えなくなることもある。これはずっと盲点であり続け、ゴルコン総裁の提案にまつわる危機においては、ほとんど致命的となった。わたしは他者が倦み疲れているのを見落とした。老いも若きも、ほかの演じ手たちのシニシズムが見えなかった。わたしにとても近しい者の若々しい楽観主義が、悲嘆のあまり、激烈で狭量な怒りに転じたのも見えなかった。わたしがいっているのは、もちろんわが友ジムの、息子をなくした悼みのことだ。ジムが世を去る前に仲を修復する機会があったのがせめてもの救いだ。

ジムもわたしも、現役のキャリアが終わりに近づいているのを知っていた。そして、おそらくはすでに必要以上先のばしにしていた。わたしは友人と同様、提督の地位も勲章も職務も、特別望まなかった。そのため父が内々に連絡を入れてきて、クリンゴン帝国に降りかかった災厄および、ゴルコン総裁から父のオフィスに打診があった旨を知らせ交渉のアシストをわたしに求めたとき、躊躇なく引きうけた。思い出していただきたいが、クリンゴンの衛星プラクシスが爆発し、母星に深刻な気候変動を引き起こしたのだ。ゴルコンは惑星連邦に接触して和平の可能性を探り、父とわたしはアシスト任務を引きうけた。父が以前からわたしを外交と大使の職務に移行させたがっていたのは、わたしの決定には特段影響していない。わたしの経験と目前に迫る宇宙艦隊キャリアの終わりを考えれば、それが自然な方向性だと論理が示唆したのだ。母星の衛星崩壊によって生じるクリンゴン帝国の災難を、どんな方法であれ和らげる手助けをしたいとの当然の望みは別にして、わたしは……魅了された、といおう、父とわたしが肩を並べて仕事をするとどうなるか、見極めてみることに。

結果はきわめて良好だった。父とのわだかまり、そして父の臨終の際には仲違いしていたことを思えば、われわれが非常に似た気性、世界観、育ちなのを忘れるのはひどくたやすい。数々の共通点があり、目的と展望が一致するとき、共同作業が友好的かつ成功裡に終わるのは当然といえる。父とわたしはクリンゴンとの境界までともに赴き、総裁一付とランデブーした。危険を冒して彼の船に乗り、ふたつの文明のあいだに恒久的な和平を確立したいという総裁の望みを知り、武装解除によってそれを達成する実践的なプログラムに耳を傾けた。

あの最初の対面がすんで自船に戻り、父の私室へ引きあげたときのことを覚えている。カル・トーのボードを挟み、競争形式のゲームは避け、ふたりで黙々とひとつの形状を組んでいった。しばらく離れていた同僚や同胞同士が相手の思考回路、強みと弱みを思い出し、今後の数日間、数週間にわたり協力しあうリズムをとり戻すには、これはすばらしい訓練になる。それが、そのとき父とわたしのしていたことだ。互いにかつての自分たちを思い出させ、互いにシンクロする。

「総裁は提案などしなかっただろう」黙ってタハーンを組んで三十分後、父がいった。「もし母星が瓦解していなければ」

「でしょうね」わたしが返事をした。「ですが、やはり彼の誠意は疑い得ません。現状に動かされたのであろうとなかろうと平和を望んでおられるのは本心からです。その上に何かを築けると信じます」

「同感だ」父が最後の一ピースを置く。ふたりとも、組みあげた形状の規則性と美についてひとしきり考えた。問題はいまやもちろん、この自明の理を他者にどうやって納得させるかだ。つまり、提督たちの抵抗に遭うのは必至だった。歴史に名を残すひとつの道は、クリンゴンと和平を結んだ人物としてだと、わたしの見立てでは確かに和平は実現すると、連邦大統領を説得しようか。彼らの反応は予想がついた。予想できなかったのは、ジムのどう猛なまでの抵抗、そしてわたしの愛弟子バレリスの行動だった。どちらもわれわれの任務を出だしで危うく終わらせかけた由々しき判断ミスであり、前者との不和は辛うじて修復できたかたわら、後者はこの日まで、いまだ修復の兆しはない。

これに先立つこと数年、アカデミーの教官に復帰したわたしのもとへ、中立地帯の外縁部を巡視する船に少佐として乗務していたサービックからメッセージが届いた。数週間後にはアカデミーに新入生の一団がやってくるのを把握していたサービックは、到着間際の友人の令嬢にわたしの関心を引こうとした。その娘の面倒を見てやってほしい、わたしが非常に興味を持つだろう、と。

「子ども時代から知っています。機転が利き、知的で、非常に博識で優れた自制心の持ち主です。覚えのいい教え子になりますよ。名前はバレリス」

覚えのいい生徒だと、確かに思った。サービックが保証した以上だった。バルカンのつめこみ教育で得たもともとの利点に加え、鋭い機知を有し、入学当初から目立っていた。いろんな面でアカデミー時代の友人トゥケルを思い出させた。斬新で鋭敏な面が彼女の知性にはあり、それは学習ドームの苛酷さを経験した者にはあまり見られない。バレリスは早期の教育で思考が固まってしまわない、クリエイティヴな思弁家だった。よく周囲を観察しては、おもしろがっているようだった。彼女のご両親――両名ともバルカン人――は外交官と聞いている。バレリスは幼少の頃に両親について赴任先を転々として過ごし、複数の学校で教育を受けた。十二歳でバルカンに戻りそこで義務教育を終え、シカー市の由緒ある寄宿学校に入る（両親は母親の赴任先インカリアに残った）。バレリスは首席タイで卒業、サービックのアシストで宇宙艦隊アカデミーにみごとな願書を提出し、当然のごとく入学を許可される。誰もが彼女の未来は明るいと見ていた。アカデミー在学中に才能を開花させ、バルカン人初の首席で卒業する。わたしは陰ながら彼女の成功を誇らしく思った。おそらくは誇りすぎ、そのために目が曇った。確かに、〈エンタープライズ〉でわたしに代わるバルカン人が現れたという考えを気に入っていた。

バレリスに見かけとは違う一面を持っているという兆候はあったか？　何度も思い返し、察するべき何かがなかったか、見極めようとした。結論は、何もなかった。バルカン人の学生が秀でるのをわたしが喜ぶかたわら、同様の利害のない同僚たちが、当時のバレリスをスター候補生だと信じた。教え子の中から将来提督が出るか否か、教官仲間で話題になったのを思い出す。バレリスは自信に満ちた判断を素早く下し、明確なユーモアセンスは気むずかしいバルカン人の同僚に対する見方を変えさせたと信じる。だが、当時の同僚との会話、そして自分の記憶を探るうち、おそらくは本性をさらしている一件に思い当たった。

アカデミー在籍中、バレリスは〈コバヤシマル〉テストを六回受けている。ジャン＝リュック、ご記憶のように、これは指揮官コースの全士官候補生に受けさせるシミュレーションであり、勝ち目のない状況を意図的に作りだし、第一に手詰まりな状況下で、第二に失敗に対してどんな反応を示すかをテストする。被験者は、境界を越えて苦境に陥った民間船〈コバヤシマル〉の救援に呼ばれるが、それには境界を越えて非武装地帯に入る必要があり、外交問題に発展しかねない。一度目は——士官候補生仲間に広がる動揺を無視し——バレリスは越境をあっさりと拒否した。多数の必要性が少数に勝る、と彼女は主張した。民間貨物船の救助は端的にいって星間戦争の可能性を賭すだけの価値はない。そのあとのデブリーフィングで、シミュレーションを最後まで経験してみれば何かを学べるかもしれないとわたしは示唆した。諭されて彼女はもう一度挑戦し、今回は境界を越えてさらなるデータを得ようとした。これは、明らかになんらかのかたちでバレリスの思考を刺激したとみえ、何度も再テストを要求した。あとから考えれば、テストは感情はおろか哲学レベルですら彼女を惹きつけはしなかった。いくつか異なるシナリオを試し、テストのパラメーターをつきとめ、最初の決定が正しいと結論づけて終える。苦境にある船に救助の手をさしのべないのは宇宙艦隊規則違反に当たり、軍法会議にかけられるかもしれないと示唆すると、バレリスはこう返した。「論理がわたしの根拠です」

「論理は叡智のはじまりであって終わりではない」これが、この経験則を彼女に授けた最初だったが、最後ではなかった。バレリスは重々しくうなずきはしたものの、唇をわずかにねじ曲げ、いつもと同様他人にはわからぬジョークでひとり悦に入っているのを示唆した。わたしの教えをほとんど理解せず、教訓に価値を見いださなかったのがいまではわかる。

バレリスの裏切りのあと、彼女の育ちについてよく反芻し、何が彼女の思想に影響したのか、何がいけなかったのか、見極めようとした。なんらかの悲劇やトラウマが存在し、非難を負わせて指を突きつけ「あれさえなければ……」といえれば、どれほど容易だっただろう。だが有り体にいって、そのような事実はなかった。ジムと違い、バレリスにはクリンゴンを憎み、種族全体の不幸を望む個人的理由はない。それどころか、クリンゴンを憎んでなどいなかった。手持ちの証拠によれば、論理的に考えたバレリスは、彼らとの和平は可能だとの結論を、単に信じなかった。あえてクリンゴンとの和平の道を探ろうとはまったくしなかった。境界を越え、未知の領域へ踏み入ろうとしなかった。だが彼女は下級士官だ。そのようなハイレベルな政策決定に影響を与える立場ではない。惑星連邦を窮地に立たせた者はほかにいる。これ以上境界を武装解除するのを阻止する義務が自分にはあると信じ、バレリスは陰謀に加担した。

自分の選択を彼女は後悔しなかった。わたしがそれを知っているのは、精神融合したからだ。この行為は、思い返すだに一生の恥として深くわたしを苦しめる。相手の精神と融合するとき、自分の精神を可能な限り静め、いままさに起きようとしている他者との深いコンタクトに当然の畏敬の念を持ち、境界がつかの間消えるあいだも相手の自己統一性を尊重しなければならない。バレリスと精神を融合したとき、これは起きなかった。わたしはそのとき怒り、裏切られたという感覚で行動し、わたしの教え子だったこの若い女性に与えた苦痛に、注意を払わなかった。通じあう精神に自由に接触するための心理的テクニックを、尋問の道具、兵器として使った。事実上、拷問した。彼女の思念をこじ開け、必要な情報を無理やり引きだした。彼女の精神に入ったとき、冷たく凍った、計算機のような彼女を見つけ、わたしは望みのものを手に入れた。彼女の精神を解放するとき、怒りと恥を募らせるのを感じた。それらの感情を抑え、必要なことをしたわたしへの称賛に近いものに変える素早さに驚嘆した。この侮辱を決して許さないのも知った。自分で自分を許せそうもない。わたしにとって力の濫用をさらに貶めたことに、周囲の誰ひとり止める者はいなかった。

「ときどき思うのですが」以前、バレリスがいった。「〈エンタープライズ〉のブリッジでわたしにしたことを、あなたはまだ後悔していますね」

「わたしはあの行為を非常に後悔している。必要な情報を得るもっとよい方法があったはずだ。その代わり、わたしは怒りに屈して君をひどく傷つけた」

「あなたは必要なことをしました」再び、アカデミーで見せたあの微笑を浮かべた。いつもどこかしら状況を少しばかりおもしろっているという印象の。「必要が生じれば、わたしは確実に同じことをします」

あれが、おそらくはこの事件全体でわたしにとって最も悲痛な場面だった——彼女の裏切りで受けた最初の衝撃に任せ、あれほど残酷に、あれほど間違った行為をした。怒りと憎しみと都合で行動した。ずっと昔、〈エンタープライズ〉に着任して間もなく、わたしよりも賢くて経験豊富だったパイクとナンバー・ワンのふたりは、ある日わたしがこの試練に直面するとわかっていた。あのとき、わたしはごまかした——シミュレーションだと見抜き、質問を避け、要求されたことと実際に真剣に向きあわなかった。テストの本番は人生のあまりに遅くに訪れ、わたしは失敗した。もしここから何か慰めを引きだせるなら、意味が見つかるなら、少なくとも友人のジムをより理解した。息子の死に対する彼の怒りと、平和を申し入れてきたクリンゴンへの憤激をいまでは理解できた。当時わたしのとった破滅的な決定と行動の数々をふり返るとき、少なくともそれが慰めとなった。

惑星連邦を裏切り、クリンゴンとの和平会談を挫折させようとの決意と犯行を、当人は何年経ってもいまだに後悔ひとつしていない。収監中の彼女に長年にわたり何度も面会したので知っている。つとめて会うようにした。バレリスを見るたびに自分のしたことを思い返し、二度と繰り返すまい、怒りに任せてあのような残酷な行為をすまいと、己れを戒めるために。バレリスはいまでは年をとったが、自分のした選択を決して悔いていない。和平協定が最終的には締結された事実を突きつけられようと。

「わたしは入手可能な証拠にもとづき自分のできる最善の決定をしたまでです」バレリスがいった。「再度機会があっても、同じ選択をまたするでしょう」

バレリスと最後に面会したのはわずか数ヶ月前だ。若さと才能と将来を惑星連邦の更生施設で棒に振った。わたしのロミュラスでの任務の失敗を知っていた――自ら話したのだ。火星への総攻撃も、宇宙艦隊が貴殿の任務を打ち切って救援活動の規模を縮小したことも知っている。ついに宇宙艦隊は彼女の考えかたに追いついたと主張したが、反論はできなかった。勝ち誇った様子は見せず、あくまで冷ややかだった。バレリスはこのような結果をずっと予測していたのだと気づいた。

「やがては彼らが教訓を学ぶと知っていました。あなたもいずれは学ぶ日がくると思います、スポック」

「いいや」きわめて真摯に返答した。「決してその日はこない」

この裏切りによるショックが、ある程度、ついに宇宙艦隊に見切りをつけ、父が長年つかせたがっていた外交キャリアに転向する決心をした理由のひとつになった。ロミュラスの中枢内部に、われわれを憎悪するあまり連邦政府とクリンゴン政府内部の同調者と共謀する者がいた――この計画の皮肉は、三つの文明が目標に向かって力を合わせるのは可能だというわたしの願望を、まさしく実証している点にあるのを看過はしなかったよ、ジャン＝リュック。たとえ正しい理由で協力しあったのでなくともだ。だが、よりよい、より長続きする友情を築けるだろうか？　ゴルコンの後継、娘のアゼドバーは父が命を賭けた条約を実現するために全力をつくし、われわれも同様だった。実現にいたるまでは、暗澹たる空気が漂っていた。あわや開戦寸前だったのをわれわれ全員が承知しており、ゴルコン総裁が命を張って最悪の事態を防ぎ、二度目のチャンスが与えられた。この機会を逃してはならない。

少なくとも、それが惑星連邦とクリンゴン代表団の意志だった。ロミュランの代表団は無関心のまま、数日後会談の席を立った。これは確かに失策であり、われわれの中で最も経験豊富で傑出した大使――バルカン人サレクの出番と手腕を必要とした。父はクリンゴンとの交渉はわたしとチームの手に委ね、ロミュランと交渉するため単身キトマーを発った。この交渉に父は心血を注ぎ、翌年のほとんどかかりきりになる。ロミュランが手を引いたため、会談は出だしで頓挫するものと大方は考えたかもしれないが、結局は吉と出た。三大勢力間で合意に達するのは指数関数的に複雑になる。ロミュランが抜け、われわれが達成を望んだ宇宙平和の規模が縮小した一方、惑星連邦とクリンゴン間の合意を比較的容易にした。

また、当初の懸念に反し、外交官の仕事はわたしに合っていることがわかった。細部への注意、相手のいいぶんを聞く耳、忍耐心、そしてばかな真似は容認しないことで薄められたものの、共通点を見いだしたいとの望み――これらはわたしの強みだ（最後のものは、とりわけ往年のレナード・マッコイが保証してくれただろう）。条約の調印ほど、満足のいく仕事はない。クリンゴンとの和平達成は、大きな成果だ。個人的なプライドについては、協議中父は立ちあわなかったため、惑星連邦代表団の功績は主に、交渉チームのリーダーたるわたしに帰せられた。もはや父の影から脱し、完全に独り立ちした。もちろんこの間父とは定期的に連絡をとり、わたしが宇宙艦隊には戻らず外交キャリアに転向するつもりだと告げると、次のメッセージを受けとった。いつもの沈着冷静な口調で父がいう。「論理的なステップだ、スポック。これでようやくお前の才能を存分に生かせるだろう」メッセージを滅多にくれない父の承認の印と受けとめ、わたしは二重に満足だった。父との和解、そして彼のそばで足並みを揃えて働けるチャンスは、今回大いに報いられた成果となった。

だが全体に、非常に辛い時期であった。将来を嘱望された士官候補生バレリスの裏切りはショックだっただけでなく、メンターとしての責任をある意味怠ったという自責の念に駆られた。能力を悪用し彼女と精神融合したことで非常に悩み、忸怩たる思いでいっぱいになる。間違いの数々を思い返して幾晩も眠れぬ夜を過ごし、精神を静めようと瞑想しても、甲斐がなかった。

また、事件に絡み、わたしの人生で最も長く続いた友情を危うく壊しかけたことにも心を痛めた。少なくとももう一度災難が降りかかる前に、離れたままでいるより結びつくことを思い出すチャンスがジムとわたしにあり、感謝している。ふたりの老戦士、ひとりは悲しみで目が見えなくなり、もうひとりはプライドで目がくもり——長い年月を経て、そしてふたりで様々な経験をした末に、出会った頃より少しは賢くなっただろうか？　少なくとも、次のことがわかる分別はあった。誰でも間違いをする。誰だって人間なのだ、ジム・カークがかつていったように、例外をのぞけば。キトマーの和平条約が調印されると、三通のメッセージを受けとった。一通は父からで、結果が「このうえなく上首尾だった」という短いメモ。もう一通は母からで、「父も母もとても誇りに思っていますよ」。最後はジムからだった。「まあ、終わったようだな。平和と、平和に乗り出すみんなに乾杯」これが旧友から直接受けとった最後の通信だった。ジム・カークに関する知らせで次に受けとったのは、訃報だった。

パーデック

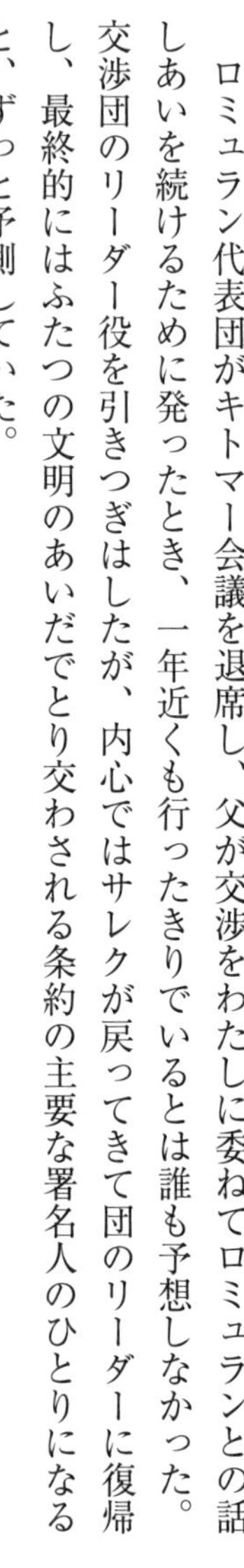

ロミュラン代表団がキトマー会議を退席し、父が交渉をわたしに委ねてロミュランとの話しあいを続けるために発ったとき、一年近くも行ったきりでいるとは誰も予想しなかった。交渉団のリーダー役を引きつぎはしたが、内心ではサレクが戻ってきて団のリーダーに復帰し、最終的にはふたつの文明のあいだでとり交わされる条約の主要な署名人のひとりになると、ずっと予測していた。

条約が調印される前から、宇宙艦隊でのわたしの時間は当然の終わりを迎えたと一区切りをつけ納得していた。〈エンタープライズ〉の友人は全員次へと進み、船は信頼できる人物の手に委ねられた。さらに、バレリスの一件が示唆しているのは、わたしがメンターとして自己満足していたこと、そして人にものを教えられる立場にあると再び思えるには、全容をふり返る必要があることだった。数多くの成功をなし得てきたキャリアの晩年に、自分が完璧に失敗していたと悟るのは、人をひどく謙虚にする。だが宇宙艦隊を去ろうと決めたのは引退したいがためだとの印象は残すべきではない。それどころか、人生の新たなステージへ果敢に進むべくスタートラインに立つ行為とみなした。クリンゴンとの条約締結は疑いなく偉業だった。達成には大勢がかかわったが、わたしが大きな役割を担ったのは事実だ。いまや、わたしの背景を考えれば、心の奥に常にあった人生の新たな局面に向かう機が熟したのは明白だった。

だが外交官としてのわたしの新たなキャリアはその年の大部分、待ったをかけられる。家族に悲劇が訪れようとしていた。まだ覚悟のついていない、何十年も先だと予測していた悲劇が。そんなことはお構いなく、ジムの死の知らせにいまだ震撼としていたわたしのもとに、サービックからメッセージが届いた。できるだけ早くバルカンに戻ってほしいという。「お母様があなたを必要としています」それ以上はいわなかった。わたしは数時間のうちに故郷を目指した。

母はいまでは九十一歳を数え、わたしの父が外交任務で家を空けているあいだ、首都からランゴン山脈の別邸に移っていた。母が任務に同行しなかったとき、あとから思えば心の中で警鐘を鳴らすべきだった。当時、わたしと同じく母は父がすぐに戻ると考えたのだと単純に推測したのだろう——それに、母はもはや若くはなかった。快適な家に残るのにはそれなりのメリットがある。それでも過去、母は決まって父に同行した。母は父の慰めであり、腹心の友でもあった。アマンダ・グレイソンの手と心が父の偉大な業績の背後にあった。地球からバルカンへの帰途、母の衰えゆく健康状態について非常に気がかりな最新情報をサービックから定期的に受けとるあいだ、父のそばに母のいない事実にもっと留意すべきだったと思った。クリンゴンとの交渉で手一杯だった夫と息子が把握していたよりも、はるかに病状が進行していたのがすぐにわかる。

九十一歳は年寄りとはいえず、地球人の寿命がバルカンのそれよりも数十年少ないのと同時に、母がこれほど早くふたりを残して逝くと思う理由はなかった。母は数年前から健康がすぐれず、退行性異種感染症と診断された。長いあいだ異星に暮らす人々の一部がかかる疾患だ。これは神経経路の衰えを引き起こし、治療法がない一方、病気の進行を遅らせる様々な処方がある。母は早期に手当を受け、症状はわたしの知る限り、抑えられていた。それを考慮に入れたとしても、まだあと三十年は手堅く、もし非常に運がよく、また治療を続けていれば、五十年だっていけると踏んでいた。母方の祖父母はどちらも百三十歳以上生きた。アマンダの兄であるわたしのおじは、九十四歳になるがたいへん活動的だ。近いうちに母を失うなど、単純に思いもしなかった。だが家に着き、庭に座る母を見たとき、残された時間はわずかだとすぐに悟った。母は元来小柄な女性だったが、温かさと強さが大きな存在感を与えていた。いまの母は弱々しく小さく、風のひと吹きで飛ばされてしまいそうだった。だがことばを交わしたとき、最悪の予感がした。わたしは母のかたわらにひざまずき、手をとった。

「お母さん」そっと話しかける。「ただいま戻りました」

まぶたがぴくりと動き、開く。一瞬わたしを通りすぎ、それから焦点を合わせて微笑んだ。

「スポック……」

母は生をあきらめたというのではなく、われわれの先を見るようになったのだ、そう思った。もはや完全にはここにはいない。いまならわかる、なぜ「他界する(pass on)」というのか。母はこの世界を発(た)とうとしていた。どこかほかの場所へ行こうと。すでにほとんど行きかけていた。わたしはこの状況で考えつける唯一のことをした。ボーンズを呼んだ。

ある日の朝まだき、山荘に到着したボーンズは、汗をかき、このくそ惑星とこのくそ惑星の住人をひとりのこらず呪った。無愛想にわたしにうなずき、たずねた。「どこにおられる?」約一時間後、ドクターはわたしを探しに噴水にやってくると、すでに知っていることを話した。

「まあなんだ、何もいえんよ、スポック。何が悪いのかは知ってのとおりだ」

「母はまだ九十一歳です。病状は抑えられて――」

「ああ。だがお母上はバルカンに住んで六十年以上経っている。六十年だぞ! そんなに長く異星の地に暮らす地球人の体にどんな影響があるのかは、情報があまりない」

「わたしは心から願いますね、ドクター。あなたがおっしゃっているのが、母が死ぬのはバルカンに住んだせいだという意味ではないと」

「わたしがそんなことをいうわけがないのは百も承知だろうが!」

わたしは人差し指を持ち上げ、謝意を表した。彼がいったことは嘘ではない。

「自分の寿命と小競りあいをして戻ってこない者もときにはいるんだ、スポック」ボーンズが気遣わしげにわたしを見た。「つまり、君は違うさ、明らかに。死んだきりでいてくれんからな。だがすこぶる健康だった者がそうなるのを前に見ている。初めて重い病気になり、それから自分に寿命があることを悟ると、それが引き金になる。年をとるプロセスがはじまる。それかもしれんし、遺伝かもしれん。本当にこの星が結局、アマンダには害だったというおちかもしれん。手の打ちようがあればと願うがね、スポック。だが何もできん。本人がしてほしがっているとも思えんよ」ボーンズは目をそらし、噴水を見た。「お父上はどれだけ知っておられるんだ？」

「母が思わしくないのを知っているのは確かです」

「だが戻られない？」

それに関しては、少なくとも母が明言していた。父がいま携わっている仕事の邪魔になるつもりはない、帰るのは仕事が完了したときだ、と。「母は戻ってくるなと父にいったのです」

「そうか」ドクターがため息をついた。「まぁ、それはご両親のあいだの話なんだろう。だがもしわたしが君なら、スポック、お父上に知らせるだろうな。ひと月もない、数週間だって余裕がないかもしれん。もし今生の別れを告げたいなら、いますぐ家に戻ることを考えるべきだと」

父が現在の状態の母に果たして会いたがるか、内心かなり危ぶんでいた。それでもメッセージを送った。これ以上ないほどはっきりと、時間がつきかけていると述べ、できるだけ早く戻ってくるように要請した。父の返事はこうだった。このような微妙な状況のさなかに交渉を放りだすのは無理であり、母が快適に、心やすく過ごせるようにわたしが万全の配慮をしていると確信する、と。そして、わたしはサービックとボーンズの助けを借りてそのとおりにした。わたしは父ではないが、すぐにはっきりしたのは、母はこのような姿を父に見せるのを望まず、父はこのような母を見るのを望まないということだった。父が間にあうように戻ることはないと受け入れざるを得なさそうだった。ふたりのあいだで示し合わせたのだろうか？　父は母が死ぬのを確かに見たくなく、母は苦しむ父を見たくない。おそらくは、それがふたりの望みなのだ。わたしにとってふたりのことはたいていよくわからない。

一週目かそこらは母はまだ戸外で座りたがった。日が昇るのを見るのが好きだった。わたしは枕もとに座って母が眠るまで本を読んだ。子ども時代のわたしに、そのあとはわたしとマイケルに母が読み聞かせた本を。ときどき一緒に地球の音楽を聴いた。モーツァルト、ベートーベン、ブラームス。わたしが疲れたときはサービックとボーンズに相手を代わってもらった。母はサービックの手を握るのが好きだった——おそらくは失った養女を思って。ボーンズが、ときどき母を笑わせた。わたしが帰省して二週目の終わりが近づくと、母はもはや外に出たがらず、部屋の中から峻厳かつ寂然とした山々を眺めた。眺望を気に入っていたが、たいていはまどろみ、わたしは枕もとに座って母を見つめた。わたしの目には透けはじめて見えた。ときどきうたたねから目覚めると、母が起きて、山を見つめており、その顔は幸福感に満ちていた。　ある日の未明、目を覚ますと母がわたしを見ていた。「とても愛していますよ」母がいった。「すごく幸せだった」その朝遅く、母は息をひきとった。

父は二日後に戻り、葬儀が三日目に行われた。意外にも、父はバルカン式の儀式を強要しなかった。母は地球式の、非常に簡素な段どりでランゴン山脈のわが家の庭に埋葬された。バルカンで母の最も愛した場所。母は逝ってしまった。自宅に残っているのは父とわたしだけになった。

葬儀のあと、ボーンズはもう二週間滞在したのち地球に戻った。サービックはもうしばらくとどまったあと船に戻った。わたしは父と数ヶ月山荘に残った。これほどとほうにくれた男を見たことがない。父はただ、母なしで何をすべきかわからないようだった。これまでは落ち着き払って世界を動き回り、常に目的があった。いま父は庭に座り、なぜここに来たのか忘れたかのように周囲を見まわしている。この時期の父が、瞑想に苦労していたのを知っていた。これについてわたしにできるのはそこにいること以外ほとんどなく、わたしが母の代わりにはならない一方、わたしの存在が多少は慰めになったと考えたい。やがて父が来て、わたしの向かいに座り、カル・トーのゲームを長時間差した。以前、われわれがともに平和条約実現に向けて行動したとき、ほんのつかの間やったように。父は勝敗を競うゲームのコツを完璧になくしてしまい、わたしは心ここにあらずの相手と対戦するムードになかった。はじめ、父の注意力はしばしばそがれた。やがて、徐々に自分をとり戻しはじめた。何時間もふたりでボートをはさんで過ごし、カオスに秩序を持ちこんだ。

ときどき、母は自分が先立つとわかっていたのではないか、そしてサレクとわたしの距離がこれまでで最も縮まったときを選んで、ふたりを残して逝ったのではないかとの思いにとらわれた。ボーンズなら、そんなふうに死期を選んだりはできんとわたしを一喝するに決まっており、それゆえ彼にこの考えを話すことはなかった。おそらくこんな話は非論理的だが、母のこととなると完全に論理的だったためしはない。もしまだわたしとサレクが変わらず断絶したままだったなら、もし父とわたしがなんらかの和解に達していなければ、そうなるまで母はわたしたちのもとにとどまり続けていたはずだと、わたしは信じる。そして、いまここに父と息子がいる。条約締結の勝利がふたりを歩みよらせた。ふたりの愛する者の不在がつなぎとめた。

われわれは、もちろん母の話をしなかった。はじめ、父は何についてもまったく話したがらなかった。その間わたしはずっと遠隔から仕事を続け、クリンゴンとの条約締結後に持ちあがってくる細部を詰めるうち、クルゾン・ダックスというたいへん有能な若手外交官と知りあう。ダックスは共生結合体トリルで、精力的に働き、難しい期間中頼もしい支えになった。ダックスとのやりとりについて父に相談を持ちかけると、父は外の世界にいつもの興味をいくらか示しはじめた。わたしの側は当然、母のそばから父を遠ざけ続けた外交任務に興味があった。ロミュラン領の境界近くに父がいたということ以上の知識はない。やがて父がそれについて話しはじめた。再び何かについて父が話しはじめ、わたしはうれしく思った。

惑星連邦とロミュラン帝国は、父がこのとき話した内容によれば、開戦の瀬戸際だった。惑星連邦に派遣されたロミュラン大使ナンクラスがゴルコン暗殺計画の首謀格だったと判明し、それが引き金となり、帝国上層部の幹部多数が粛清(しゅくせい)された。面目を保つため、またロミュランの流儀として、要職がすげ替えられたのは、陰謀にかかわった宇宙艦隊の提督たちにナンクラスがはめられたことを示唆している。これは戦争行為とみなし得ると、彼らはほのめかした。キトマー会議から突然手を引いたのはそのためだと理屈づけ、それが父の派遣につながった。わたしは当然、過去数ヶ月父の遭遇したロミュラン人について聞きたがった。父の評価は賛辞とは正反対だった。

「われわれに共通する歴史について最初に知ったときは、スポック、ショックだった。バルカン人のほとんどがそうだったはずだ。だがほぼその直後、この新事実がわれわれふたつの文明に、より緊密なつながりをもたらしてくれればと願った。結局、長い歴史をわかちあっているのだからな。だがいまでは……」いいやめる。最近父は話を最後までいい終えないことが多いのに気がついた。考えがしょっちゅう漂い去ってしまうかのように。以前にはまずあり得ず、すべての文言を注意深く考え抜いてから口に出した。

「だが、いまでは？」わたしはうながした。「あまり楽観的になれなくなったと？」

「あまり楽観的になれなくなり、和睦を望みもしなくなった」

これはわたしの父にしても、およそ手厳しいいいようだ。「なぜですか？」

「彼らとの違いがわれわれをバルカン人たらしめているとの結論にわたしは至った。より緊密なつながり、もしくは再統一であれどんな目的であれ、それにはある程度彼らに合わせる必要が出てくる。行動だけでなく、考えかたまで変える必要がな。自分たちのためにそれは望ましくない、スポック。彼らを間近で観察する機会を得て、望まなくなった。ロミュラン人の頭の中は秘密でいっぱいだ。相手を欺かずには話せない。ある方向性を彼らが確信し、それが将来進む道だというかもしれない――だが、ほかはどうだか当てにはできない。彼らは互いを信用しない。それならば、どうやってわれわれを信用できるようになるのかね？信用なくして友情はない。近づけば、彼らのようになってしまう。いかん」父は首を振った。「バルカンのためにならない。せいぜい戦争にならないよう望むしかない」

父の話をすべて多大な関心を持って聞き、母からこれが父の考えだと忠告されていたものの、それでも意外だった。なんといっても父は生涯をかけて外交の可能性に全力でとり組んできており、この分野での父の功績は相当なものだった。外交には限度があるとの考えを父が公然と口にするなど――およそ父らしくない。父の考えは、その頃のロミュランとの折衝が母の臨終とあまりに密接に結びついていた事実にいくらか影響されているとの思いを、当時は強めていた。もし自分がもっと早く帰宅していれば、もうしばらくわれわれのもとにとどまるよう母を説得できたかもしれないと、おそらく考えているのではないだろうか。もちろん、父には決して質さなかった。それでは父の考えが理性でも論理でもなく、感情にもとづいていると示唆することになる。結局、父はこれまでどおり任務を完璧に演じた。双方の政府はここ最近で最も友好的な関係をとり結ぶ。だがこれは長続きしないと、父ははっきり見ていた。

　ある程度、父は正しかった——とはいえロミュランが変節するのは何年も先になる。クリンゴンのコロニー、ナレンドラ三号星を彼らが攻撃した際、〈U.S.S.エンタープライズC〉が重大な役を演じて惑星連邦とクリンゴンの同盟をより強固なものにするのは、数十年先の話だ。この攻撃の知らせを聞いたとき、わたしは父との会話と、こういった事態が父の悲観主義をまさに実証していることに思い及んだ。だが当時、バルカンのサレクからそのような敗北主義のことばを聞いて、控えめにいっても驚いた。事案全体の何かが父を疲弊させているのを感じた。ロミュランに近づくためにはとほうもない課題が横たわり、父でさえ考えるのを拒否した。責めはしない。あれほど自由にわたしとこの件を議論してくれ、いまでも深く感謝している。母の死後のこのときが、おそらくは父とわたしが最も距離を縮めたときだ——母とジム・カークの両方を失ったこの悲劇の年の、ほろ苦い側面だった。この会話から間もなく、わたしはバルカンにいつまでもぐずぐずしてはいられないと悟り、早急に地球に戻ると父に告げた。父は山荘を閉めてシカー市の家に戻った。わたしは父をそこに残し、多少の不安とともにひとりで地球へ向かい、外交任務に戻った。山荘は今日この日まで閉めたままだ。バルカンに行くたび、わたしはシカー市に滞在した。

ふり返れば、父とのこの会話はアイロニーに満ちている。のちに、惑星連邦‐カーデシア間で起きた議論の本質を思うとなおさらだった。だが再統一に関する難題が後年わたしの最重要課題となる皮肉の痛烈さに、主にひるんだ。あのときの通信をふり返ると、わたしの初期の外交上のキャリアが、クリンゴンと新たに結んだ和平を確かなものとし、プラクシスの災難後の同国を援助するデリケートな問題に主軸を置いていたとわかる。キトマー条約で果たした役割がわたしの記憶される外交上の成果であり、ロミュラン星間帝国にまつわる外交努力のためではないと、確かにいいはした。だが、初期の頃の書簡を読み返しながらも、ロミュラン問題が常にわたしの頭の隅にあるのがうかがえた――拾いあげられて全体に編みこまれるのを待っている、わたしの人生の物語を綴る糸のように。外交キャリアのはじめにキトマー会議で作ったコネが、これに関しては重大な役を演じた。

貴殿はもちろんパーデックを覚えておいでだろう、ジャン＝リュック。キトマー会議で初めて会ったときはずいぶん若かったが、すでに愛想のいい外面（そとづら）をピカピカに磨きあげていた。何年経ってもあまり変わった様子はない。おそらく、それを警告のサインととるべきだった、わたしに見せる彼の顔は自由に着脱できる数多い仮面のひとつだと。魅惑的で不実な多面の女神、バナウカを思わせる。貴殿も図像を見たことがあるに違いない。もちろんそういったことは、後知恵でのみわかる。わたしにしても、たいして変わった顔を世間に見せていると は思えないが、外面と内面はそう違わないと、あえていわせてもらおう。

当時のキトマーで、あれほどの好人物と交渉するのは不愉快な仕事ではなかった。条約について話しあう目的はせんじつめれば好意を永続的な友情へと変えることだ。わたしは彼の愛想のよさに、胸襟を開いて応じた。パーデックはロミュラン大使ナンクラスの側近として出席し、上司の陰謀への加担が発覚すると、ロミュランの代表団が条約から完全に手を引く前に、多大な労力を費やしてわたしに自分は無関係だと印象づけた。当時でさえ、パーデックは自分のパトロンだったとおぼしきナンクラスからできるだけ距離を置き、自己保身につとめているのがわかった。もし陰謀が成功していたら、彼は等しく母星の全員に、自分の演じた重要な役割を熱心に売りこもうとしたに違いない。この件の真実が何か、わたしにはわからない。パーデックもやはり真実が何か、そのうちわからなくなったのではないだろうか。できるだけ早く自分の尻をぬぐい、政治キャリアをのぼり続けるために必要ならば、なんであれそれでじゅうぶんだった。

長年の交流が最終的に彼の裏切りで終わることをいまでは知っており、またロミュラン政治の大きな特徴である不誠実、欺瞞、そして不透明さをいやというほど目の当たりにしたいまでは、パーデックがはじめは誠実にわたしと書簡をやりとりしたのかどうか、判断するのは不可能だ。彼はそうしたというに違いなく、そういっているあいだは自分で信じていたのは確かだろう。どちらにせよ、長いやりとりが続いた。愛想がよく、穏やかで人好きがし、バルカンの文化と社会に非常に明るく、さらにはわれわれの世界を好んでいるような印象をずっと与え続けた。バルカンを訪ねたいとの望みをしばしば表明した。そう書いたときは真意だったに違いない。彼はバルカン人が仲間同士でやりとりをするのに使う方言のドーリラックで書き、気やすい口語的なムードを都合よく利用し、長年にわたって（彼に頼みこまれて）わたしが添削してやったおかげで、流暢になった。わたしはお返しに最も品位あるロミュランの標準語アトゥソザーで書き、喜んで彼に手直ししてもらった。どれほど流暢になったかはわからずじまいだ。この頃に興味を抱き、ほかにもロミュラン語の方言を開拓しはじめた。それはこの気どった形式よりずっと庶民的なため、テクストで学ぶには苦労した。ロミュラス訪問がとうとうかない、その星に暮らしたとき、わたしのアクセントとたくさんの言い間違いが、友人や知人たちの笑いを大いに誘った。いまではましになったが、流暢とまではいかない。

パーデックとわたしは、ロミュランとバルカンの文学、詩、哲学の重要な作品を、申しあわせたように交換しあった（彼はすでにスラクを読んでいたが、もっと現代的な訳を望んだ）。この書を書くにあたり書簡を読み直すと、文学談義が大半を占めている。彼はわたしの送った作品のすべてを好み、または何かしら好ましいところを見つけた。そして鋭い質問をした。バルカンについてわたしから多くを学んだ。わたしは彼が思っているより、もっとずっとロミュラスについて学んだ。彼の政治キャリアと地位が上がっていくのを非常な興味を持って見守った。彼のほうではわたしの外交キャリアを似たような興味で見守ったに違いない。ロミュランのナレンドラ攻撃が失敗したあと、ロミュランとクリンゴン、ひいては惑星連邦との外交関係が冷えていくと、パーデックは数年間沈黙した。わたしは驚かなかった。惑星連邦の外交官――加えてバルカン人――との親密な関係は、当時の政治的空気ではプラスに働かなかっただろう。

だが、ロミュランの社会、文化、できごとへのわたしの知識欲はずいぶんと刺激され、もっと学びたいと思った。サービックが貴重なアシスタントになってくれた。彼女自身がロミュランの生きかたについて学び、また、境界沿いの任務をいくつも引きうけた。様々なロミュランの亡命コミュニティにつながりがあり、橋渡し役になってもらった。彼ら勇敢な人々の大半が、トップの突然の政策転換で、いつ暗殺されるかわからない恐怖の中で暮らしている。それでも進んでわたしと連絡をとりたがり、そしてわたしは若い頃トゥケルから受けた教訓を思い出す――文明の表層から一歩踏みこみ、より子細に研究し注意深く観察すれば、必ず複雑で多面的な実体が見えてくる。ほぼ二十年間の沈黙のあと、再びわたしに接触してきたパーデック――いまでは非常に高い地位にある議員――は、わたしが当時よりははるかにロミュランの事情に通じているのを知った。わたしもまた、再統一を真剣に検討することで起きる可能性について彼と話せるならば、願ってもなかった。彼の再統一への興味が、政治的便宜をはかられればいつでも消えてなくなることを、一秒たりと疑わなかった。だが、パーデックはロミュラン領に入る最も確実で便利な伝手だった――貴殿がわたしを見つけた伝手だ、ジャン＝リュック。

かように、ロミュラン情勢へのわたしの関心は外交キャリアのはじめに端を発しながら、何年も棚上げにしてきた。惑星連邦の特使、のちには大使となって最初の数年は、クリンゴン関係にかかりきりだった。わたしにはファースト・コンタクト任務の経験が豊富にあり、しばしばその専門性が必要とされた。また同時期、カーデシアがベイジョーの母星を併合したのにともない、収容施設と援助を要請した避難民との交渉にも関心を奪われた。この紛争については御身がご存じなのは知っている、ジャン＝リュック。そして、このときの貴殿の経験が、のちにロミュラスの救援任務に当たる決断を下されたことに、どの程度影響したのだろうと思案する。ベイジョーからの避難民たちの光景に、わたしは自分が著しく影響されたのを意識している。サービックとヘルガードで見捨てられた子どもたちとの出会いを、あれは鮮明に思い出させた。数光年離れた場所で権力者たちが下した決定の犠牲者たち。権力者たちの一番の関心は武器と艦隊であり、大人も子どもも等しく嘆き悲しませる原因を作り、そして、自分たちの政策が引き起こす被害についてはほとんど気にかけないか、ひどくすれば、恐ろしい被害を引き起こし得る権力に酔っている。

カーデシア人は、ロミュラン人同様に攻撃的で拡張主義の、無慈悲な征服者だ。いったい何が、文明をそのような残虐な行為に走らせ、多くの損害を与え害をなすのだろう？　この問いへの答えは、もちろんわが種族の歴史に横たわっている。バルカン星の資源の欠乏が、最も暴力的な戦争を引き起こした。流血の上に立ちあがろうとするわれわれの試み、千年続いていまもなお手を止めぬ試みが、欠乏にうち克つためのテクノロジー、そして自分たちの最悪の衝動を制御する心理的なテクニックを見いだす努力へと駆りたてている。わたし自身が資源豊かな文明、レプリケーターがいまやどこにでもあり、ダイリチウムを動力源に、富める惑星から他の富める惑星へと航海を続ける文明の産物だ。貧困とその影響についてはほとんど理解していない。だがベイジョーの避難民にわれわれがもっと援助できないことを常々歯がゆく思い、カーデシアを刺激せずにもっとできることがあったはずだと信じている。わたしは信じ続けている、もっとできると。だがカーデシアがベイジョー星でやっていたことを見るにつけ、そして義務と犠牲を強いる彼らの文学を読むにつけ、この拡張と侵略のサイクルの終わりが見えない。より血が流れ、より焦土が増えない限り。

これをいったわけは、ベイジョーの避難民との経験が、わたしと父のあいだに間もなく生じる深い亀裂に大きく貢献しているからだ。この意見の相違について、すべてをこれから話すつもりだ。父の長い人生の終わりに仲違いさせ、わたしが深く悲しみ続ける要因となった相違について話そう。わたしの義母ペリン（あとで詳しく述べる）が〈エンタープライズ〉で貴殿と初めて会ったとき、この件を教えたのは承知している、ジャン゠リュック。もちろん、貴殿はわたしのいいぶんを聞いておらず、わたしの言動に非があると義母に同意するかもしれないが、ご自身で判断できるように材料を提供したい。父との関係では常にそうであるように、カーデシア連合に対するわたしの立場を父が承認しない理由は非常に根が深く複雑で——また自らの信念に完全に正直で一貫している。わたしも同じだ——だが、われわれは意見をひとつにしなかった。母の死後の親密な日々を思い返すと、われわれのあいだに間もなく開く大きな距離に、改めて悲しくなる。父の生前にじかに会い、この亀裂を閉じられていたらと、心の底から悔やむ。父との関係はたくさんの悔恨のもとであり続け、中には人生で一番悔やんでいることもある。だがどちらも自分に忠実であれば、違う行動はとりようがなかったと信じる。わたし自身のことばで説明させてほしい、そして貴殿が決められるがよい。

サレク

以下が、長年にわたりしばしば反芻してきた、わたしと父の物語だ。わたしはとても若く、地球年齢で十七歳に満たなかった。わたしの姉はバルカン遠征隊に入れず、いまでは〈U.S.S.シェンジョウ〉に乗務し、わたしは宇宙艦隊アカデミーへ進む意図を父に説明するタイミングを見計らっていた。ある遅い晩のことだった。父は地球から戻ったばかりで、とりわけその晩はくつろいだ様子でいた。家に戻り、妻と息子と一緒に過ごせるのを明らかに喜んでいた。母がモーツァルトを聴いていたのを覚えている——記憶が確かなら、四重奏だ。父が一緒にカル・トーをしようと提案し、わたしは喜んで承知した。ずいぶん久しぶりに対戦しようという。わたしは挑戦を受けて立った。父のゲームのやりかたで試したいセオリーがあり、ついにその機会がきた。

ゲームは五分五分で進行し、父がいった。「息子よ、お前はわたしをボードと同じぐらい見ているな。なんのためだね?」

わたしは質問への答えを注意深く考えた。「ときどき周囲を見渡して、ゲームのヒントになるインスピレーションを得るんです」

父は冷静にわたしを見て、それからゲームに戻った。「それは賢い手ではない、スポック。カル・トーは戦略のゲームだ。すでに打たれた動きから相手の次の一手を推測する。ゲームに必要なのは思考だ、インスピレーションに出番はない。勝つために必要なすべてがボード上にある」

わたしは返事をしなかった。なんていおうか？　本当のこと？　父がトゥニル戦法を使おうと決めたときは、いつもまぶたの左下の筋肉がほんのかすかにピクつくと？　父の意図を教えてくれる細かな無意識の行動がほかに十二個あって、長年の対戦で見わけかたを学んだと、そしてその情報でどれだけゲームを有利にできるか、いまテストをしている最中だと？だめだ、バルカンのサレク――最も自制心のある精神の持ち主にして、現在最も尊敬される政治家――に、くせがあるなんていえやしない。いう度胸はなかった。それに加え、そんな情報を利用するのはイカサマだと父は考えるに違いない。カル・トーは論理で勝負するゲームであり、相手の無意識のボディスピーチを解釈することではない。とはいえ、どんなゲームであれ目的は勝つことだ。その晩わたしは勝ち、そのあと定期的にカル・トーで勝ちはじめた。わたしが家を去る頃には、われわれは互角に勝負していた。わたしははっきりこれを利点だと見ていた。それでも、ジャン＝リュック、前にいったと思うが、父は論理以外の戦法を使うわたしの能力を、決して強みとはみなさなかった――弱みと見ていた。

父と反目していないときは、これは多少いらだたしいだけ、ふたりの共通点はおそらく父の願望より表面的でしかないことをときおり思い出させるという程度ですんだ。たまに、この未解決の緊張が、冷たいが一時的ないい争いとして表に出てくることがあり、いちおう決着を見るか、もしくはどうにかおさまるまで母が仲裁に入った。だがある一件で、おそらくはなるべくして、ふたりの根本的な相違という個人的な事情が公的な生活に割って入り——そして気がつけば、政策決定をめぐって、反対側の立場にいた。わたしが宇宙艦隊を離れて外交キャリアに転身した以上、意見の相違が起きるのを父は予測していたと考えるべきだろう。わたしは間違いなく予測していた。ふたりが根本的に違うのであれば、論理的なりゆきだ。だが対立の原因が惑星連邦の対カーデシア連合外交政策になるとは想定できなかった。

カーデシアと惑星連邦のあいだにおける外交は常に慎重に進められ、近年両者はますます疎遠になっていった。この時期、カーデシアの情報組織オブシディアン・オーダーはとりわけ強い影響力があった。戦地での情報は入手困難で、カーデシアの国内政治は広く不透明だ。最も信頼のおける情報源によれば、カーデシア軍はいまやとりわけ好戦的な一派に掌握されていることを示唆していた。ベイジョー内政へのカーデシアの干渉に惑星連邦は長年悩まされ、併合が現実のものとなり、カーデシア連合は新たに積極的な拡張主義の時代に突き進んでいるというわたしの恐れが的中したように思われた。当時この恐怖を共有する多数の同僚と話すと、全面戦争とまではいかないまでも、最低でも境界沿いの小競りあいの増加を見こんでいる者が少なからずいた。ベイジョー避難民と直接かかわった体験が、当然わたしの見解の根拠となった。にもかかわらず、惑星連邦評議会で連合と平和条約を結ぶ道を探るのが肝要だと父が演説したとき、わたしは仰天した。

「クリンゴンとの条約が示すように、不倶戴天の敵を偉大な友人に変えるのは可能です、条件さえととのえば。友情の手をさしのべようではありませんか？　過去の成功例をご覧めされよ」

バルカンのサレクによる介入は、惑星連邦とカーデシアの関係の議論を新たなレベルに引きあげた。大勢――とりわけわたしが内密に話した人々――が、バルカンのスポックからこの件に対する意見を早急に聞きたがった。キトマー条約で演じたわたしの役割を思えば当然の反応だ。

返答する前に、わたしは注意深く自分の立場を考えた――それぞれの役割の本質をここで考慮に入れるのは有益かもしれない。父とわたしは、どちらも外交官だ、確かに――だが異なる組織に属する。父は在惑星連邦のバルカン大使だ。バルカン人の代表として話す父のつとめは、自分たちが加盟する星間共同体における利益を確実に享受できるようにすることであり、また、おそらくは惑星連邦の政策にできる限り影響を与えてバルカンの政治哲学（つまりは主流のスラク主義）に沿うようにすることだ。わたしはバルカンの代表ではない。この時点での役割は惑星連邦無任所特使だった。通常のつとめはファースト・コンタクトの状況において惑星連邦を代表すること、連邦外の紛争で中立的なオブザーバーをつとめること、またはベイジョー難民危機のような連邦外の動向について惑星連邦に代わって情報収集すること。バルカンを代弁することはできず、してもいなければ期待されてもいない。全般に惑星連邦最大の利益になると信じることを話し、真実とみなしたことを話した。カーデシア連合内の権力を支配するイデオロギーは攻撃的すぎ、好戦的すぎ、異星人を敵視しすぎており、そのような種族との和平は非論理的のみならずモラルに反する。父が引きあいに出したクリンゴンとの比較は、根拠がない。彼らがわれわれに歩みよったのは、進退窮まり、和平を求めてのことだ。状況は同じではない。

「われわれは歴史から繰り返し学んで参りました、不寛容は容認されないと」わたしは発言した。「カーデシアの文化と文明には多くの美徳がある――共同体意識が高く、洗練され、精妙です。ですが母星の劣悪な自然環境と自分たちの文化の優越感が相まり、残酷な帝国主義の派閥が優勢となりました。そのような思想の者たちと和平など結ぶものでしょうか。彼らは国民の最大利益のために行動するのではなく、誠実な行動も望めません。そのような相手との和平が時の試練に耐えるとは信じません。さらにそのような信念を掲げる勢力と和平を結べば、文明のためにほかの道を探る連邦内の者全員を裏切る行為となるとわたしは考えます」

この演説は波紋を呼んだ。父への明確な非難が理由のひとつ。バルカン人（わたしのような半バルカン人でさえ）が、どのような意味においても平和主義とはみなされないスタンスをとったのがもうひとつ。わたしの演説は、望んだ効果を上げた。惑星連邦の対カーデシア政策に何年も影響を与えた――そして、わたしはいささかも後悔していない。彼らの支配者層が残酷だとの指摘は的を射ており、ベイジョーで展開した悲劇が証明している。好戦的な領土拡張主義だとの主張は、カーデシア境界付近への急襲で証明された。それどころか最終的には戦争になった――だが一方だけが遵守の意志がある平和条約によって妨げられも傷つけられもしなかった。カーデシア軍に対するわたしの読みは正しかった。彼らは論理では理解できない。ほぼ全面的に、暴力と侵略熱に突き動かされていた。理性も節度ある議論もそのような敵を前にして役に立たない。躊躇することを拒否し、そして彼らの犠牲者への同情のみが、とるべき反応だ。

父は公的にも私的にも、返答しなかった。彼のオフィスは、作成者は否定したが、しばしば経験によって得られるより広い見地と、より正確な情報の効果に対する悪意ある非難としかわたしには呼べないものを発行した。父はカーデシアと惑星連邦の関係をめぐる議論に二度とかかわらなかった。自分の立場を表明し、それ以上つけ加えることはなかった。それよりも、父とわたしは実際、何年も互いに話さなかった。だが父の後妻には、わたしにいいたいことがたくさんあった。彼女とはこの論争のあと何度か話をした。どれもとりたてて楽しくはなかったが、少なくともこの件に関する父の立場をより理解した。

父はこの時期再婚した。三度目の妻ペリンは、母のよき友人だった。ふたりの経歴には多くの共通点がある。ペリンがバルカンに来たのは、科学アカデミーの数学者である最初の夫サリクと結婚したためだ。才能豊かなピアニストのペリンは、シカー星際芸術祭で持ち前の組織力を発揮し、芸術祭の監督のひとりに就任した。その立場を通じて母と知りあい、サリクが早世すると、母は彼女を親身に世話した。母が他界する最後の数週間、ペリンはひんぱんに山荘を訪れ、忠誠心とすばらしいセンスと母への明らかな愛情でわたしの敬意を勝ち得た。母の死後もペリンの訪問は続き、推測するにわたしが地球へ戻ったあとも続いた。父との結婚は事後報告だった。わたしが知らせを受けとったのは、結婚後、ふたりがカー郡に静かな休暇を過ごしに旅しているあいだだった。確かに驚きはしたものの、ふたりが結婚して慰めを得られるのであれ幸福になれるのであれ、わたしに異存はなかった。ペリンの深い忠誠心はいまではわたしの父に向けられ、わたしが父に公然と刃向かったため、彼女との衝突は避けがたかった。

窮屈な期間で、父の三度目の妻を介して本人と議論をしているような感覚にしばしばとらわれた。ペリンは父の考えをわたしに伝え、それに対しわたしが返答し、すると、ペリンはそれを父に伝えていたのではと勘ぐっている。たとえば、カーデシアが異種族恐怖症だとするわたしの決めつけがそれ自体一種の異種族恐怖症だと思わないか、と彼女は示唆した。わたしはいいや、そうは思わないと反論をした。なぜならわたしはカーデシア人全員が異種族を憎んでいるとは思わないからだ。バルカン人全員が異種族を憎んでいるとは信じないのと同様に――とりわけバルカンでその手の感情が口の端にのぼるのを耳にしたが、その者たちが全体ではないという事実を知っているからだ。父はこれには返事しなかった。

別の会話では、いましがたかいつまんで話した一件よりは深刻ではなく、父の見解を理解したいと望むなら、ゲット・イロージャと父の親交を思い出したらどうかとペリンがほのめかした。確かに、わたしはその名前を忘れていた。イロージャはわたしがまだ子どもの頃に死んだからだ。ゲット・イロージャは、カーデシアの高名な、すばらしい詩人だったが、母星を追放された。男性と公然と暮らしていたのが理由だった。カーデシアの考える家族の定義はドミニオン戦争前は非常に狭く、完全に生物学上の用語でしかなかった。カーデシアの社会がより軍国主義的、異種族恐怖的になると、この〝家族〟の概念を強制する法律が多数実施された。たとえば子どもを成せない婚姻は違法とされ、私生児は相続権および公的権利を認められなかった。残酷な政治介入は多くの文明におけるものと似たようなパターンをたどり、そしてご推察のとおりだ、ジャン＝リュック。カーデシア領内で共同生活を禁じられたイロージャとパートナーのアーロン・ケリットはバルカンに招かれ、トゥパールの芸術家コミュニティ、プリムに住んだ。（彼はよく〝プリムのイロージャ〟と呼ばれた。亡命先の地名が通り名になったことをどう受けとめていたのか興味を覚える）イロージャとケリットはカーデシアの反体制運動の著名な活動家となり、その関係で父はふたりと知りあった。

そのほとんどはわたしが生まれる前のできごとで、だがひとつだけ、ゲット・イロージャの思い出がある。イロージャはその頃にはパートナーに先立たれ、かなりの老齢だった。大柄な、白髪の恐ろしげな老人で、突起があり、うろこで覆われ、それまでに出会った誰とも似ていなかった。青い瞳でわたしを見据え、彼がいった。「この子は君そっくりだな、アマンダ」

「何をおっしゃるの」母がいった。「父親そっくりでしょうに」

「サレクの顔、君の心」

わたしは四歳だったはずだ。その年イロージャは亡くなり、数年前に先立ったケリットとともにプリムに埋葬された。ドミニオン戦争が終結し、カーデシアが再建すると、古い家族法は廃止になり、ふたりの安息の地から一塊の土が連合に戻された。感動的な式典が催され、男性の大臣と夫が出席したと理解している。いまではふたりを記念した小さな石庭ができ、バルカンの赤い土がカーデシアの大地と混ざりあい、多肉茎植物のキルナとペレックの花が植えられた。庭の真ん中に据えられた大きな石碑には、イロージャの最も有名な詩が刻まれている。

赤い太陽、黒い夜
新たな世界が興(た)ちあがる
塵の中から

しばしばバルカンを離れる父は、もちろん、二度と戻ることがかなわないという考えにひどく心を揺さぶられたに違いない。イロージャの死後、彼の母星からの追放と、彼もケリットも二度と故郷に戻らなかったことをよく話していた。それはつまり、父のカーデシアの民への理解はこの友情をもとにかたちづくられたことを意味する。だが単純な事実をいえば、イロージャは追放者だった。当然カーデシア連合の権力を代表してはいない。正反対だ。わたしはペリンにそういった。彼女を介した父からの返事は受けとっていない。話しあいはどれも満足のいく解決には至らなかった。父はわたしに怒り続けた。正しいことをしたというわたしの信念は揺るがなかった。口論の板挟みになったペリンは、当然のごとく父の側に立った。この状況は解決不可能に思え、そしてこれ以上父といい争うのもペリンに不愉快な役回りを続けさせるのもよしとせず、論理的な帰結としてふたりとのコンタクトを最小限にとどめた。定期的に知らせを送りはしたが、ダイレクトなやりとりは滅多にしなくなり、やがてわたしは惑星連邦を離れてロミュラスを初めて訪ねる。

ペリンがわたしに嫉妬していた、晩年の父をわたしから引き離そうとしたとほのめかす者も中にはいる。わたしは断固否定する。ペリンは母をたいへん愛した。いまでは父をこよなく愛している。とはいえ、わたしに向けた激しい感情には閉口した。カーデシアの思惑に関するわたしの評価が正当だったことに疑いはなく、そし父の宥和政策が支持されるのを防ぐため、待ったをかける必要性を疑わなかった。だが、ペリンのわたしへの怒りは尋常ではなかった。もちろん父の健康状態について、わたしよりもよく把握していたのだと、いまでは知っている。ベンダイ症候群。父の最後の数年間を非常に辛いものにした病は通常、バルカン人の年齢が三世紀を越えるまでは発症しない。だがときにはそれより前に現れるケースもある。ペリンは早くも父の未来をかいま見ていたのだろうか、最後の日々に父を見舞う悲劇を。そうだとすれば、父に味方した激しさの非を責めはしない。それどころか、ありがたく思う。

ペリンと結婚後、父はあまり旅をしなくなった。父とペリンはカー地方に居を構えた。シカー市から約五百キロ離れ、母の思い出と深く結びついているランゴン山脈の家からは非常に離れている。カーでは伝統的なリズムに則って暮らし、落ちついて決まりきった日課をこなした。それでも景色は暴力的だ。近くには活火山のターハナ山がそびえ、定期的に蒸気と泡を吐きだしている。〈炎の平原〉の広大な溶岩原――かつては一帯に迫る軍隊からの自然の守りとなった――が父のヴィラから五キロと離れずに広がる。制御された地表、その下では乱流が渦巻く。父にとってはさぞや見物だったろう。父はこの地で淡々と日課をこなした。瞑想。読書。執筆。ペリンとの会話。まばらな訪問者。たまに隠退暮らしから復帰して、いくらか外交業務をつとめたが、カーで穏やかに生を終えたいと考えていた。ペリンが父の主たる話し相手だった。長年父に仕えた側近、メンドローゼンとサカスがますます公務を代行するようになった。

父は非常に多くの時間をカル・レックとタル・シャナールにまつわる儀式に費やしたらしい。このふたつの古代の祝祭は、たいていのバルカン人には大なり小なり不可解になっていたが、毎年どちらの祝日も祝われ、ささやかな儀式を行う者も少なからずいた。カル・レックは〝贖罪〟または〝告解〟と訳せるかもしれない。論理または感情抑制の失敗について内省する。精進と自己否定の日だ。タル・シャナールは最も古い祝日のひとつで、暴力的な過去の歴史について瞑想することも一部には含まれる。儀式全体を見学した異星の客はきわめて限られた。ふたつの祝日は、前述したように年に一日か二日に限られる一方、カーではもっとじっくり時間をかけて実践されている。父の日課である瞑想と儀式は、感情と暴力的な過去の過ちに比重が置かれた。

複雑な日課が、いくらかでもベンダイ症候群の発症を鈍らせる助けになったのかはわからない。バルカン人であれば誰にとってもこの症状は恐ろしい試練となる。父のように複雑で、深い感情を持ちながら自制の維持につとめる男にとって、それは格別残酷だった。衰えていく己れを観察するのは恐ろしかったに違いない。わたしは見ずにすんだ。だが夫の苦しみを和らげられずにいたペリンのことを思う。父の症状を部外者に悟られないように苦心したメンドローゼンのこと、ますますのしかかってくる重荷に静かに耐え、父の苦しみを和らげようとしたサカスのことを思う。もちろん、誰あろう貴殿にこの話をする必要はどこにもない。すべてをご自身で体験されたのだから。怒り、衰弱、後悔と絶望。だが何よりも、ジャン＝リュック、情熱と愛を経験されたはずだ。

これまでの人生、とりわけ子ども時代は絶えず父との情緒的な親密さに飢えていた。幼い頃は自分が悪いのだと信じた。こんな単純な望みひとつをとっても、生来どこかに欠陥がある証拠だと。成長するにつれ、父の側の欠点に気づけるようになり、父はただ、情緒的な深みを感じられないのだと信じるようになった。それを裏づけられる証拠は目にできなかった。母は父に献身し続け、母の存在を父は喜んだ。だが、そんなわけで、わたしの人生を通して父は謎だらけ、解けない謎であり続けた。一見論理と自己抑制の鬼で、感情、それどころか感情の必要性すら切り捨てたらしき男が、しかもなお感情豊かで深みのある女性の愛を享受している。いまとなっては、この世界の単純な真実、父がどれほど激しい感情を秘めていたか、皆目見えていなかった自分にあきれるほどだ。とはいえ、父とは決してそのような話はせず、臨終の際、わたしはそばにいなかった。

父の死に目に会えなかったことを、後悔しているか？　後悔はしていない。完全に感情に乗っとられ、自制の利かない今際のきわの父を見たいとは思わなかった。だがもし父が呼べば、駆けつけただろう。最後の日々、父を遠ざけた母のことを思い、そして父の心情も同じだったのだろうかと思いあぐねる。より適切にいえば、そのような状態の自分を父がわたしに見てほしかったとは思わない。貴殿から父の死を知らされたとき、父はわたしを裏切り者と信じたまま死んだのではと、恐れた瞬間があった。その恐れが氷塊したというだけでも感謝しただろう。だが実際は、そんなものではおさまらない、ジャン＝リュック。父との精神融合を許し、そして代わりにわたしを貴殿と融合させてくれ、彼の息子であった数十年間を合わせたよりも、父について学んだ。

父とわたしが貴殿とわかちあった融合で、父子は生前よりも近しくなった。ふたりの精神が貴殿を通して融合したとき、父を完璧に理解した。バルカン星は乾いた星だ、ジャン＝リュック。われわれにとって水はたいへん貴重であり、恐ろしい過去の歴史では、水を争って大規模かつ残虐な争いが起きたこともある。いまわたしの抱く父の像は、深い感情の井戸を掘り、周りに注意深く壁を築き、絶えず起きている激戦の守りを固めている。われわれ三人の精神が出会ったとき、ついに父のわれわれ全員への激しい愛のうねりを感じた――三人の子どもたちへの、母への、彼をかたち作った家族と母星への愛を。父の内面にたたえられた感情の海についに触れた。どれほどたやすく嵐が起き、その猛威をどれほど恐れ、氾濫を恐れたかを。われわれ三人がひとつとなり、わたしの精神を貴殿の精神へ、貴殿の精神を父の精神へ、そのとき素の父の真実を見た、わたしが頭の中で作りあげた父ではなく。

　われわれの歴史の重荷が、サレクの上に重くのしかかっていたのが、いまなら見える。単に輝かしい先祖の功績のみではなく、恐怖と戦慄の歴史の重みが。幼かった頃のわたしも、似たような重荷を感じた――先祖の大理石の顔を見つめ、苦しみと苦悩の歴史を学び、重荷から逃れるすべは、鍛錬と自制によるしかなかった。その感情のうちいかばかりがわたしへの父の感情の反映だったのか、いまでは判然としない。だが、わたしは少なくとも安全弁を持っていた。わたしのもうひとつの出自という単純な事実があり、バルカン人としての自分が不確かなときに、いつでも地球人のルーツの中に安全な港を見つけられた。わたしは感じることを学び――そして、それを「人間性」と呼ぶ。わたしのその部分は弱さではなく、バルカンの教育と合わさったとき、価値ある贈りものの源になると、何年もかかって学んだ。

父は違う。紛れもなく、一点の曇りもなく、バルカン人だ。おそらくは、バルカン人の中のバルカン人。父の論理、欠点のなさ、自己抑制に限りはない。それでもなお、同時に父は呪われた――もしくは祝福された――深い感受性に、感情の豊かさに。全人生を通じ、父はそれを抑えこんで支配しようと戦ったが、最後には敗れた。井戸が壊れた。そのあとで洪水が来た。

貴殿は自問されるかもしれない、父がタン・アラットを残しただろうかと。答えは――イエスだ、もちろん。伝統的な形式で書かれたオリジナルの手稿は、シカー市のトゥプラナ・ハス歴史博物館の記録保管所に保管されている。研究目的の来館者はホログラフ版を閲覧可能だ。ペリンとわたしは複製が作られるべきだとの意見で一致し、複製は地球に送られ、オックスフォードにある研究施設、バルカン研究センターの記録保管所に保管されている。美しい書物だよ、ジャン=リュック。ランゴン山脈の別荘の敷地に植えられ、この目的のために育てたカーリットヅタの繊維で漉いた紙が使用されている。わたしの母が最も愛したバルカンの地の産物だ。全ページ、父の特徴的な細かい文字で几帳面に手書きされている。

サレクのタン・アラットは、父の送った毎日の誠実な記録だ。注意深く一字一句推敲(すいこう)された文章で、深く広大な父の精神生活が綴られている。スラクの解釈、日々の瞑想、外交に論理が持ちこまれた事案。この文書の書き手がスコンの息子サレクであることを疑う者はいない。これを読んだとき、もう一度わたしに話しかける彼の声が聞こえた――注意深く、規則的で、正確な。

この書を〝誠実〟と形容したことに留意され――おそらくは〝完全〟とわたしが呼び得るものか、首をひねっておられるだろう。このタン・アラットには、家族についての言及は少ない――著者が三度結婚し、ふたりの息子とひとりの娘の父親であることを、容易に見逃すかもしれない。サレクはマイケルについては死ぬまで沈黙を守ったが、ほかの子どもたちも文中で滅多に言及されない。では、これを不誠実と呼ぶべきか？　タン・アラットは嘘を書いてはいけないといったのをご記憶だろう。ならば――いいや、父のタン・アラットを不誠実とは呼ばない。父は自身の核に宿る愛をあまりに深く感じ、あまりに堅固に守ったため、表現できることばを持たなかった。滅多に愛を語らなかった――そしてこの公的な文書では、書かなかった――父を、まさしく反映している。だが、一語一語がわたしに――彼の息子に――語りかける、どれだけ深く母を愛したか。どれだけ深く子どもたちを愛したか。

ペリンとわたしに、和解の機会はめぐってこなかった。残念に思う。両親の晩年につくしてくれた配慮と優しさを深く感謝しているからだ。父の不在が、われわれを近づけていたはずだと信じる。喪失感は強力な結びつきを生む。わたしは何年も遠くロミュラスに暮らし、やっと惑星連邦に戻ったあかつきには、ペリンは故人となって久しかった。このとき、父の遺稿がわたしの所有となった。わたしは多少の不安とともにあらためた。父を守りたいとの思いから、ペリンは遺された書類の一部を破棄したのではないか。それについては彼女をひどく誤解していた。あらゆるメモ、すべてのスクラップが注意深く保管され、父の後世の評価に細工するような真似は何もしていない。たいへん良心的に、その判断は彼の息子、彼の跡継ぎたるわたしに委ねられた。

予想通り、すべてがとても順序だてて整とんされていた。会談の合間に書きとめた覚え書き、演説等に備えたメモ。予定や用事を細かくつけた手帳。二世紀近く前に遡る通信文。タン・アラット全文を含めたこれらの書類は公的な価値が非常に大きく、そのためシカー市の公文書館に適切に寄贈した。だが、私的な情報もまた豊富にあった。母と交わした手紙。わたしと交わした手紙。他の親族と交わした手紙。何年にもわたる膨大な家族全員のホロイメージ。日記を発見した。何十年も前から日々の瞑想をふり返り、驚くほど正直に記録をつけている。とりわけ、人生の終わりに向けて自己鍛錬を維持しようとあがいたくだりには、ひどく心を動かされた。サレクとスコンが交わした非常に古いやりとりは、父が若者だったときに書かれ、冷ややかで距離を感じ、常に形式ばっている。そして、隠されていた手書きのノートを見つけた。おびただしいメモが書きつけられており、中には母へ宛てて父の綴った何篇もの愛の詩があった。

形式はすぐにわかった。〝ハレック〟、ゲット・イロージャが後年確立した人を幻惑するほどシンプルな三行詩。その簡素さはスキャンダラスなほど反カーデシア的、象徴より具象イメージに頼り、個人的な――共同体としてではなく――感情を不遜に描写する。なぜ父がこの形式に惹かれたのかは理解できる。具体的で、瞑想的、なおかつ深遠な感情の湧きでる深い泉を示唆している。そのような形式こそ、バルカンのサレクにはふさわしい。このノートのページに、国を追われた異星の客から学んだ文体で、父は母に、どれほど愛しているかを綴る術を見つけた。これらの詩を母が読んだことがあるのかはわからない――決してわかる日はこないだろう。読んでいないのではと思う。存在さえ知らないのではないか。ペリンが読んだのは間違いなく、そのことで彼女を恨みはしない。晩年の困難な年月、父の世話をして示した良識のすべてで、それに意見の相違にもかかわらず、このノートをわたしが見つけられるように遺すことで示した同情心に、感謝している。父が生涯で詩を書いていたことを学んだのは、人生最大の驚くべき発見のひとつであると同時に、驚くにはあたらない。バルカン人の男性がカーデシアの詩の形式で書いた、人間の女性への愛。母星の文化によって押しつけられた狭苦しい制約から離れ、そして偉大で驚きに満ちた宇宙の多様性とつながっていることを認めて初めて、人は完全に目覚める。

赤の世界、青の世界
生まれ出たのはいかなる未知の世界であろうか
われら全きひとつとなりて

　これが、母に書いた父の最後の一篇だ。ページの日付は、母の死後になっている。父の書類は、ほかの誰にも詩を書かなかったこと、二度と書かなかったことをわたしに教える。

ピカード

たった一度じかに会っただけの男が、母、もしくは人生最高の数年間をわかちあったふたりの男をのぞいてわたしのことを一番よく知っているといったら、おかしいだろうか。だが、貴殿がそうだ、ジャン＝リュック。精神融合したとき、限られた時間で、できる限りわたし自身をさらけだし、そしておそらくは貴殿が想定されている以上に貴殿のことを学んだ。むろん、父とつながっているあいだに貴殿が経験したすべてをわたしは知った。晩年の恐ろしい混乱と苦しみ。怒りと絶望。わたしと母への愛の深さ。そして、心の核にある愛と優しさを家族に示してやれなかった後悔。

父が精神融合をわたしに申し出たことは一度もなく、わたしはそのような申し出をする勇気がなかった。わたしは貴殿をうらやんでいた、正直にいえば。だが、この嫉妬は感謝が上まわる。父が病のあいだに感じたすべてを間接的に知り——その重さに、自分であれば耐えられていたか定かではない。肩代わりは無理だっただろう。父の緩衝材としての役割、自信と面目を保ったまま最後の任務を全うすることを可能たらしめた貴殿には心から感謝している。進んでそれをわたしとわかちあってくれ、礼のしようもない。父について昔から本能的に感じとっていたこと――恐ろしく感情豊かな内面を持つ――を完全に体験できたのは、かけがえのない贈りものだ。父が他の手段でわたしに伝えることは、無理だった――その意志はなかった。

感謝の理由はほかにもある。貴殿は知っていたに違いない、父の精神をわたしとわかちあおうと申し出たとき、自分自身を少しではすまないほど共有することになると。貴殿は孤独を好む男だ、ジャン＝リュック。自分の内面を容易には他人にさらさない。これ以上はいわないでおくが、距離を置かれ、その反面、多大なプライドと強い期待を注がれる息子でいることがどういうものか、わたしには理解できる。それが引き起こす緊張と混乱、愛情を示すことができない父親を持ったがために静かに負う傷は、いうに及ばない。人生を歩む道中に旅の仲間と出会うと、ひどく慰められることに気づいた。自分と同じような経験をし、自分と同じように感じ、同じような悲しみと後悔に大いに苦しんだ者が、ほかにもいると気づくことで。相手の感情、共感の中にわれわれは自分自身を癒し続ける。われわれの精神が出会ったとき、貴殿も同じ発見をされておられるとよいのだが。

ふたりの人生が絡まりあっているように思えることがらは数多いが、晩年をロミュラス問題に占められている点はとりわけそうだ。ところがどういうわけか、それでさえ、われわれは常にすれ違っている。ロミュラン領で過ごしたわたしの年月は貴殿のそれとは重ならない。

貴殿の任務が公然と進められた一方、わたしの任務は性質上、ロミュラス滞在中の大半を隠密行動に終始した。惑星連邦領にやっと戻ったとき、貴殿は自身の重大任務のために立ち去っておられた。そして貴殿が戻られたあと、わたしには新しい心配の種があった。これについては少しあとで説明できると思う。ここ数年ふたりで交わした通信をわたしは非常に大切にしている。互いに教えあえることがまだまだあるとわたしは信じる。ロミュラン帝国についてのわたしの知識は、超新星爆発(スーパーノヴァ)が差し迫っているとの知らせが伝えられるより前のものが主で、当時わたしが作った友人や連絡員のほとんどが、いまはいない。ロミュランの新体制については貴殿のほうがずっと情報豊富で、そしてそのような情報は、まだわたしには有益かもしれない。そうだ、わたしは貴殿に会いに行くべきだった。だが時間はあまりに短く……。

わたしが貴殿に教えられるものが、何かあるかもしれないとも信じる。のちほどおわかりになると思うが、何年もかかわってきた任務に突如として暴力的に終止符を打たれるとき、自分をどれほど役たたずに感じるか、どれほど動揺するか、わたしには理解できる。気がつけば晩年を迎え、生涯をかけて積みあげてきた叡智が頂点に達し、おそらくは人生で最も多く提供できるものがあるときに——能動的な生活から残酷にも排除され、脇にどけられ、そして明確な目標を持たぬまま捨てられたことに気づく経験ならば、わたしにも覚えがある。そうだ、わたしにはとてもよくわかる。わたしのロミュラス行きの任務は、当時判明したように完全な失敗に終わり、大勢の人命が失われた。だから、そうともジャン=リュック。喪失と悼み、死別、無力感、幕を下ろされた感覚を共有できる。わたしにはわかる、とてもよく。

われわれはもはや陽光降り注ぐ貴殿の庭に集い、貴殿のワインを飲み交わすことはない。長い人生の物語をわかちあい、その過程で得た叡智をなんであれ検証することはない。ふたりが再び相まみえ、わが精神を汝の精神へ融合する日はこない。だが最後にひとつ、おこがましくも貴殿にお教えしよう。人は目的を再び見いだせるものであり、必ず見つかる、しかもきわめて意外なときに。すべてが終わったように思われ、すべてが失われたように見えるとき——貴殿に知ってほしい。われわれの人生の使命は続いている、予想をはるかに超え、希望が途絶えたあとにさえ。絶望めさるな、ジャン＝リュック。貴殿の命運はまだ尽きてはいない。

貴殿がわたしを残してロミュラスを発ったとき、わたしは壮大な展望と少数の真のよき友人以外、リソースを何も持たぬ男だった。それをもとに、ロミュラスを永遠に変える運動を起こすつもりであった。失敗が運命づけられた任務だと、人は思うかもしれない——そして、失敗した、だが予想したような理由でではない。今回の原因は恒星にあり、われわれではなかった。ロミュランがドミニオン戦争に参入する頃には──運動をはじめてから五年と経っていない──われわれの小集団は、洞窟に集まった数名の有志から急速に広がる反体制運動へと発展し、自分たちの存在を明らかにできた。どうやってこれが起きたか、少し説明させてほしい──そして、なぜ挫折したのかを。

ロミュラスに来て一年目、わたしは絶えず移動を繰り返していた気がする。一軒の家に数日間身を隠す。数日間移動する。数日間他の場所に隠れる。この期間、わたしはほとんどを首都に滞在し、近郊の地方にときおり足をのばしては、様子をかいま、うかがい知った。キ・バラタン、首都はそう呼ばれている──眠らない都。かつての名前はダーサ、壁の都。どちらもふさわしい名前だ。タル・シアーが常に監視の目を光らせており、住民は壁に張りつくようにして彼らをやり過ごそうとした。通りは迷路さながら、路地は行き止まりになる。曲がりくねった道筋をたどるともとに戻る。簡単には通り抜けられない。この秘密性が、ロミュラン文化に深くしみこんでいるのをわたしはすぐに理解した──構造上の原則だった、実際。建築、アート、音楽、文学──すべてが常に何かを隠すように作られる。

わたしはキ・バラタンを故郷のシカー市と比較せずにいられない。住民の顔つきは似ているが、都市自体はこれ以上ないほど違う。シカー市が多様性に価値を見いだす一方、キ・バラタンは統一性を強要する。故郷の通りを歩けばいくつもの違った種族を見かけるが、ここにはロミュラン人しかいない。シカー市の塔はそびえている。オープン・スペースが広がる。

キ・バラタンでは建物は地面にへばりつき、まるで姿を消してしまいたいかのようだ。壁がそこら中に張りめぐらされ、窓があったとしても閉まっている。空気は濃密で息苦しい。故郷の熱い大気とは違う。空はいつも曇り、滅多に月は出ない。最後の描写はおそらくは真実よりは空想に近い――わたしは結局、だいたいにおいて潜伏していた。ロミュラン市民の誰とも同じほど、身を潜めていた。

やがて、この場所をだんだんと理解しはじめた。突然の発見に喜びを見出した。トラムの停留所のそばで、予想外に見つける小さな庭。知りあいを訪ねるのに通らねばならない迷路のこみ入ったパズル。相手の健康や暮らしぶりについての丁寧でさりげない質問を通して示される、デリケートな好意。おかしなことに、アカデミー時代の友人トゥケルのことをわたしは考えていた。わたしがバルカンで送った暮らしかたを、故郷に住む誰もがやっているわけではないと、彼女はわたしに教えた。キ・バラタンを幽霊のように通り抜けながら、ロミュラスの一般市民はどんな暮らしをしているのか、不思議に思った。どんな家に住んでいるのか？　どう過ごしているのか？　愛や憂慮、親密さを、どう示すのか？　感情を締めだすのだろうか、故郷で少なからぬ者がやっていたように――父がやっていたように？　それとも、信用している少数の者にはさらすのだろうか？　それこそが、わたしの知りたいロミュラスだと気づいた。上院議会と政務長官と政治家と外交官の世界ではない。彼らと持った数度の会談では何ひとつ実らなかった。わたしの任務を成功させたいなら、どこか別の場所ではじめなくてはならない。市井の人々と。だがそう理解するとともに、自分に課した任務の困難さも見えるようになった。ロミュラスは否定の世界、秘密を文化的な規範とした世界だ。個人は周囲の全員、家族、伴侶、子どもとさえ深く分断されている。唯一ことばにせずともわかちあう感情は、名指しされる恐怖、タル・シアーへの恐れだった。わたしの任務は人々を結びつけ、統一することにあった。

ある晩、また別の下級行政官代理との、また別の実りのない会談のあと、目下の宿に戻るため、目下の連絡人とげんなりしてトラムに乗ったわたしは、腰をおろして周りの乗客を観察した。誰もが殻にこもっている。誰ひとり、となりに座る乗客に話しかけない。連れの者同士でさえも。国営放送が車内を流れている。精妙な、ぼんやりしてすっきりこない種類の音楽で、ロミュラスではどこでも耳にする。ニュースはない。音楽の下から、トラムの振動とときおりのため息が聞こえる。わたしは反対側に座る女性を観察しはじめた。中年の、ロミュラスでは〝ジチレスロ〟として知られるサービス業に従事する階級で、疲れていた。みすぼらしい身なり。やつれた手。目は閉じている。トラムが次の停車駅に近づき、速度を落としはじめると、女性は目を開いた。立ち上がってバッグを持つ。前方に出る。わたしは手をのばし女の腕に置いた。女がわたしをまっすぐ見ると、わたしはもう片方の手を持ち上げてあいさつし、声をかけた。

「平和と」心をこめていった。「長寿を」

女は驚いた。そして、わたしは見た――彼女の目に光が瞬くのを。つながりだ。ほんのひと刹那(せつな)、文化的な条件づけが舞い戻る前に。女性は再び殻にこもり、わたしの前を通りすぎてトラムを降りた。だが、わたしは望みを果たした。あの女性に、自分がこの宇宙を、愛されることなく通りすぎるのではないと教えた。彼女にはこの知識を携えていってほしい、母星の文明が注ぎこんだ孤独を背負いきれなくなったとき、この瞬間を思い出してほしい、見知らぬ他人が彼女の健康を願ったことを。

わたしは顔を上げた。周りのロミュラン人が全員、わたしを見ている。ショックを受けた者。敵意を示す者。だがひとりかふたりは警戒しながらも興味ありげにわたしを探っているのが見てとれた。わたしの連れはショックを受けていた。席から飛びあがり、わたしを引っ張りあげるとトラムが出発する直前にあわてて駅を降り、通りへ出、それから近くの路地に入った。五分か十分ほどわれわれは止まらなかった。とうとう彼女が立ちどまっていった。

「大使——いったい、何を考えてあんなことをなされたのです?」

「わたしはこの地に再統一のために来た。これが最善のはじめかたに思えたのだ」

「わたしたちの命を危険にさらすところだったんですよ」彼女は賢明にもそれ以上文句はいわず、単に安全策を講じた。その晩われわれは泊まっていた家には戻らなかった。それだけでなく、キ・バラタンにとどまらなかった。同志に導かれ、裏道を通って小さな工場と倉庫の立ち並ぶエリアに行き、大型レプリケーター群の規則正しい稼働音の下で、車が到着するのを待った。夜通し走り、地方の小さなヴィラに着く頃には、暁光が雲を銀色に照らしはじめた。次のひと月わたしはそこに滞在し、そのあと街中に戻るのが安全だと考えた。だがその間、わたしの任務は初めて焦点を結んだ。わたしは権力者たちと時間を浪費していた。彼らは現状維持、または自分の欲のためにわたしを利用することしか頭にない。ジチレスロの女性との出会いが、ロミュラスでのわたしの任務の実現にどんな意味を持つのかを、わたしはまだ知らなかった。だが、わたしが最も固く抱いている信念を思い出させた。すべての知覚あるものは宇宙と自分たちのつながりを確かめたいと焦がれ、そしてすべての文明は、間近で見ればどんな表面的な分析よりも微細な粒子が見える。ロミュラスの人々――階級や希望や夢や恐れにかかわりなく、ロミュラスの全市民――に伝えたかったのは、心を閉じこめる灰色の監獄の外には驚異に満ちた宇宙が広がり、敵意ではなく好奇心と愛であいさつしたいと望む人々がいるということだ。また、ほぼ一年も影の中で過ごせばじゅうぶんで、日の下に出ていき、率直に、臆することなく行動しはじめる頃あいなのもわかっていた。

わたしは市内のチュラック地区へ行き、大勢のジチレスロが住むそのエリアに住んだ。彼らの住む小さな部屋が集まって、非常に大きなビルを形成している。ビルは巨大で、都市部にわがもの顔で立ち並ぶが、エントランスは隠れたところにあり、偽のドアと窓がいくつもついている。建物によって中の構造はすべて違い、迷路のような通路が走り、となりと孤立して建つ各戸は、広大で迷宮めいたロミュランという刑務所の独房だった。わたしはそこで生活しはじめたが、室内にこもってはいなかった。偽の窓はとり払い、本物は開放してロミュラスの鉄を含んだ空気を入れた。毎朝早くに正面玄関を開けて外へ出ると瞑想をした。それから階段に置いた椅子に座って読み書きし、通りすぎる者には誰にでもあいさつした。「ごきげんよう（ジョラン・トゥルー）」といって、あいさつをする。「平和と長寿を」わたしは何もたずねなかった。出会った相手にただ自分の存在をアピールしただけだ。はじめ、人々は急いで通りすぎた。目が合えばすぐにそらした。だが、そのうちわたしの存在に慣れはじめた。ひとりかふたりがうなずく。たまに皮肉な笑みを浮かべるのを見た。

「ジョラン・トゥルー」ある夕まぐれ、誰かがいった。隣人のひとりだとわたしが認めるようになった顔だ。それから三回あいさつを交わしたあと、女性が立ちどまった。好奇心と、立ちいった質問をするなというロミュラン人の本能とのあいだに引き裂かれているのがわかった。

「わたしの名前をいいましょうか?」女性がうなずいた。「わたしはスポック。バルカンから来ました。平和のため、あなたたちと知りあい、あなたたちを学ぶために」女性は頭を振った。「長居はしないわね。彼らが許さない」「おそらくは」わたしは同意した。女性は歩いていったが次の夕方再び足を止め、そしてそのあとは毎晩止めた。ある夜、別の人物が足を止めた。それからまたひとり、そしてまたひとり。誰もわたしの名前を過去に耳にしたことがなく、だがバルカンと惑星連邦の名称は聞いていた。皆は当然、わたしの頭がおかしいと考えた。だがわたしに我慢し、慣れ、ときには役に立つのを発見した。

　わたしの存在はもちろん地元警察の注意を引き、だがわたしの態度が彼らを困惑させ、出方を決めかねていた。ある日、ふたりがわたしを誰何しにやってきた（隣人たちは急いで家の中に入り、だが窓のシャッターはすき間が開いたままなのが見えた）。警官のひとり――ふたりともとても若かったが、彼は少しだけ年上に見えた――がわたしにいった。「何をしている？」

「わたしはここに座って本を読んでいる。ときには隣人と話す。ときには子どもたちが遊ぶのを眺める」

「隣人と話すだと？　何をだ？」

「たいていは夕飯に何を料理するつもりかたずねる。絶対教えてはもらえない」背後の半分閉じられた窓のひとつから笑い声がしたが、すぐにやむ。若者たちの年上のほうがわたしを見つめていった。「お前は誰だ？」

「わたしはスポック」

　今回はわたしの評判が伝わっていたようだ。彼は大笑いした。

「何がそんなにおもしろいのかね？」わたしはたずねた。

「スポックが……こんなところに？　まさか！」

「保証しよう。真実を話している」

「あの女たちみたいなセリフだ」彼の仲間がぼそりとつぶやいた。

「スポック大使が？　こんなところに？」

「ありそうもない、そうだな。だが真実だ」

「こいつを逮捕しよう」もうひとりがいった。

「いいのかね？」わたしはふたりにたずねた。「外交問題の原因を作りたいのかな？　より切実な問題として、君たちの上官に目をつけられてもいいのかね？」

　よくなかったようだ、まったくもって。ゆっくりあとじさりはじめる。「気をつけるんだな」年上がいった。「お前を見ているぞ」

「興味を持っていただいて光栄だ」ふたりは急いで離れていった。隣人たちがすぐに戻って来た（少なくともひとりぐらいは、いざとなればわたしを助けに来たはずだと思いたい）。そして、彼らの抑えた高揚感に気がついた。まるで小さな勝利を挙げたかのように。警官との遭遇は、その余波をひっくるめ、きわめて魅惑的だった。このあと、さらに大勢が日中はよりひんぱんに外に出てきて、もっと堂々とわたしに話しかけてきた。

　ある朝青い服を着た女性が、わたしの座る場所に近づいてきた。女性の服装をすぐに認め、ひどい衝撃を覚えた。青の長いローブ、かぶり物とベール、背中に背負った棒。ずっと昔、幻視（ヴィジョン）に現れた女性だ。赤い天使が戻ってきたのか？　任務にとって、わたしにとって、その意味するところは？　女性が近づくにつれ、勘違いに気づいた。彼女は地球人ではなくロミュラン人であり、だがわたしの出会ったどんなロミュラン人とも違う。

「あなたがスポック？」

「わたしがスポックだ」

「わたしはセニーン」彼女は背後の小さな家を見た。わたしの周りに積みあがった本と書類に目を留める。セニーンがため息をついた。「あなたは本当に愚か者ね。でも今夜はわたしたちの家に来るの」

「わたしが？」

「ええ、そう」彼女は背を向けて行こうとした。「来なさい」

そして実際、わたしはそうした。好奇心が、少なくともわたしをそこへ向かわせた。また、セニーンの話しかたにも力がこもっており、命令ではないものの、有無をいわせない。ジャン＝リュック、以前送ってくれた任務報告書で、貴殿がクワト・ミラットに会い、彼女たちの手を借りたのを知っている。より肝心なのは、〝無垢なる在り方〟の教義についてもなじみがあり、教団には嘘をつくことを禁じる戒律があり、タル・シアーとは完全な対局にあることをご存じだ。恐れ知らずで、生気にあふれ、まったくもって癪に障り——わたしの任務もまた、彼らの助けがなければ早々に失敗していただろう。彼らの家に入った瞬間、同志が見つかったとわかった。われわれの役目と信念が重なるのがわかった。また、どれほど温かく、どれほど愛情深く、わたしがあざけりとユーモアと喜びの対象とされていたのかを知った。わたしを傑作なジョークだとみなしている。完全には間違っていない。わたしが知っているのは——戒律に従い——彼女たちがわたしにそういったからだ。

「トゥハエストだ！」家の前に座って外を眺めていたひとりの老女が仲間たちに呼びかけた。

「バルカン人のばかが来たよ！　急いで、シスターたち、これを見逃す手はないよ！」

かくしてわたしはクワト・ミラットの晩餐に、ほとんど道化師扱いで初めて同席し、そしてこの地域における彼らの役目がタル・シアーの目にあまる狼藉から人々を守ることなのを学び、様々な方法でともに活動できそうだと知った。彼女たちはわたしをばか者だとみなし続けたが、友情も与えてくれ、恩義を感じている。次にわたしを訪ねてきたのはタル・シアーだった。

即座に何者かわかった。どこからともなく彼らは現れた。常に制服を着ているわけではないが、周りに独特の空気をまとっている。隣人は身を潜めた。たちまちわたしとふたりのタル・シアー以外、誰もいなくなった。そしてそれから——四人の女性が、棒を構え、わたしの前で盾になった。

「立ち去りなさい、トクトザットよ」セニーンがタル・シアーにいった。「さもなくばお前たちの骨を砕く」

相手のリーダーがあざけっていい返す。「それは約束か、シスター？　〝約束は牢獄〟じゃないのかね」

「約束ではない、事実だ」

双方しばらくにらみあっていた。タル・シアーはディスラプターを携帯していたが、棒を手にした四人の女性の反応速度を試そうとは、わたしだったらしない。やりかたを知っていれば手首を折るのは簡単だ。しばらくしてタル・シアーの要員が腹を決め、引き下がった。

彼らが期待した楽な戦闘――老いぼれたバルカンのばか者を痛めつけてやる――は実現しなかった。わたしはなぜか、この女性たちの庇護下に入り、彼女たちは頼れる友人だった。その後、わたしは確かに監視を受けた（ロミュラスで監視されない者がいるだろうか？）が、あそこまで直接的に脅されることは二度となかった。わたしは毎日の活動を、邪魔されずに続けられた。座って本を読み、隣人に話しかけ、子どもたちを眺め、友人を作った。晩には人々が食べもの目当てにやってきて加わり、会話に興じた。自分の長い人生と経験について問われるままに答えた。わたしは彼らの生活と経験についてたずねた。互いにいたわりあった。われわれは話し、それよりもっとひんぱんに笑った。あまりに単純だ、そう思われるかもしれない――それでも、単純なアイディアの多くのように、成功の見こみは高かった。

孤立こそが、ロミュラン生活の核だ。秘密を守ることを早いうちから叩きこまれる。家庭内でさえ、子どもは自分だけを頼り、助けを求めるのは切実な場合のみだと教わる。痛みはひとりで耐える。悲しみはひとりでかみしめる。楽しみと喜びはひとりで味わう。その壮大な目的が何か、何に貢献するのかわたしは知らないが、ひとつ確かな効果は、人々をよりおとなしくさせ、より御しやすくする。もし身近な者に助けを求められないのなら、誰に求めたらいいのか？　おそらくは――見知らぬ他人に。そして、幸せやいたわりをわかちあう瞬間のように、単純な何かを彼に求める習慣ができれば、そのときは周りの者に求めるのがもっと容易になる。毎週毎週、毎月毎月、周りの者たちが互いにもっと打ち解けるのを見守った。何年もとなりあって住んできた者同士が〝隣人〟になる。日常的に助けあう。ものを修理し、手を貸し、財政的な援助さえする。ひとつの共同体。帝国全体を作り変えるのは可能だろうか？　わたしはたったひとりだ、とどのつまり。この袋小路に煮詰まっていると、また別の訪問者がやってきた——古い友人だ。

「とりあえず」サービックがわたしの小さな家を見つめていった。「見つけやすくて助かりました」

「それが狙いなのだよ」

惑星連邦領に通信を送るのは楽ではなかったが、ロミュラスに滞在中はずっと、準定期的にサービックと連絡をとっていた。手を貸しに来たサービックはあとに続く者がいるといった。わたしたち双方の文明にとり、再統一は必要な段階だとみなしているバルカン人がいると。もちろん彼女を見てうれしく思ったが、心配もした。サービックは恐ろしい暴力の落とし子だ。帝国を憎む正当な理由があり、そして自分のロミュラン人の部分を愛せずにいつも苦しんでいたのを知っている。それでも彼女は来た。わたしがこの地にいることがひとつの理由になったが、このあと交わした多くの会話を通じ、いまだに自分のロミュラン気質と折りあう方法を模索しているのを知った。サービックは勇気にかけて不足はない。ロミュラス訪問は、いずれは必要なことだったといまではわかる。同時に年老いたメンター、古い友人をアシストできるなら一石二鳥だ。

はじめ、わたしの生活と活動の単純さにサービックはあぜんとしていた。ここでともに暮らすうち、わたしの目的のなにがしかを理解しはじめた。ロミュラスのような秘密主義の文化では、わたしのあけっぴろげさは一種の妄想とみなされるが、武装解除する力を持っていた。ロミュラン人のそばで過ごしたことでトゥケルの教訓を改めて実感し、今度はサービックにそれを伝授した。よく見れば見るほどより複雑なしくみがわかり、この地でわれわれは一見見慣れぬものに、おのおのつながっている可能性を発見するかもしれない。サービックはその教訓を胸にしまった。ロミュラスでは任務の一要員として行動した。それでも彼女がクワト・ミラットに加わると決心したのには驚いた。だがおそらくは、驚くには当たらなかった。これは彼女にとって、自分の両方の部分——ロミュラン人とバルカン人——のどちらをも裏切らずに、ついに両方と和解できる方法だった。サービックと話すうち、わたしは完全に理解するに至った。再統一は終わりでもなければ過程でもなく、それは現実であると。ロミュラン人とバルカン人はすでにつながっている。宇宙のあらゆる生命がつながっているように。肝心なのは、そのつながりを公（おおやけ）にすること、既成事実として確立させることだ。ロミュラスは頑迷な否定の世界、分断と秘密を旨とする文化を持つ世界だ。率直に、自由に腹を割って話すことは——クワト・ミラットが理解しているように——帝国の基盤を揺るがす。どんな帝国の基盤をも揺さぶれる。意見を述べる者たちを彼らがどう罰するかを見れば明白だ。
わたしが恐れているのは、この頃の惑星連邦が同じ道を歩んでいること、ドミニオン戦争のあいだに創設者が示した不信が払拭されていないことだ。火星攻撃のショックが、恐怖と不信の雑草をわれらがエデンにはびこらせた。そうとなれば、声を大にすること、根元的な相互のつながりを再び確かなものとすべく行動すること——それが、おそらくいまのわれわれの責務だ、ジャン＝リュック。深く分断されてしまったものを、どうやってひとつにするのか？　いまでは不信にどっぷりつかっている相手との信頼関係をどうやれば確立できるのか？　ロミュラス滞在を通して人同士がつながりあうのは単純な事実であるのをわたしは学び、これを主張する勇気を奮い起こさねばならない。

ドミニオン戦争が勃発する頃には、市の周りにわれわれの小さな〝家〟が二十軒ほどでき、キ・バラタン周囲の町と村にさらに十二軒ほどできた。一軒で一週間過ごし、次に移る。滞在中は、共通のルーツを持つわれわれの文明の距離をもっと近づけたいというわたしの望みについて話を聞きに来た者は、誰でも迎え入れた。そして、堂々と集まり、互いに話し、互互いに学ぶ限り、われわれは実際にひとつであるとのわたしの信念を新たにした。夜が更けて解散し、ひとりに戻って分断されても、集まった思い出を持ち帰れる。つながり、ひとつになった記憶を持ち帰り、次にもう一度会える。

ドミニオン戦争がわれわれのすべてを変えた。もちろん、当分のあいだロミュラン帝国は様子をうかがう構えでいたが、間もなくブリーナック議員の死の知らせが漏れ聞こえてきた。おそらくはドミニオンの指示で暗殺されたのだろう。キ・バラタンの道ばたにさえ、怒りがくすぶっているのがわかった。ロミュラスは変わり、ロミュラン帝国はドミニオンに宣戦布告した。これにより帝国は戦略上、同盟国との連携を深めた。戦争末期、ボンクラスという下級役人がわたしに接触を図り、内密に話したいという。家に入れると、自分の憂慮を打ち明けた。いわく、戦争が終われば帝国は孤立主義に戻り、いまではクリンゴンと惑星連邦のあいだに強い絆が存在することを思えば、ロミュラン帝国は分が悪い。彼を代表してわたしに惑星連邦内の友好的なグループに接触してほしいという。より強い絆と、おそらくゆくゆくはキトマー条約の延長上の協定を結ぶために。

もちろん、帝国の権力者たちがキ・バラタンでのわたしの存在に当初から気づいていたのはわかっていた。わたしはとどのつまり、それほど深く潜っていたわけではない。わたしが大目に見られていたのは、老人で、リソースに限りがあり、政府からの表だった援助は受けておらず、本格的な活動よりも子どもが遊んでいるのを眺めるほうに興味を持っているため、変人扱いされていたからだ。クワト・ミラットとの関係は、おそらくいくらか注意を引いた。われわれのコミュニティがキ・バラタンを越えて拡大したのは、確実に引いた。加えて、上層部で何かが変わった。ボンクラスを送りこんだのは、彼らがわたしに目を光らせているだけでなく、わたしの主張に耳をそばだてていることの、最も端的な表れだった。活動はサービックの手に安心して委ね、わたしは役人たちとの話しあいに精力を注いだ（これが〝スタンドプレイ〟とみなされるのかはわからない。ジャン＝リュック、貴殿が決めてくれ）。

戦後の数年間は、ロミュラン帝国と惑星連邦のあいだに公的な協調関係が確立される見こみがこれまでになく高まったと希望を抱いた。役人たちに会い、われわれの文明同士で友情を結ぶのは可能であり、分断ではなくつながりあえるとの信念を、改めて述べた。一般の人々には、友情と理解への希望を改めて説いた。全員に向けて、平和と長寿を願った。そして、つかの間それは可能に思えた。ほんのつかの間。

一連の逮捕劇がはじまったとき、わたしはキ・バラタンにいなかった。新たな〝家〟づくりのため、仲間とわたしがボクタブ地方の大きな町ホーベンへ向かっていると、メッセージを受けとった。行き先を変更して途中にある小さな町ヌヒーに向かい、そこでサービックと落ちあうように、とある。サービックのもたらした知らせによれば、数年前にわたしが運動をはじめた場所、キ・バラタンの小さな家にタル・シアーが現れ、そこにいた全員を逮捕後ビル全体を破壊し、住人が大勢路頭に迷った。はじめ、仲間はこれが単独のできごとであってくれるよう願った。わたしはそうではないと確信し、すぐにそれが証明された。タル・シアーはついにわれわれを敵とみなし、ときを移さず任務を実行した。

一晩のうちに、われわれの運動は潰えた。われわれの〝家〟——いまではさらに三つの地方にのびていた——は閉鎖され、ほとんどが跡形もなく破壊された。仲間は逮捕され——少なからぬ者が消息を断ち、二度と連絡がとれなかった。わたしの知名度と惑星連邦市民の身分、わたしの素性という単純な事実のみが、わたしと周囲の者を救った。そうであってももはやロミュラスにはいられなくなった。サービックがクワト・ミラットの助けを借りて親しい友人たちをかくまい、わたしがロミュラン領を脱出する手段を確保した。惑星連邦領に入り、ロミュラン政府上層部の冷酷な心変わりをもたらした原因を知る。超新星爆発が起き、彼らの母星を飲みこんで帝国が崩壊する危機が迫っていた。わたしはバルカン星に戻った。運動は灰と化し、任務は失敗し、ロミュラン人の友人たちの未来を心底恐れたが、なすすべはなかった。

惑星連邦領に戻った（あれほど長くロミュラスにいたあとで、キ・バラタンを〝故郷〟と考えずにいるのは難しかった）あとのわたしの意図は、いまや必死に助けを必要とするロミュランの人々を代弁することだった。惑星連邦の議員と宇宙艦隊の士官たちがあれほど堂々と反ロミュラン感情を表明するのを見て、控えめにいってもショックを受けた。この感情はずっと前から存在したのだろうか？　敵対的な勢力への無理からぬ猜疑心から、れっきとした異種族恐怖症へと飛躍した地域感情までが散見され、できるときはいつでもそのような偏見に抗議し、われわれの同情と助けをひどく必要としているロミュランの人々に手をさしのべようと声を上げた。人工生命（シンス）の火星攻撃で惑星連邦の造船所が破壊されたあと、状況は悪化の一途をたどる。境界の向こう側の人々を援助しようとの声は一夜にして劇的に減った。われわれは自分たちを助けることに目を向けるべきだ、敵ではなく。そう反論された。だが、いまではわたしは身をもって知っている。あまりに統制され、外からは見とおせないロミュラン社会は、近寄って忍耐強く研究した対象のすべて同様、ほとんど知られていないか理解されていない深みと複雑さを、わたしにさらけだしてくれた。とはいえわたしの見方が時代とずれていることを、繰り返し思い知らされた。ロミュラスで過ごした時間が長すぎて、忠誠心をどこに置くべきか、忘れていた。再統一が決して実現可能な目標だったことはなく、時代遅れの夢だったと受け入れるべきだ。わたしは——はっきりいえば——過去に生きる老人だ。わたしの時代は過ぎ去ったという事実を受け入れ、優雅に隠退するべきだ。

　おそらくどれもが真実だった。だがそれは、惑星連邦を離れていた期間がわたしに新鮮な視点を与えた事実を変えはしない。不在中、われわれの社会はより内向きになった。多かれ少なかれ引退してバルカンに戻ったわたしは、ジャン＝リュック、貴殿の任務と、サービックとクワト・ミラットが、いまだ帝国に協力してできるだけ多くの命を救おりと尽力しているのにいくらか慰めを見いだした。だが、この期間にひどく欲求不満がたまったことは否定すまい。父の遺した書類を読み、翻訳作業を続け、わたしの運動のてんまつを記録し――これらはすべて誇りにできる作業だが、応じるべき必死の訴えがありながら、もはや何かをできる立場にはいなかった。サービックを通じてロミュラン領の知らせを聞き、惑星連邦に助ける意志のないのを知り、ロミュラン人に開くべき心が敵意をむきだして頑なになるのを見守り、ときには絶望した。人生の二大目標――再統一と惑星連邦――に挫折しようとしている。この頃のわれわれのやりとりは、ジャン＝リュック、わたしには多いなる慰めだった。そして、時間という貴重な商品の手持ちが不足しているときでも、貴殿を当てにできると知っている。ロミュラスで得た情報が、少しでも役に立ったことを願う。

おそらく、やむを得ない事情から任務を放棄したためか、この悲しい時期に起きたことへの備えはじゅうぶんできていた。火星攻撃のショックのことでも、貴殿の任務の打ち切りと不名誉な退役のおぞましい知らせのことでもなく、連邦上層部の責任放棄の事実に対してだ。宇宙艦隊が――惑星連邦が――道をはずれたのをわたしはすでに知っていた。すでに善後策に乗り出していた。貴殿がラバールに戻り、農園へ誘ってくださった頃には、新たな使命をすでに遂行中だった。なぜ訪ねなかったのか、これでおわかりいただけたことと思う。わたしのしようとしていることにも、また理解を示されることを願う。

つまるところわたしはもはや、無為に座ってはいられないことに気づいた。そんな性分ではないだけでなく、これまで学んできたことのすべてが、とてつもない苦しみを前にして受け身でいるなど、それ自体害だと告げていた。人は己れのできることをしなくてはならない。だが実際、何ができよう？　ひとりの老体、現在の意志決定者たちに追い払われ、わたしの声は無視され届かない。ロミュランの人々を助けるよう、誰も説得できない。わたしはしばらく袋小路にいた。わたしのメッセージに返答はなかった。上層部に残る友人は、このひとり十字軍をやめろと忠告した。危うく彼らのアドバイスに従うところだった。ある晩遅く、シカー市の自宅で、われわれをこの悲しい現実に連れてきた過去について思いを馳せていると、赤い天使を最後に見たときのことを思い出した。そのときの天使は、青をまとっていた。ガブリエル・バーナムが娘に引きつがせた決死の任務を思った。ずっと昔、不確かな未来に飛んでいった義姉を思い出した。それが、わたしの大義をあきらめない勇気をくれた。姉たちのように、わたしも起きたことをなんらかの方法で止められるとしたら？　超新星爆発そのものがさらなる被害をもたらす原因となるのを防げたら？　わたしは文献を当たりはじめ、研究しはじめた。自分の原点を思い出した――大使と外交官、メンターと教師、士官と指揮官になる前を。わたしは科学者だった――いまも科学者だ。科学者にできることは？

数年にわたり念入りに研究した。やがて、いまでは満足のいく――希望を持てさえする――結論に達した。わたしの仮説は完全に証明されてはいないが、これ以上は待てない。ロミュラン領の状況は悲惨すぎる。いますぐ行動するか、でなければ何もしないかだ。最新の研究に関する重要な書類は、すべてこのドキュメントの追加ファイルに入れておいた。

〝赤色物質（レッドマター）〟現象の調査研究だ。それが、ロミュラスを脅かしている超新星爆発のエネルギーを吸収する鍵だと信ずる。わたしの目論見は、ロミュランの恒星にできるだけ接近して飛び、そしてこの物質を小量、星に撃ちこむ。愚か者の望みだ、おそらく。だがそれならば、わたしは年寄りの愚か者だ。

ジム

わたしの目論見をはっきり述べたいま、最後にひとり、とりあげねばならない人物がいる。折に触れ、ジム・カークのことを書こうとした。これは、ますます不可能な仕事になりつつある。ジム・カークは、本書の真芯にいる。彼はすべてのページに存在する。文字を書いたインクの中に存在する。ジェームズ・カークについては言及されつくしたため、これ以上どこぞの誰かがことばを重ねる必要はないと、自分自身納得しかけた。バルカンの学習ドームから地球の教室まで、子どもたちは彼の最も有名な任務を学ぶ。彼は博士号論文の対象にとりあげられ続けた。彼のリーダーシップのスタイルが詳細に分析された。彼の機知と明察はあまねく知られている。だが昨今、彼についていわれる大部分が間違っているか、せいぜいひどく単純化されている。どうすればレジェンドについて書ける？　あれほど深く愛した人物について、何を綴ればいいだろう？

ジェームズ・カークに関し、長年にわたって耳にした誤解がいくつかある。いわく、彼は向こう見ずだ。無駄にリスクをとる。運がよかっただけだ。惚れやすく飽きっぽい。情熱をあまりうまくコントロールできない。

十三歳のとき、ジェームズ・カークはコロニー惑星タルサス四号星に住んでいた。コロニーの責任者コドス知事によって四千人の住民が人口削減の対象に選ばれ、選別を逃れたわずか九名のうちのひとりとなった彼は、あの殺人政策を生きのびた。六年後、アカデミー入学前（われわれの在籍期間は重なっていない）からすでに、ここ何年かの指揮官コースの候補生の中でも一番の有望株だと噂されていた。少年期に九死に一生を得たのみならず、他者を犠牲にして顧みない男たちの冷たさを目にしたことで、命知らずとは真逆の男になった。だが慎重派にもならなかった。それよりも、命には限りあることを胸に刻み、何にも増して命を守るために行動した。だからこそ、ゲームが公正さを欠くとき、規則を受け入れることを本能的に拒んだ。アカデミーで、ジムは〈コバヤシマル〉の設定を受け入れなかった。彼は規則を書きかえ、人々が助かるようにした。ジムは規則を守るのがとても苦手だ。ときにそれは頭痛の種となる。たいていそれは心を躍らせた。

アカデミーのカーク士官候補生は、本の虫として知られるようになったと聞いている。彼は博覧強記（はくらんきょうき）だ。一度、上陸休暇で祖父の家に連れていった折、スピノザ論および、理性を導く本能の重要性について、祖父（浅学とはほど遠い）と対等にわたりあっていた。わたしは口を挟まず、ただ拝聴した。専門家が意見を戦わせていた。

ジムは用心深く、全霊で、誠実に人を愛した。二度ほど結婚寸前まで行った。知的で、大義に奉仕する人々を愛し、そしてそれが、長続きしないゆえんだとわたしは見ている。彼女たちは使命または仕事を、彼に優先させた。だがそれは、ジムにも当てはまる。船――クルー、任務――が先に来た。

ジムが感情に支配されたときを考えようとすると、三つのできごとが思い出される。ひとつ目は、ゴルコンの儀仗兵役を彼がつとめると、わたしが発表した会議の席だった。クリンゴンが彼の息子を死に至らしめてから、まだ間もなかったのをご記憶だろう。わたしが〈エンタープライズ〉を任命したとき、ジムは個人的な思惑よりも平和の価値に重きを置くだろう、多数の必要性が少数のそれを上まわるだろうと計算した。わたしは間違っていた。過度に見積もりすぎ、多くを求めすぎた。彼の顔つきを見たとき、われわれの友情に自ら終止符を打ってしまったのかと思った。彼を非難できるか？　わたしにはわからない。

ふたつ目は、ガラス越しにクジラと泳ぐわたしを彼が見たとき。わたしは、決してそれを忘れない。

三つ目は、やはりガラス越しだが、そのときのわたしは死に瀕していた。それもまた、決して忘れない。

わたしがロミュラスに滞在していたとき、ジェームズ・カークと出会ったという手紙を貴殿から受けとった。死亡宣告のあとも彼がまだネクサスの中で生きており、その後ベリディアン三号星で真の死を迎えたときの状況が要約されていた。手紙がわたしのもとに届くまでにしばらくかかり、しばしば、ジムの生と死の両方を伝える知らせが記された配達中の手紙について、思いを馳せた。それが唯一ロミュラスでの任務を後悔したときであり、悔やんでも悔やみきれない。もしわたしがどうにかしてその場に居合わせていれば。おそらくは、彼の命を再び救えたかもしれない（だが、死ぬときはひとりだと彼はかつていっていた）。それが、われわれのしたことではないか？　結局は——互いの命を救いあう、何度も。少なくとも最後にひと目、会えたかもしれない。彼の墓を訪れたことはない。人生でひとつぐらい、幻想を抱いたままでもいいはずだ。

初めてジェームズ・カークに会ったのは、もちろん〈エンタープライズ〉でだった。ボーンズとわたしは新任船長の乗船を出迎えた。ドクターと船長はすでに顔見知りで、親しげにあいさつを交わしあっている。わたしは数々の評判以上にはカークを知らなかった。ボーンズを従えて船内を歩きながら、わたしは新船長に船の最新状況を伝えた。

「ありがとう、ミスター・スポック」報告し終えると彼はいった。「文句のつけようのない報告だ」

「彼には注意しろよ、ジム」ボーンズがわたしの肩越しにいった。「トラブルのもとだぞ」

「それはおもしろいですね、ドクター・マッコイ」わたしは即座に応じた。「船長には、同じ忠告をあなたについてするところでした」

ジムの顔が、ぱっと輝いたのを覚えている。陽だまりのような笑顔だった。「思うんだがね」彼はいった。「これが美しい友情のはじまりだな」

彼は間違っていなかった。

ジャン＝リュック、これですべてを伝え終わった。

KAU

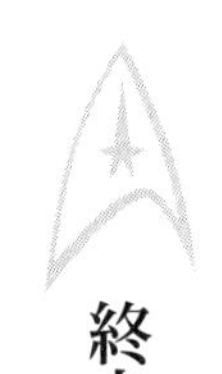

終点――2387年　ロミュラン領域に接近中

ここに、現在のわたしはいる。小型船〈ジェリーフィッシュ〉に乗り、間もなく境界を越えてロミュラン領に入る。わたしの友人であり共謀者のサービックが越境に必要なセキュリティコードを手に入れ、さらにクワト・ミラットのシスターたちの助けでロミュラン領をできるだけ速く横断する。この小型船はひとり分のスペースしかないが、それでも不必要な注意を引くかもしれない。わたしが立てたプランは大胆で、成功する保証はない。できるだけ近くまでロミュランの恒星まで行き、赤色物質をこの崩壊しつつある星に打ちこむ。計算どおりにいけばそれによってブラックホールが生まれ、ロミュランの母星はおろか、われわれすべての安全と安寧を脅かす超新星爆発のエネルギーを吸いこんでくれる。

わたしのプランが成功する保証は何もない。最もあり得そうなてんまつは、事態は何も変わらず、わたしが死んで終わる。ほかの誰よりも、貴殿ならばやむにやまれぬわたしの絶望を理解していただけるだろう。われわれが生涯仕えてきた組織に、ふたりとも裏切られたのだ、ジャン＝リュック。彼らは怖じ気づき、疑い深くなった。もはや彼らの第一の使命、すなわち好奇心を持つこと、開かれた心と開かれた精神をもって宇宙を探検すること、たいへんな難局に行きあわせた際は、傍観せずに注意深く介入すること、これらを果たせるようには機能してない。狭量と敵意へ流れる風向きに抗って、大規模なリソースを結集しようとしたわれわれの試みは、どちらも失敗した。それが貴殿自身の退役と、緊縮政策の要因となったのをいまでは理解するが、わたしはもはや引き返すわけにはいかない。いまとなっては遅すぎる。どれほどの時間が残されていようと、できることをせねばならない——ひとりの男が、ちっぽけな船を駆り——この恐ろしい事態がこれ以上進行するのを止めるために。貴殿にお願いする、もしできるなら、この行為で気力を出してほしい、ジャン＝リュック。もしわたし自身の経験から何かを得ようとされるなら、貴殿の世界はまだ終わりではなく、再び行動を求められる日がめぐりくるかもしれないと気づいてほしい。

　わたしに直系の跡継ぎはいない。母の兄の子どもたち、およびその子どもたちが一番近い血縁だ。サービックも、これまでのわたしの人生で非常に重要な役割を担い、いまも担い続けており、資格は確かにある。だが、わたしは貴殿に頼みたい。もし負担が重すぎなければ、遺言執行人の役目を。貴殿に本稿——わたしのタン・アラット——を託し、何を公表し何を伏せておくかの判断はお任せする。

　貴殿はユニークな視点を持っておられる。ここに述べたできごとには大部分直接かかわっておらず、それでいて、わたしと父両方との精神融合をとおして、わたしの人生をほかのどの者よりもよくご存じだ。このタン・アラットと一緒に、わたしの訳したスラクの英語版とロミュラン・アトゥナザー語版、コナン・ドイルをバルカン・キタウ・ラック語とロミュラン・アトゥナザー語に翻訳したものを同封しておく。ロミュラス滞在中、クワト・ミラットの魅惑的な詩人ヒバサを惑星連邦の標準語に翻訳しはじめたが、当時は行動のときであり、ふり返る時間がろくにとれず、完訳はならなかった。そのメモも添付しよう――貴殿の手で訳了していただけないだろうか？　この仕事に必要なアトゥナザー語の知識は十二分にお持ちだと保証する。そのほか父の個人的な書類や、わたしが若い頃タン・アラットを書こうとした草稿などの書きものもあり、そちらも貴殿にお預けする。最善の処理法を見つけていただけることと思う（それからドクター・マッコイの〝贈りもの〟が、彼の悪筆でわたしの名前が記された大きな封筒の中に入っている）。

しきたりでは、人生で学んだことを述べてタン・アラットを締めくくる。要約するのは難しい。確かに、わたしは多種多様なことがらについて膨大な量の情報を手に入れた。何年もかけて、これらたくさんの事実を有益な、ときには苦労の末に得た知識へと変えてきた。にもかかわらず、年の功に反し、人生の終わりに際しわたしは賢くもあり愚かでもある。ロミュラスにおける任務の悲惨な結末を予期しなかった。われらが惑星連邦の緊縮も、現在の内政重視の方向性も予期しなかった。わたしが生涯を通じ学んできたことのすべてと、いまの世は真逆を行き、自分を時代遅れの男、自分が生まれ、引きつぐものとして認識してきた世界の住人とは、もはやほとんど思えない。父がいまの連邦を見たら、その臆病ぶりをどう思うだろう。惑星連邦の目的は——わたしの理解では、父がわたしに説いたところでは——多様な文明を可能な限り結びつけ、われわれの違いを心から祝福し、互いを豊かにしあうことだ。宇宙艦隊の目的は——わたしが若い頃憧れたように——わたしたちの住むこの宇宙を、好奇心と開かれた心で探検すること、友情をもって未知の存在と出会い、共感をもって苦しみを和らげる。その大部分を、いまは忘れてしまったかに見える。

わたしの人生で覚えた主たる教訓とは、自分の気質の異なる要素は互いに相容れないと、子どもの頃から信じこまされた固定観念を捨てることだった。常に、というか当時はそう思えたのだが、わたしの中のふたつの部分は反目しあっていた。論理対感情、バルカン人対地球人、瞑想対行動、死対生。

いまにして思えば、人生で決定的な、なにかしら確固としたものを経験するのは、いつでも相違、二面性、多様性を受け入れることを通じてだった。人はいろんなものに同時になれるという、単純な事実を。わたしは地球人ではない。わたしはバルカン人ではない。わたしは両方でありどちらでもない。バルカン人であることはロミュラン人であることだ。ロミュラン人であることはバルカン人であることだと悟った——わたしは両方であり両方ではない。地球＝バルカン＝ロミュラン人だ、いちどきに。人生最大の苦しみは、わたしの中の一方の側がもう一方の側に反目するよう強制されたときにやってくる。人生最大の勝利と友情は、三つひと組になって——ジム、ボーンズ、わたし——そして自分と他者を完全に受け入れるだけでなく、幾重もの喜びとなって、やってくる。

時間は過ぎてゆく。人々は永遠（とわ）に旅立ってしまい、われわれの何人かはあとに残される。小さい頃、カーズ・ワンの試練をせっかちに試み、無事ですんだのはいとこが介入してくれたためだったとのてんまつを前に書いた。後年、そのいとこは自分自身であり、ゲートウェイを使って自分の命を救いに来たのだと知ったといえば、貴殿は驚かれるだろうか？人生で学んだもうひとつの大きな教訓は、自分自身の境界があいまいになるのを受け入れることだ。われわれは互いに孤立した島ではなく、つながりあっている。自分たちが完全には感知できない方法で。子ども時代、他人に命を助けられた——自分自身だとあとで判明する他人に。子どもの頃、わたしは天使のヴィジョンを見た、そして自分が見たのは真実だと信じたからこそ姉を救え、知覚のあるものすべての命を救えた。あらゆる意味でわれわれはつながっている。時間をまたがり、空間をまたがり、種族をまたがって。これを否定すること、すなわち自分たちが絶滅する最も確実な道となる。それこそが、いまこの使命に乗り出そうと決めた理由だ。行動が結果をもたらす、そうだ——だが行動せねば、変化のいかなる可能性も生まれない。ひとつだけ、確かなことがある——自分は最後には死ぬ。それならば行動すべきでは？　ついに最期を迎える前に。

一生を通じ、しばしば青い服をまとった赤い天使のヴィジョンについて思いをめぐらせてきた。ロミュラスに行ったときにその意味を悟った。ガブリエル・バーナム——ロミュランの教団の一員となり、未来のバルカン星に暮らす地球人の女性。理性的に訓練されたわたしの精神は、これが未来に待つものだと想定はできないと告げる——心の中のイメージ以外、未来の姿を予測する根拠や証明できるものは存在しないと。だが同時に、このようなヴィジョンの目的が、わたしの論理的側面を維持して肥やしとなることにあるとわかっている。論理に道筋、地図、方向性を与えるためだと。感情のない論理は袋小路にはまる。論理を伴う感情は意味ある行為に向かえない。わたしの全人生は、周囲の者に押しつけられた分断によってわたしと彼ら自身が負った傷を、癒す試みそのものであった。多様性が息づき、相違が調和のうちに暮らせる手段を見いだす試みであった。

目を閉じたとき、見えるのは白紙についた動かぬ小さなシミではない。見えるのは、飽かずに動く鮮やかな色彩の、いくつものしずくだ。キャンプファイヤーのゆらめく炎が見える。そして一瞬、輩（ともがら）をそれほど遠くには感じなくなる。

わたしの生涯に見いだすべきなんらかの統一された感覚があるとするなら——そしてわたしはそれに抗う、なぜなら結末はまだわからないからだ——こうなる。コール・ウト・シャン、無限の組み合わせによる無限の多様性を完全に経験し、受け入れるために進み続けた。母が首にかけていたシンボルを思い出す。わたし——子どもの頃の自分——は絶えず手をのばしてつかもうとした。その試みをやめたことは一度としてなく、これからもない。それは大いなる謎であり続け、わたしの人生の〝確かなもの〟だった。ジャン＝リュック、わたしの心からの、そして最も切なる貴殿への望みは、ある日再びその手をのばされることだ。

わが友よ、何にもまして願う。平和と——長寿を。

スポック

終点　——２３８７年　ロミュラン領域に接近中

レナード・マッコイ特製レシピ――ビーンシチュー

LEONARD McCOY'S BEAN STEW

ピントビーンズまたはレッドビーンズ…2カップ。冷水に2時間浸し水気を切る。
燻製豚バラ肉ブロック…250g。角切り。
小ぶりの白玉ねぎ…1個。みじん切り。
赤唐辛子…1本。種ごとみじん切り。
モラセス…30g
はちみつ…30g
マスタードシード…10g
リンゴ酢…100㎖
ビーフストック…200㎖
ウスターソース…5滴
塩…5g

注：ベジタリアンのバルカン人向けには、クリータンタのみじん切りが十二分に豚バラ肉の代用となる。リンゴ酢の代わりにトリック酢、ウスターソースの代用にはフォラティまたは発酵ソース少々ならどれでも可。ドクター・マッコイのレシピは彼いうところの〝隠し味〟が抜いてあることも、明記しておく。テネシーウィスキーはお好みで。

〈調理法〉

① 豆を約2時間水煮する。最後の30分間は弱火にし、柔らかくなったら火をとめる。
② オーブンを140℃に予熱しておく。
③ 厚底のシチュー鍋またはキャセロール鍋で豚バラ肉を焼く。
④ 豆の水を切り、煮汁を100㎖とっておく。
⑤ 煮汁をふくめたすべての材料を豚バラ肉に加え、よく混ぜる。
⑥ アルミ箔で落とし蓋をしてから、予熱しておいたオーブンで60分間煮る。
⑦ 100℃に下げ、さらに6時間加熱。
⑧ 蓋をとって、オーブンを180℃に上げ30分間加熱。
⑨ オーブンから取り出し、皿に盛る。

レナード・マッコイ特製レシピ――ミントジュレップ

LEONARD McCOY'S MINT JULEP

バーボン…2オンス（50㎖）
シロップ…小さじ1杯半（7・5㎖）
ミントの葉…7、8枚
氷
ミントの小枝（トッピング用）

〈調理法〉

ミントの葉をよくつぶし、シロップとバーボンをロックグラス（ボーンズみたいなジュレップグラスがなければ）に入れる。クラッシュアイスをグラスに半分入れる。よくかき混ぜ、さらに氷をいっぱいに入れミントの小枝で飾る。

編集後記

著者であるバルカンのスポックから直接わたし宛てに送られたこの書には、彼の人生と思想が最も完全なかたちで反映されている。彼の「叡智の書」を読むと、まざまざと、たちどころに大使の姿が思い出され、ときにはわたしのすぐうしろに立っているような気さえする。本書の編集に携われたことは、わが人生でもたいへんな名誉である。わたしを信用していただいた著者――わが友――に感謝するとともに、出版の方針を固めたわたしの判断に彼が満足してくれることを願う。

この〝タン・アラット〟の全編にわたり、多数の文書が言及されていることに読者は気がつかれるだろう。それらの文書、またスポックの遺された書類の束に入っていた大量の遺稿や書簡に関しても彼の遺言執行人であるわたしに裁量を委ねられた。現在わたしはヒバサの翻訳を編集中だが、大使がほのめかしていたより完成に近づいており、スポックの人生と思想を研究する者の興味を大いに引くと信じる。これは、すでに入手可能となっているスポックの翻訳によるコナン・ドイルおよびスラクと合わせ、おのずと三部作の体裁となる。

さらに、スラクの著した『叡智の経験』に関するスポックの論文は、このタン・アラットで一部概要を披露している考察を敷衍（ふえん）したもので、まもなく「ニュー・ジャーナル・オブ・スラキアン・スタディーズ」の特別版に掲載予定だが、スラクが晩年に著した深遠な、だが不当に軽んじられてきた書に、新たな光を当てると信ずる。大使を知る者には驚きではないが、不在（そして死亡と推定された）であっても、学会全体を騒然とさせるぐらい、彼にはお手のものだ。

バルカンのサレクがものされた〝ハレック〟をどういうかたちで発表するのが最善か、シカー市のトゥプラナ・ハス歴史博物館の専門家と現在協議中だ。関連分野の研究者たちの関心を引くのは間違いないだろう。スポック大使が最初に書かれたタン・アラットの適切な受けとり手については、まだ当てがいない。そのうちどなたか名乗りをあげてくだされぱと思う。それまでは、大使の初期の思索が綴られた、興味深く含蓄深いこの文書を研究したいと望む向きには、ホログラフの記録を準備中だ。

スポック大使の最終的な消息は不明だ。彼の任務はロミュラス自体を救いはしなかったものの、大使の行動が、より大規模な災害を未然に防いだかどうかは判断のしようもない。大使の任務によって多くの命が救われたと信じたい。大使自身はロミュランの恒星に赤色物質を打ちこもうと試みた際に死亡されたというのが通説だ。だが、もし本書がわたしたちに何かを教えるとすれば、歴史はいくつもの狡猾な抜け道、いくつもの隠れた裏道を持ち、そして死、すなわち終点を意味してすらいないということだ。たとえどこにいようと、わが友よ——長寿と、繁栄を。

ジャン＝リュック・ピカード

フランス、ラバールにて　二三九〇年十一月

謝辞

まず誰よりも、スポックをわたしに任せてくれ、そしてとても楽しく仕事をさせてくれたタイタン社のキャット・カマーチョに、心からの感謝を。キャットが読んでくれると思うと、毎日机に向かって書くのが楽しかった。また、〝スター・トレック〟についてわたしなど足もとにも及ばないもの知りにして救いの神、ジョン・ヴァン・シターズに感謝を。わたしは厚顔にもデイトン・ワードの楽しい『Vulcan Travel Guide』からいくつかネタをいただだ。ありがとう、その件および数年にわたるその他もろもろに、感謝する。レシピをリサーチしてくれたＭＪＰレストランのマーク・ポイントンにお礼を。また、わたしのすばらしいエージェントの高潔なるマックス・エドワーズにも、愛と感謝を。

長年にわたり、大勢の人々がスポックというキャラクターをテレビ・映画脚本にとどまらず、何百冊もの小説で描いてきた。彼ら全員に感謝したい。わたしは自分なりのスポックを見つけようとしたが、控え目に拝借したネタが多少ある。ダイアン・デュエインのすばらしい小説『宇宙大作戦　スポックの世界』（ダイアン　デュエイン著／斉藤伯好・訳　早川書房刊）からは、バルカン人の内面を描く鍵となる洞察をたくさんもらった。特筆すると、バルカン人の旅行ぎらいについてのアイディアをお借りしており、デュエインの〝クシア〟は今日ますます重要度を増したように思われる。〝退行性異種感染症〟のアイディアは、ジーン・ロラーの『The Vulcan Academy Murders』からとりいれ（そして手を加えた。バーバラ・ハンブリーの『Ishmael』によれば、アマンダ・グレイソンの家族はシアトル地区出身とされている。

また、ロミュラン世界をつかの間見せてくれるマイケル・シェイボンの「Some Notes on Romulans」に借りがあることを明記しておかなくては（https://michaelchabon.medium.com/some-notes-on-romulans-b1c7f30a383f）。オンライン出版『Strange Horizons』に掲載されたエリン・ホラコヴァのエッセイ「Freshly Remembered: Kirk Drift」は、ジェームズ・タイベリアス・カークの実像と神話を区別するのにたいへん影響を受けた。レナード・マッコイ特製ミントジュレップのレシピは、グレン・デイキンの『Star Trek Cocktails: A Stellar Compendium』が初出で、本書での使用をご許可いただき感謝している。

スポックを演じられた俳優たち全員に感謝を。レナード・ニモイがいなければ、スポックはもちろん存在せず、本書のページに彼の真実の声をこめられたことを願う。

最後になったが、愛と感謝をマシューに。あなたのありえない活躍があらばこそ、わたしは締め切りを守れる。そして自分は『スター・ウォーズ』ファンなのに、母親に本書を書かせてくれたヴェリティに、愛と感謝を。ふたりとも、すごく愛してる。

ウーナ・マコーマック

解説――スポックがピカードへ送った〈叡智の書〉。それは〝正史〟にこだわって綴られた彼の人生における重要人物との思い出を振り返った自叙伝だった。

岸川 靖

度重なる延期と著者の変更を経て、遂に刊行――

ミスター・スポック。〝スタートレック（以下、STと略）〟の最初のテレビシリーズ『スター・トレック／宇宙大作戦』（以下、TOSと略）で初登場したバルカン人です。STユニバースの代表的キャラクターであると断言しても、異論を唱える方はいらっしゃらないと思います。ジェームズ・T・カークやジャン＝リュック・ピカード、データなども人気キャラクターですが、一般的な知名度と、STらしさ的なものを象徴するキャラクターとして、彼を凌ぐ存在は他にはいないでしょう。

そのスポックが、自らの生い立ちから現在までを、長文の書簡という形で、宇宙艦隊〈U.S.S.エンタープライズD〉艦長であるジャン＝リュック・ピカードに送った文書が本書です。

もともと本書は『自叙伝 ジャン＝リュック・ピカード』『自叙伝 ジェームズ・T・カーク』を上梓したデイヴィッド・A・グッドマンが執筆するというアナウンスが出版社よりあり、刊行予定は2018年でした。ところが数度に渡る刊行延期を経て、2021年9月に全米で刊行された本書では、著者がグッドマンからウーナ・マコーマックとなっていました。マコーマックは、昨年秋に刊行された〝ST自叙伝シリーズ〟第3弾である『自叙伝 キャスリン・ジェインウエイ』の著者である女流作家です。

どういう理由でそうなったのかはわかりませんが、米国の書評では「『スター・トレック ディスカバリー』（以下、DISCOと略）のシーズン2に、イーサン・ペック演じるスポックの登場することが決まったため、見直しが入り、マコーマックが引き継いだのではないか？」という推察がありました。たしかにDISCOシーズン2ではスポックが重要な役割を果たしており、そのことに触れないまま、本書が刊行されていたら物足りないものになったかもしれません。

わたしはどのような理由にせよ、マコーマックはグッドマンより適任だったのかもしれない、と考えています。その理由をご説明しましょう。

デイヴィッド・A・グッドマンは、1962年12月米国生まれの59歳で男性。一方、ウーナ・マコーマックは1972年1月英国生まれで50歳になったばかりの女性です。グッドマンはちょうど最初のSTブームが起きた70年代に10代を過ごした、熱烈なTOSファン。マコーマックはハイスクール時代に『新スター・トレック』（以下、TNGと略）が始まり、1993年に始まった『スター・トレック ディープ・スペース・ナイン』（以下、DS9と略）でSTにハマったファンです。

本書には、DISCOのマイケル・バーナムのことが少なからず出てきます。そしてTO

SやTNGの熱烈なファンのなかには、DISCOを好まないという方もいらっしゃるのをわたしは存じています。そういった意味で、ヘビィなSTマニアであるグッドマンより、『ドクター・フー』や『DS9』のノヴェライズなど、SF作品を幅広く手掛けているマコーマックのほうが、DISCOなどの新たな要素を受け入れて原稿を書くことに抵抗が無かったのでは？　と考えています。また私見ですが、男性よりも女性の方が、人間ドラマやキャラクター描写に長けています。もっとも、その反対に歴代〈エンタープライズ〉の艦種や、各種フェイザーガン、トリコーダーなどのメカやワープ（亜空間長距離飛行）などに詳しい（うるさい？）のは男性のほうが圧倒的に多いとわたしは感じています。

さらに、スポックのキャラクターを創った脚本家D・C・フォンタナも女性でした（ちなみに彼女の本名はドロシー・キャサリン・フォンタナ。なぜ本名を使用しなかったのかというと、60年代のハリウッドでは、女性の地位が低かったからです）。正確にはスポックという異星人を考えたのはプロデューサであるジーン・ロッデンベリーでしたが、そのバックボーンや性格づけをしたのがフォンタナです。そう考えると、女性作家であるマコーマックが手がけるのは最適だと思うのです。

ファンの間で二分された本書の評価と米国での反響

本書の最大の特徴は、これまでの〝自叙伝〟が出来事を時系列で追っているのに対し、本書ではスポックにとって重要だった人物との関係に焦点をあてて構成されている点でしょう。また、これまでの自叙伝に比べると、オリジナルの部分が少なく、正史にこだわっています。また、２０２1年秋の〝スタートレック・ディ〟で紹介された新シリーズ『STAR TREK : Strange New Worlds』（全米では、２０２２年5月5日よりParamaount+にて配信開始予定）に登場するナンバーワンのフルネームも記述してあり、最新設定のアップトゥデイトも行われています。感心したのはスポックの異母兄弟にあたるサイボックが、なぜＤＩＳＣＯに登場しなかったのかの理由（エクスキューズ）も考えて、記述してある点です。とはいえ、なぜ書簡を出す相手がカークではなくピカードなのか？　という点かもしれませんが、執筆時点の時系列ではカークはメリディアン4号星で殉職した後だからでしょう。

オリジナル版が米国で刊行された際、本書の評価はＳＴファンの間では二分されました。以下、米国の一般読者のレビュー投稿からいくつか拾ってみます。

「カークや彼の両親（サレックとアマンダ）との話や、エンタープライズ5年間の探査飛行についての部分が不十分」

「ピカードに気を遣い過ぎ」

「カーツ（アレックス・カーツマン）・トレックを取り入れているのでＮＧ」

「父親とは決して和解することはないという部分は、古いファンにも気に入られるのではないか？」

「ここ20年のスタートレック・シリーズについて、その前の30年と同じくらい敬意を払っている」

「ＤＩＳＣＯの部分が多すぎて嫌」

「わたしはＤＩＳＣＯ好きだからＯＫ」

「ＤＩＳＣＯ嫌いな人は、買う前に宣伝文読めよ」

などなど、いろいろ活発です。なお、最後のコメントの宣伝文とは全米最大のネット通販サイトにおける紹介文のことだと思われます。引用してみましょう。

「スタートレックを象徴するキャラクターの生涯が、初めて本人の言葉で語られます。これは、最新シリーズ『STAR TREK : Strange New Worlds』を楽しみにしているファンにとって必読です。バルカンとエンタープライズにおける、彼の人生の全く新しい詳細が明らかにされ、サレック、マイケル・バーナム、クリストファー・パイク、カーク、マッコイなど、彼の人生で最も重要な人物とスポックの関係について、未公開の洞察を、スポック自身の声ですべて語っています」

非正史扱いだった『まんが宇宙大作戦』の設定も巧みに導入

著者であるマコーマックについては、『自叙伝 キャスリン・ジェインウエイ』で紹介しているので、わたしの感想などを書いてみましょう。

最初に読了したとき、嬉しかったのはＴＯＳやＴＮＧ、そしてＤＩＳＣＯだけではなく、

『まんが宇宙大作戦』（以下、ジ・アニメーティッド・シリーズ＝ＴＡＳと略）も、ちゃんとチェックしてあった点です。ＴＡＳはアニメシリーズであったため、長年に渡り、シリーズの正史に含まれない、番外作品として扱われてきました。しかし、ＳＴシリーズの版権を取得したＣＢＳでは、２００７年より、その公式サイトにおいてシリーズ作品のひとつに含むようになり、現在では正史として扱うという認識に変わりました。

もっとも、それ以前でもＴＡＳ第2話「タイムトラベルの驚異」は特例で正史として組込まれていたのはご存じの方も多いでしょう。わたしはこのエピソードが大好きで、その理由は好きなネタであるタイムトラベルを扱っている。スポックが彼のペットであるアイチャヤ（原語ではI-Chaya）の献身的で勇気ある行動とその死を体験したことで、成長を遂げたからです（ちなみに、このエピソードの脚本はＤ・Ｃ・フォンタナです）。

ところで、このスポックのペット、日本語吹き替え版の発音でアイチャヤになっていましたが、原語ではアイチャイアと発音しているので、校正時にそう修正お願いをしています。でもまぁ個人的にはわかればいいので、修正が反映されたかどうかは存じません。さて、このアイチャイアはスポックのペットです。生物学的にはセレットと呼ばれる四つ足の肉食獣で、地球の生物ならクマに相当する生き物です。このアイチャイアはバルカン人と同じく長命で、サレック（スポックの父）が子どもだったときは、彼のペットでした。ちなみにバルカン人の平均寿命は２００歳と言われています。このアイチャイアに関する初出はＴＯＳシーズン2の「惑星オリオンの侵略」（このエピソードの脚本もＤ・Ｃ・フォンタナ）

で、カーク、マッコイ、サレック、アマンダの会話のなかに登場しています。このとき、サレックはセレットのことを「おもちゃのクマ」（原語ではテディベア）と言っています。ちなみにアイチャイアは、当時、D・C・フォンタナが飼っていた猫ボビー・マギーにちなんで命名したそうです。フォンタナは1974年のインタビューで、アイチャイアがどういう姿形を持っているのか、どんなキャラクターかについて詳しく語っています。それによると、そう本来意図していた発音では「EE-chai-ah」で、「タイムトラベルの驚異」の脚本では、そう音声表記されていました。しかし、この発音はアフレコ時に「アイチャイア」に変更されてしまいます。しかし、フォンタナはオリジナルの発音を「正しい発音」と呼び、「名前は——いつでも、いつまでも、正しく——〝EE-chi-ah〟だ」と発言しているほどです。なお、ノベライズ版（『Star Trek Log1』）では一般的に「Ee-chiya」と綴られています。ちなみに「タイムトラベルの驚異」の脚本では、「この特別なセフラットは、茶色のコートに白髪混じりのベージュの斑点がある。摩耗した黄色の牙のひとつは先端で折れており、老化していることを示している」と書かれています。

……話が脱線してすみません。軌道修正します。

スポックとピカードはよく似ている——著者マコーマックの言葉

2021年9月16日、本書について、著者であるマコーマックへのインタビューが左記のサイトに掲載されました。

https://aiptcomics.com/2021/09/16/speaking-spock-interview-una-mccormack/

そのインタビューの中から、いくつか拾ってみましょう。

「スポックの発言を正しくするため、スポックの登場する映像は『ショートトレック』にいたるまで全て観ました。また息子であるアダム・ニモイの作ったドキュメンタリー（『スポックのために』）も見たし、ニモイの著書も読みました」

「ピカードに向けて書いた形式になっているのは、彼が自分の人生を真摯に受け止めてくれる人に向けて書かれたものにしたかったからです。カークもマッコイも鬼籍に入っていいるため、ピカードしかいませんでした。書いてみて分かったのは、両者はいろいろな面でよく似ているということでした」

「ニモイ以外で好きなスポック役を演じた俳優はＤＩＳＣＯで少年時代を演じている子が大好き。あとイーサン・ペック。『STAR TREK : Strange New Worlds』に期待しています」

「つぎの自叙伝はキラ・ネリスの予定です。彼女の伝記は、とても面白く書けると思います。歴史の大きな変化の中で、勇気を持って自分らしく生き、成長していくキャラクターだから」

「本書掲載のボーンズのレシピ。原稿をタイプしている間に、豆を水に漬けて戻してから調理しました。わたしの友人で優秀な料理人であるマーク・ポイントンが思いついたレシピです。素晴らしいから是非試してくださいね」

「彼は誰よりも人間だった」――スポックの魅力とは

ミスター・スポックの魅力とはなんでしょうか？　バルカンと地球のヒューマノイドの血をひき、幼い頃より、周囲から孤立しがち。そうしたなかで宇宙艦隊という、多くの異星人が働く組織に、自らの居場所を見つけ。さらに、カークやマッコイという生涯の友人に出会い。宇宙艦隊退役後は父親がそうであったようにバルカン大使の任務に就き、いろいろな偉業を成し遂げてく……。

わたしはスポックの魅力は、一見、完璧な人物のようでいて、その内面ではさまざまな感情が渦を巻いている（と思われる）点です。バルカン人は感情が無いのではなく、感情を論理的思考で覆うようにしているのです。それは、過酷なバルカンという惑星で生きていくための知恵でした。ですから、時にその論理一点張りで、ともすれば冷たいようにみえてしまう表情の下にある素顔を見ることができます。ＴＯＳシーズン2の「バルカン星人の秘密」では、自分が殺してしまったという自責の念にかられるスポックの前に、カークが現れます（マッコイの機転で仮死状態だった）。無事なカークの姿を見たスポックは「ジム！」とカークのファーストネームを叫んで、喜びの表情を全面に出します。こうしたシーンがわたしはたまらなく愛おしく感じます。

カークもこう言っています。

「彼は誰よりも人間だった」と。
ともあれ、待望の書がこうして出版されることはSTファンにとって、慶賀のいたりです。

最後に――

本書の翻訳はST自叙伝シリーズでお馴染の有澤真庭さんによるものです。関係の無い話ですが、翻訳家で岸本佐知子さんという方がいらっしゃいます。わたしは彼女のエッセイが大好きで（翻訳本ももちろんですが）、ほぼ買い揃えています。その岸本さんに帯コメントをいただいた本が、ティリー・ウォルデンのグラフィック・ノベル『スピン』（河出書房新社刊）です。その本の翻訳者が有澤真庭さんなのです。くー、うらやましい（本当に関係の無い話で申し訳ない）。
なお、今回もSTファンの友人である高島正人さんにご協力いただきました。御礼を申し上げます。
それではまたどこかで。

2022年　春

訳者あとがき

惑星連邦宇宙艦隊〈U.S.S.エンタープライズ〉の歴代船／艦長による回想録を出版してきた〈自叙伝〉シリーズ、第四弾は、お待たせしました、宇宙一有名なバルカン人、ミスター・スポックの登場です。

あれ？　なんだか似たようなフレーズをついこのあいだ書いたような気がするぞ……よく考えたら、昨年の秋にキャスリン・ジェインウェイ艦長編が出版されたばかりではないですか！　まあ、いまや〝スタートレック〟シリーズの新番組や映画の企画が次々にワープスピードで登場していますからね、こっちもぼやぼやしていられません（？）。

スポックといえば、〈エンタープライズ〉のカーク船長の副長にして科学士官とのイメージがなんといっても強いですが、同船の船長だった時期もしっかりありました。なので、このシリーズに連なる資格はじゅうぶんです。ただ、今回はこれまでの三作と、ずいぶん勝手が違います。『ジェインウェイ』のときも編者、というか執筆者が替わったためにおのずと『ピカード』と『カーク』の前二作とは趣が異なりましたが、本作は超新星の爆発を食いとめるという決死のミッションに向かう途中のスポックが、あるひとりの人物に宛ててしたためているという設定のため、(バルカン伝統のフォーマットに則った)自伝でもあり、書信でもあり、さらには遺書の性格すら帯びています。また、章立てを数字ではなくスポックゆかりの人名にして、ストレートに順を追って話を進めるというよりは、ときに時間を行きつ戻りつしながら物語っていきます。人物プラス1隻の顔ぶれが、これまた意外というか絶妙というか。本文を読みはじめる前に目次を見て、「この章では何が語られるんだろう?」と、わくわくしませんでしたか? でもなぜ、著者はこのような構成をとったのでしょう? ミスター・スポックは半バルカン人で長命なこともあり、STフランチャイズの様々な作品に顔を出します。オリジナルシリーズ『宇宙大作戦』はもとより、『まんが宇宙大作戦』、『新スタートレック』、劇場版、ケルヴィン版、『ディスカバリー』、そして『ショートトレック』……。幼少期から晩年まで、複数の俳優が演じ、そのたびにエピソードが増え、設定が追加・変更されていく。それこそ〝多面〟的なスポックの物語をひとつにまとめあげるために著者マコーマックが選びとった、これがたったひとつのロジカルなやりかたなのかもしれません。もうすぐはじまる新シリーズ『STAR TREK : Strange New Worlds』や、製作が発表されたばかりのケルヴィン・タイムライン映画の新作では、どんなストレンジ・ニュー・スポックを見せてくれるのか、さぞかし著者も楽しみにしていることでしょう(前者のほうは、日本で観られるのか、まだわかりませんが……)。

本書はミスター・スポックの自伝ですから、当然、生まれ故郷であるバルカン星の描写がたくさん出てきます。マコーマックが謝辞で触れているように、執筆には『Vulcan Travel Guide』という未邦訳本を大いに参考にしているようです。「わお、ずいぶん細かく書いてあるなあ、でもそんな描写、ドラマか映画のどこかに出てきたっけ？」と思ったら、まずこの、ガイドブックの体裁をとった楽しいイラスト本が元ネタと思っていいです。〝コール・ウト・シャン〟、すなわちＩＤＩＣの理念を体現したような星際色豊かな首都のシカー市。一度は絶滅したイルカ似の生き物、オクタスの泳ぐシラカル運河。アカデミー時代のスポックの学友トゥケルの出身地で、自由な気風と温暖な気候が自慢のトゥパール地方（『スター・トレック　ヴォイジャー』のバルカン人士官トゥヴォックの娘の生地でもあり）。サレクが晩年を過ごした荒々しい自然の残るカー郡……。ページをぱらぱらめくっていると、リアルにバルカン星旅行計画を立てたくなります。また、本書には〝タン・アラット〟t'san a'latなど、聞き慣れないバルカン語もたくさん出てきますが、そのうちのひとつ〝クシア〟chthiaは、オリジナルストーリーのＳＴ小説『スポックの世界』から採られています（〝現実的真理〟という訳語も同書斉藤伯好氏の訳よりお借りいたしました）。これは、バルカン星の歴史を八十億年前の星系の誕生から綴っていくという、非常に野心的な試みをしている一作です。

そして、もう一冊、本書と浅からぬ関係にある本があります。マコーマック本人の手になる『Picard : The Last Best Hope』。これは内容的には『スター・トレック：ピカード』シーズン１の前日譚にあたるのですが、超新星爆発で故郷を失うロミュランの人々を救うという共通のミッションを通して、本書と併せると、ピカードとスポックがコインの表と裏のような関係を成すのです。スポックが直接出てくるわけではありませんが、本書においてロミュラス星で〝カウボーイ（スタンドプレイ）〟外交中のスポックと親交を結ぶ戦闘修道女集団クワト・ミラットが、『The Last Best Hope』では困難な任務を遂行するピカードを勇気づけます。「真実しかいわない」という同教団の教義、バルカン星の「嘘をつかない」という主張と同工異曲で、さすがは同じルーツの種族ですね。ところで、同小説でピカード提督が指揮する船の名は、〈ヴェリティ〉。著者はちゃっかり娘さんの名前をつけたのですね。意味はいみじくも、「真実」。任務に失敗し、大義を見失ったピカードへ、「叡智の書」を通してエールを送るスポックの同志愛、沁みます。

ピカード演じるパトリック・スチュワートもお気に入りの、シェイクスピアのソネット第百十六番の一節とともに母アマンダに送り出され、コリナールの修養に励むスポックですが、宇宙から〝命ある機械〟ヴィジャーに邪魔されて中断します。本書では、ヴィジャーとの邂逅がスポックにとって大きな転機になったことが、インクのシミという比喩を使って〝魅惑的〟に表現されていますが、本書と同時発売の『スター・トレック　アート&ヴィジュアル・エフェクツ』では、劇場版ST第一作のメイキングを、ダグラス・トランブル（合掌）はじめ、スタッフインタビューと数百点の写真で詳説しています。もちろんシド・ミードらによるヴィジャーの創造、カークとスポックの幻のシーンなどにもたっぷり触れているので、ぜひ併せてそちらも楽しんでいただければと思います。

『ピカード』にはじまる〈自叙伝〉シリーズが日本で刊行されて、はや三年半。訳者の本棚にもいつの間にかSTのDVDや関連本がずらりと並ぶようになりましたが、この長寿フランチャイズの調べものをするとき、なんだかんだで一番頼りになったのが、本シリーズをずっと監修してくださった岸川靖氏の、金色の表紙もまぶしい『スタートレック［パラマウント社公認］オフィシャルデータベース』（ぶんか社刊）と、『ジェインウェイ』よりご協力いただいている鍋田辰実氏のサイト『Star Trek U.S.S. KYUSHU』でした（本当です）。おふたかたと、竹書房編集部の富田利一氏のおかげで、間違いや表記のちぐはぐさなどを正すことができました。もしまだ変なところがありましたら、すべて訳者の至らなさのせいです（寛大な目で見てくださるとうれしいかも）。

それではみなさま、平和と長寿を。ジョラン・トゥルー。

二〇二二年二月

有澤真庭

用語解説

＊人物名については、ファミリーネームでのあいうえお順で掲載。

〈あ行〉

アーチャー、ジョナサン（ジョナサン・アーチャー）
22世紀の地球連合宇宙艦隊士官。地球人。〈エンタープライズNX‐01〉の船長をつとめた。惑星連邦設立の最大の貢献者ともされ、初代連邦大統領もつとめた。

アーミッシュ
地球・アメリカのオハイオ州・ペンシルベニア州・中西部やカナダ・オンタリオ州などに居住するドイツ系移民の宗教集団。農耕や牧畜によって自給自足という移民当時の生活様式を保持し生活をしている。

ケリット、アーロン（アーロン・ケリット）
ゲット・イロージャのパートナー。

アダムス、ダグラス（ダグラス・アダムス）
1952～2001年。地球・イギリスの脚本家、作家。『銀河ヒッチハイク・ガイド』の作者として有名。同作品はもともとはBBCのラジオドラマとして始まったが、小説・テレビドラマ・演劇・コミックス・コンピュータゲーム・映画化されている。

アトゥソザー
ロミュランの標準語。

アトランティス
太古の地球で海に沈んだとされる大陸。

アマンダ
スポックの母親。地球人。父サレクの二番目の妻。旧姓はアマンダ・グレイソン。

アリストテレス
地球・古代ギリシャの哲学者。プラトンの弟子であり、ソクラテス、プラトンとともに、西洋最大の哲学者のひとりとされる。知的探求つまり科学的な探求全般を指した当時の哲学を、倫理学、自然科学を始めとした学問として分類、それらの体系を築いた業績から「万学の祖」とも呼ばれる。

アルファ宇宙域
銀河系を四分円に分割、太陽系を南としたときの南西側。アルファ宇宙域に属する渦状腕は、オリオン腕、ペルセウス腕、および射手腕である。同域の主な勢力は国交が成立している、惑星連邦、カーデシア連合、ツェンケチ、タレリア共和国、フェレンギ同盟。そのほかに孤立した勢力として、ソリア連合、ブリーン連合、ズィンディがある。

アンウーン
バルカンの儀式的な決闘、カリフィーで使用される武器。

アンキリア影絵
アンキリアの伝統文化。

アンドリア人
アンドリア星系にあるガス惑星の衛星アンドリアを起源とするヒューマノイド種族であり、惑星連邦創設種族のひとつ。青い皮膚と、白か銀の髪の毛が特徴で、頭部に2本の触角を持つ。

イトシルサール
バルカンの死者を弔うお経。

インカリア製ウール
布地。

ヴィトゲンシュタイン、ルートヴィヒ・ヨーゼフ・ヨーハン（ルートヴィヒ・ヨーゼフ・ヨーハン・ヴィトゲンシュタイン）
1889～1951年。地球・オーストリア・ウィーン出身の哲学者。言語哲学、分析哲学に強い影響を与えた。

ヴトッシュ・カトゥー
論理と感情の中庸を目指すこと。

ヴェイユ、シモーヌ（シモーヌ・ヴェイユ）
20世紀、地球・フランスの哲学者。無名のまま第二次世界大戦中に死亡したが、戦後遺稿を編纂した『重力と恩寵』の出版によって評価された。遺稿には政治思想、歴史論、神学思想、労働哲学、人生論、詩、未完の戯曲、日記、手紙など多岐にわたる考察が収められている。

ヴォロス海
バルカンの地名。

宇宙艦隊アカデミー
宇宙艦隊の士官を養成する機関。地球・サンフランシスコの宇宙艦隊本部に併設されている。

ウフーラ、ニヨータ（ニヨータ・ウフーラ）
23世紀の惑星連邦宇宙艦隊士官。ジェームズ・T・カークが指揮する〈U.S.S.エンタープライズ〉および改装後の同艦で合計約30年間、通信士官をつとめた。宇宙艦隊情報部を退任後、提督となる。

ウルティマ・トゥーレ
遙か昔に滅びた帝国。

エイエイ
イルタビア人。宇宙艦隊アカデミーでのスポックのラボパートナー。

エリノア
レナード・H・マッコイの離婚した妻。

〈U.S.S.エンタープライズ〉（NCC-1701）
惑星連邦宇宙艦隊が23世紀に保有していたコンスティテューション級重巡洋船。

〈U.S.S.エンタープライズ〉（NCC-1701-C）
惑星連邦宇宙艦隊が保有するアンバサダー級の宇宙船。惑星連邦宇宙艦隊の旗艦として、〈U.S.S.エンタープライズ〉初の女性艦長であるレイチェル・ギャレット大佐の指揮下で就役した。

オクタス
バルカンに棲息する水生哺乳動物。

オミクロン・ケティ3号星
幻想世界が展開される惑星。住人たちは陶酔・恍惚状態で暮らす。

〈か行〉

ガーグ
生で食することのできるヘビのような生物を使った代表的なクリンゴンの料理。

カーク、ジェームズ・T（ジェームズ・T・カーク）
2233年3月22日、地球のアイオワ州リバーサイド生まれ。宇宙艦隊アカデミー在籍中、〈コバヤシマル〉テストをクリアした唯一の候補生。学生ながら〈U.S.S.リパブリック〉で実地訓練を受け、宇宙艦隊アカデミー卒業後は、大尉として〈U.S.S.ファラガット〉に配属。2263年、大佐に昇進、〈U.S.S.エンタープライズ〉の船長として、5年間の探査航行に出発。帰還後も数々の宇宙の危機に同船にて対処。2293年、キトマー和平会議を反対勢力の妨害から守る。この一件を最後に、老朽化による〈エンタープライズA〉の退役を期に自身も宇宙船の船長職をしりぞく。最新鋭の新型〈エンタープライズNCC－1701－B〉の処女航海に同乗。ネクサスによる同船襲撃事件に巻き込まれて行方不明に。愛称は〝ジム〟。

カーシラ
バルカンの楽器。バルカン・リュートとも。

カーデシア
カーデシア連合、カーデシア帝国。アルファ宇宙域のカーデシア・プライムを母星とする一大国家。

カウ
バルカン人の一生を描くタン・アラットにおける第三の時期。豊かな経験を得た人生の段階。

カーズ・ワン
バルカン人のサバイバル・テスト。若い頃に自分を試す目的で行われるもので、食糧や武器を持たず、砂漠で10日間生き抜く、というもの。

カリフィー
バルカンの儀式的な決闘。

カル・トー
バルカンの戦略パズルゲーム。小さな棒のターンを使用し、三次元の複雑な形を組んでいく。ひとりでも複数でも行える。

カル・レック
バルカンの古代の祝祭。論理または感情抑制の失敗について内省する。

カロミ、ライラ（ライラ＝カロミ）
地球人。

艦隊の誓い
宇宙艦隊規約第1条。進化や文明への不干渉を定めた規約。

キタウ・ラック
バルカン人が文学と哲学書に使用する形式。

キトマー条約
連邦とクリンゴン帝国間ではしばしば武力衝突が発生していたが、オルガニア条約を機に両勢力の緊張は次第に緩和された。だが、依然緊張状態は続いていた両国の関係に大きな転機が訪れたのは2293年。クリンゴン帝国が国家存亡にかかわる経済危機に陥った際、クリンゴン帝国のゴルコン総裁の呼びかけで惑星キトマーで会議が行われ、連邦とクリンゴン帝国間で和平条約が締結された。この条約は両勢力の一世紀以上の長期にわたる敵対関係を事実上終結させた。

キルシット
バルカンの樹木。

クシア
世界を自分の見たいように見るのではなく、真の姿の世界を見る——というバルカンの哲学。

クナカリフィー
バルカンの結婚の儀式。

クラーケン
地球に伝わる想像上の海の生物。

クリンゴン
ベータ宇宙域の惑星クロノスを母星とする種族。戦うことを誇りとする攻撃的な種族。銀河系の主要国家のひとつとされるクリンゴン帝国を成立させている。

クルゾン・ダックス
外交官。結合体トリル人。

クレア、ジョン（ジョン・クレア）
地球人。19世紀、地球・イングランドの詩人。20世紀後半に再評価され、現在では19世紀を代表する詩人とされている。

グレイソン、アンドリュー（アンドリュー・グレイソン）

地球人。スポックの母方の従兄弟。

クワト・ミラット

真実の家の隠者であり、無垢なる在り方の教義を信奉する戦士修道寺女の集団。

ゲット・イロージャ

カーデシアの詩人。性的指向の理由によって母星から追放された。通称〝プリムのイロージャ〟。

コール・ウト・シャン

バルカンの生きかたの基本理念ＩＤＩＣを表すシンボル。

〈コバヤシマル〉テスト

勝算のない状況下での対応能力を評価するシミュレーション・テスト。23世紀の宇宙艦隊アカデミー司令部門候補生に実施された試験。この試験は「勝利がないシナリオ（no-win scenario）」ともいわれ、勝つことは不可能である。シナリオは、クリンゴン中立地帯付近を航行しているところからはじまる。すると、〈コバヤシマル〉からの救難信号を受信。〈コバヤシマル〉の位置は中立地帯内であり、救出するために中立地帯に突入することは条約違反となる。訓練生はまず、この船を救助に行くべきかを決定する。救助に向かい、中立地帯に侵入すると、３隻のクリンゴン・クティンガ級巡洋戦艦が向かってくる。士官候補生が、〈コバヤシマル〉を救い、クリンゴンとの戦闘を避け、船が無傷の状態で中立地帯から脱出するのは不可能であったため、「勝利がないシナリオ」といわれるようになった。船を指揮する上で、勝ち目のない事態に直面することはあり得ることである。そのため、その状況下におかれた場合、訓練生がどのように船を指揮し、決断をするのか見きわめるために行う。

コリナール

バルカン人が感情を完全に捨て去る、厳格で容赦ない修行。

ゴルコン

２２９３年当時のクリンゴン帝国最高評議会総裁。資源衛星プラクシスの爆発事故をうけ、帝国復興に国力を注力させるため惑星連邦との和平を模索したが、和平交渉へ向かう途上で暗殺された。

〈Ｓ．Ｓ．コロンビア〉

23世紀就役の地球の調査宇宙船。

コントロール

宇宙艦隊情報部の分析システム

〈さ行〉

サービック

23世紀の惑星連邦宇宙艦隊士官。バルカン人。２２８５年、ジェームズ・Ｔ・カーク少将が指揮する〈Ｕ．Ｓ．Ｓ．エンタープライズ〉で航海士をつとめた。その後、〈Ｕ．Ｓ．Ｓ．グリソム〉に配属され、ジェームズ・Ｔ・カークの息子デビッド・マーカスとともに惑星ジェネシスの調査を行った。幼少時、ロミュランに支配されていた惑星ヘルガードから救出されたのち、スポックが地球に移住先を見つけた。

サイボック

スポックの異母兄。

サウーム

バルカン人の詩人。

シェイクスピア、ウィリアム（ウィリアム・シェイクスピア）

16世紀末から17世紀はじめに活躍した地球・イギリスの劇作家・詩人。イギリス・ルネサンス演劇を代表する人物でもある。数多くの戯曲を残しており、23世紀においてもなお、優れた作家として尊敬を集めている。149頁でアマンダが引用しているのは、シェイクスピアのソネット116番の一節。

〈ジェネシス〉装置

人口過剰や食糧供給などの社会的な難問を緩和する革新的な計画。2285年にムタラ・セクターにある宇宙実験室レギュラ1でキャロル・マーカスとデビッド・マーカス親子率いる科学者チームによって完成。ジェネシス装置は居住に適さない惑星をMクラスに改造してコロニーを建設するテラフォーミングの工程を素早く行うことができる。魚雷型のジェネシス装置を生命の存在しない惑星に打ち込み、装置の爆発による衝撃で全域を亜原子粒子へと分解。亜原子粒子はあらかじめ設定されたプログラムによって要求された形状へと再構築され、もともとの物質構成に関係なく、人類の居住に適した大気と地表環境を創り出す。しかし、もしすでに生命体が存在するところで装置を爆発させると強力な最終兵器になり、すべての生命体を滅ぼし、新しいマトリックスを構築してしまう。実際、カーン・ノニエン・シンによって装置が盗まれムタラ星雲の中で〈U.S.S.リライアント〉に載せて起動させるという事件が起きた。結果、凄まじい爆発が起き、星雲を構成していた物質は再構築されて新しい惑星ジェネシスが生まれた。

〈ジェリーフィッシュ〉

2387年、バルカン科学アカデミーが赤色物質の輸送のために使用した宇宙船。回転するテールが特徴。バルカンの「最も速い船」といわれる。

〈U.S.S.シェンジョウ〉（NCC-1227）

惑星連邦宇宙艦隊が23世紀に保有していたウォーカー級宇宙船。船長はフィリッパ・ジョージャウ大佐。

シカー市

バルカン星の主要都市のひとつ。スポック誕生の地。

ジチレスロ

ロミュラスのサービス業に従事する階級を指すことば。

ジム

ジェームズ・T・カークの愛称。

シャガール、マルク（マルク・シャガール）

1887〜1985年。地球・ロシア（現ベラルーシ）出身のフランスの画家。

シャ・カ・リー

バルカンの神話に出てくる〝幻の地〟。すべての生命はここから生まれたとされる。命と知識の源。クリンゴンでは〝クイトゥー〟、ロミュランでは〝ヴォルタ・ヴォール〟、地球では〝エデン〟と呼ばれる。

柔道

地球の日本で発展した武道。

ジョアンナ

レナード・H・マッコイの娘。

ショパン、フレデリック・フランソワ（フレデリック・フランソワ・ショパン）

19世紀の地球・ポーランド出身の作曲家。前期ロマン派音楽を代表する。当時のヨーロッパにおいてもピアニスト、作曲家として有名。

シラカル運河

バルカン星の地名。

「人生の七幕」

ウィリアム・シェイクスピア作『お気に召すまま』からの引用。〝全世界は一つの舞台だ。そしてすべての人間は男も女も役者にすぎない。めいめい出があり、引っ込みがある。しかも一人が一生に沢山の役を務め、その全幕は七つの時代から成る。〟

スース・マナ
バルカンの武術。明晰で抑制された精神が要求される。

スールー、ヒカル（ヒカル・スールー）
23世紀の惑星連邦宇宙艦隊士官。地球人。ジェームズ・T・カーク指揮による5年間の探査航行のあいだ、〈U.S.S.エンタープライズ〉の操舵士官として勤務。その後、改装後の同船においても同様の任務についた。また、彼はのちに〈U.S.S.エクセルシオール〉の船長へ昇進したため、〈エンタープライズ〉を離れた。

スカット
スポックの子ども時代の友人。

スコット、モンゴメリー（モンゴメリー・スコット）
23世紀の惑星連邦宇宙艦隊士官。地球人。ジェームズ・T・カーク指揮による5年間の探査航行のあいだ、〈U.S.S.エンタープライズ〉の機関主任として勤務。その後、改装後の〈エンタープライズ〉に異動後も機関主任を続け、同船に約30年間勤務し続けた。愛称は〝スコッティ〟。

スコン
スポックの祖父。惑星連邦評議会議員をつとめ、バルカンの詩人たちの英訳も行った。

スラク
バルカン人。哲学者・科学者・論理学者。バルカン史上最高の偉人、近代バルカン文明の父とされている。カトラの聖櫃に保存されていたスラクのカトラは、ジョナサン・アーチャー大佐に転写されていたことがある。

スレ
スポックの子供時代の友人。

セーラット
バルカン星に棲息する、大きな〝テディベア〟のような動物。

赤色物質（レッドマター）
特殊な重力的特性を持った不安定な物質。量子特異点へと凝縮しようとする傾向がある。非常に不安定なため、取り扱いが難しい。少量であっても、一度点火してしまうと、惑星をまるごとを吸収するほどの特異点になる。惑星連邦でけ24世紀終盤になって利用が可能になった。

セクション31
宇宙艦隊情報部の非公式な下部組織。惑星連邦及び宇宙艦隊の安全保障を担保するために存在する組織の名称。

セニーン
ロミュラン人。

セラット
バルカン人の詩人。

セレク
スポックの従兄弟。ササクとティペルを父母に持つバルカンで、幼少の自分が肉食獣ル・マティヤに殺されるという歴史を変えるため、スポックが過去に戻った際に用いた変名。

ソボック
バルカン人。高僧。

ソリア・シルク
非常に珍重される絹で、なかなか手に入れることができない産物。

ソルカー
スポックの曾祖父。バルカンの地球駐在大使をつとめ、音楽家でもあった。

〈た行〉

タン・アラット
「叡智の書」。個人の人生と経験を総括し、後の世に伝えるもの。タン・アラットはバルカン人を「ローフォリ」「ファイ・トゥク」「カウ」の3つの時代に分ける。

タン・サハット
感情パターンの知的脱構築。

ダイリチウム
結晶質の鉱物であり、ラダンという別名でも知られる貴重な物質。多くの宇宙船でワープ・ドライブを稼働させるために使用されている。ダイリチウムは銀河系の中でもごく少数の惑星や星雲でしか産出されない。産地として知られているのは、連邦領域内ではエラス、また、クリンゴン帝国の領域内ではル・ラペンテ、ロミュラン帝国ではレムス等が知られている。また、惑星トロイアスにおいても産出され、ここでは宝石類を含む様々な用途に利用されている。

タル・シャナール
バルカンの古代の祝祭。最も古い祝日のひとつ。暴力的な過去の歴史について瞑想する。

タロス4号星
タロス恒星群に属するMクラス惑星、タロス人の母星。23世紀中頃において、地表は荒れ果ててわずかな植物が生息するのみであった。

タロス星人
タロス4号星が母星。紀元前数十万年、地表は核戦争によって不毛になった。それまでは高い技術力を持ったタロス人の文明が栄えていたが、地表に住めなくなった人々は地下へ逃げた。技術力は失われ、代わりにテレパシー能力が異常に発達した。

チェコフ、パベル・アンドレイエビッチ（パベル・アンドレイエビッチ・チェコフ）
23世紀の惑星連邦宇宙艦隊士官。地球人。ジェームズ・T・カーク指揮による5年間の探査航行のあいだ、〈U.S.S.エンタープライズ〉の航海士、保安主任として勤務。その後、改装後の〈エンタープライズ〉においても同様の任務についた。

チャペル、クリスティン（クリスティン・チャペル）
23世紀の惑星連邦宇宙艦隊士官。ジェームズ・T・カークの指揮の下、〈U.S.S.エンタープライズ〉で看護士をつとめる。のちに宇宙生理学を専攻するために宇宙医学アカデミーに入学。医師として改装後の〈エンタープライズ〉につとめるが、ヴィジャー探査のためにドクター・マッコイが乗船したため、その立場をしりぞいた。2298年には、〈エクセルシオール〉の最高医療責任者をつとめている。

チン＝ライリー、ウーナ（ウーナ・チン＝ライリー）
〈U.S.S.エンタープライズ〉副長。通称〝ナンバー・ワン〟。

〈U.S.S.ディスカバリー〉（NCC-1031）
惑星連邦宇宙艦隊が23世紀に保有していたクロスフィールド級宇宙船。ガブリエル・ロルカ大佐の指揮下にあった。画期的な胞子ドライブを実装、実地試験していた。

ディスラプター
フェイザーと同様、ナディオン素粒子を利用したエネルギービーム兵器。

データ
スン型アンドロイドのひとり。宇宙艦隊で唯一のアンドロイド士官。現在、陽電子頭脳（ポジトロニック・ブレイン）を実用化し稼動しているのはスン型アンドロイドのみで、宇宙艦隊及び惑星連邦にとどまらず、宇宙域中においても稀有な存在。ジャン＝リュック・ピカード艦長の〈Ｕ．Ｓ．Ｓ．エンタープライズ〉Ｄ及びE型艦に乗務。２３７９年に殉職。

デビッド
レナード・Ｈ・マッコイのひ孫。

ドイル、サー・アーサー・イグナティウス・コナン（サー・アーサー・イグナティウス・コナン・ドイル）
１８５９〜１９３０年。地球・イギリスの作家。推理小説・歴史小説・ＳＦと多岐にわたるジャンルを執筆。推理小説の分野では『シャーロック・ホームズ』シリーズが有名。またＳＦ分野では『失われた世界』が知られている。

トゥリー
スポックの父サレクの最初の妻。

トゥケル
バルカン人。スポックの宇宙艦隊アカデミーの同期。

トゥセット
プトラネック修道院の導師。

トゥナー
バルカン人の詩人。

トゥニル戦法
カル・トーの戦略。

トゥネル
コリナール・マスター。

トゥパール地方
バルカンの地名。

トゥパラース
バルカン人の詩人。

トゥプリング
23世紀のバルカン人。スポックのポンファーの相手。

ドーリラック
バルカンの方言。仲間同士でやりとりする際に使用される。

ドミニオン
ガンマ宇宙域の広大な領域と何千もの星を支配する一大勢力。創設者によって支配される独裁国家。創設者とは、オマリオン星雲の自由浮遊惑星を故郷に持つ可変種である流動体生物。

トリル
Mクラス惑星のトリル星（トゥリリウス・プライム）を故郷に持つヒューマノイド種族。24世紀半ばまでには惑星連邦に加盟。共生生物はトリルの体内で共生関係を結んでいる。共生生物と合体したトリルは、それぞれの性格と記憶が統合、ホストの記憶と技能も受け継ぐ。２３６７年までこのような共生種族が存在することは、連邦の科学者ですら広く知られていなかった。

トロール
バルカンの作家。

〈な行〉

ナレンドラ3号星
クリンゴン帝国の植民星。24世紀時点では、ロミュラン帝国にほど近い場所にあった。

ナンクラス
ロミュランの大使。

ノニエン・シン、カーン（カーン・ノニエン・シン）
20世紀末（１９９２〜１９９６）にアジアおよび中東を支配した独裁者。優生人類。広大な領土を有する帝国を築いた。自分からしかけた戦争はなく、虐殺も行わなかったという。出身についてはつまびらかではないが〈U.S.S.エンタープライズ〉に搭乗していた歴史学者のマーラ・マクガイバー少尉の描いた彼の肖像画によれば、ターバンを巻くこともあったようなのでインド、あるいは中東諸国の出身ではないかと推測される。独裁者ではあるが優れた人物として評価する人々もいる。世界統一の野望を表明し、後に「優生戦争」と呼ばれる戦争を引き起こしたが敗北。冬眠宇宙船〈S.S.ボタニー・ベイ〉に乗り地球を脱出した。それから約300年後の2266年、ジェームズ・T・カークが指揮する〈エンタープライズ〉に漂流しているところを発見された。

〈は行〉

パーデック
ロミュラン人。

バーナム、ガブリエル（ガブリエル・バーナム）
マイケル・バーナムの母親。

バーナム、マイケル（マイケル・バーナム）
スポックの義姉。幼少期にクリンゴン人に襲撃されて孤児となり、バルカン人のサレクに引き取られた。

パイク、クリストファー（クリストファー・パイク）
23世紀の惑星連邦宇宙艦隊士官。ロバート・エイプリルから引き継ぎ、〈U.S.S.エンタープライズ〉の船長を2251年から2264年までつとめた。

バクー
ブライアー・パッチは〝茨の草原〟やクリンゴン名〝クラック・デュケル・ブラクト〟と呼ばれる危険な空間領域で、セクター441に存在。

バッハ、ヨハン・ゼバスティアン（ヨハン・ゼバスティアン・バッハ）
1685〜1750年。地球・ドイツで活躍した作曲家・音楽家。バロック音楽の重要な作曲家のひとり。鍵盤楽器の演奏家としても高名で、当時から即興演奏の大家として知られていた。

バルカン星
アルファ宇宙域に位置するバルカン星系のMクラスの惑星。

ハレック
ゲット・イロージャが後年確立した三行詩。

バレリス
バルカン人。バルカン人初の宇宙艦隊アカデミー首席で卒業。

ビーナ
タロス星に墜落した〈S.S.コロンビア〉の唯一の生存者。

ピカード、ジャン＝リュック（ジャン＝リュック・ピカード）
2305年生まれ。地球・フランス出身の地球人。惑星連邦の宇宙艦隊大佐。〈U.S.S.エンタープライズ〉D及びE型艦の艦長をつとめる。

ビンバー
バルカンの草花。

ファイ・トゥク
バルカン人の一生を描くタン・アラットにおける第二の時期。それまで得た情報基盤をもとに実用的な知識として現実世界に生かす。

ファタール
バルカンの樹木。

フェレンギ人
アルファ宇宙域のフェレンギ星系のMクラス惑星フェレンギナーを母星とする、ヒューマノイド種族。

プトラネック修道院
バルカン星の修道院。

ブラームス、ヨハネス（ヨハネス・ブラームス）
19世紀、地球・ドイツの作曲家、ピアニスト、指揮者。

プラクシス
ベータ宇宙域にあるクリンゴンの衛星。クリンゴン帝国の重要なエネルギー生産施設だったが2293年、不運な事故が重なって爆発が起こり、衛星はほとんど崩壊してしまった。この災害はのちに「過度の採鉱と不十分な安全対策」に起因すると考えられた。

ブリーナック
ロミュランの議員。

ブルースカイ・シンキング
世界の隠されたパターンを鋭く察知する本能の飛躍のことで、地球人的な資質といわれている。

フロー
地球人が行う、自然かつ無意識の創造性を発揮する精神状態。

ベイジョー
ベイジョー人と呼ばれる種族が住む、ベイジョー星系のMクラス惑星。

ベートーヴェン、ルートヴィヒ・ヴァン（ルートヴィヒ・ヴァン・ベートーヴェン）
1770～1827年。地球・ドイツの作曲家、ピアニスト。音楽史上極めて重要な作曲家のひとり。古典派音楽の集大成かつロマン派音楽の先駆けとされ、後世の音楽家たちに多大な影響を与えた。

ベリディアン3号星
ベリディアン星系の第3惑星。3つの月を持ち、岩の多い山岳地帯と植物に覆われたMクラスの無人惑星。

ペリン
スポックの父サレクの3人目の妻。地球人。

ベンダイ症候群
感情抑制が不安定になる神経系の病気。

ホームズ、シャーロック（シャーロック・ホームズ）
地球・イギリスの作家アーサー・コナン・ドイルが生み出した名探偵。のちの多くの推理作家に影響を与え、映画やドラマ、舞台など様々なメディアでキャラクターが描かれている。

ボーンズ
レナード・H・マッコイの愛称。

ボンクラス
ロミュランの下級役人。

ポンファー
バルカン人の発情期。約7年ごとにあり、生殖活動を行う。

〈ま行〉

マーカス、キャロル（キャロル・マーカス）
23世紀の科学者。息子のデビッドとともにジェネシス計画に携わっていた。ジェームズ・T・カークの元恋人。

マーカス、デビッド（デビッド・マーカス）
23世紀の科学者。母のキャロルとともにジェネシス計画に携わっていた。ジェームズ・T・カークとキャロル・マーカスの息子。

マーハー、ルイ（ルイ・マーハー）
地球人。宇宙艦隊アカデミーでのスポックのラボパートナー。

マッコイ、レナード・H（レナード・H・マッコイ）
医学博士。船医または医療主任として、ジェームズ・T・カーク船長時の〈U.S.S.エンタープライズ〉と〈同A〉に合計27年間乗務した。愛称は〝ボーンズ〟。

マン、パウル・トーマス（パウル・トーマス・マン）

1875〜1955年。地球・ドイツ出身の小説家。芸術家小説や教養小説を発表。1929年にノーベル文学賞を受賞。

「瞑想」

バルカンの作家トロールの著作。

モーツァルト、ヴォルフガング・アマデウス（ヴォルフガング・アマデウス・モーツァルト）

18世紀、地球・オーストリアの音楽家。古典派音楽・ウィーン古典派を代表する人物。

〈や行〉

ユーロン湖

バルカンの地名。

ヨンティスラック

バルカンに伝わる想像上の生物。

〈ら行〉

ランゴン山脈

バルカンの地名

「理性的社会の基礎としての普遍的共通語」

スラク著。本作のなかで〝キタウ・ラック〟――バルカンにおいて使用される文学と哲学の叙法が提唱された。

リルパ

バルカンの儀式的な決闘で使用される武器。

ルタク・テライ

地球の失読症に近い、バルカンの学習障害。

ル・マティヤ

バルカン星に生息する、肉食生物。

レプリケーター

24世紀半ばに導入された、転送移動の際の「物質→エネルギー化→再物質化」する技術を応用し、「高分子化合物→エネルギー化→再物質化」という変換によって、様々な物品を作り出す装置。

ロー・フォーリ

バルカン人の一生を描くタン・アラットにおける第一の時期。情報の取得。

ロミュラン人

惑星ロミュラスを母星とするロミュラン帝国の支配民族。生物学的にはバルカン人と近縁の関係だが、平和主義のバルカン人と異なり、狡猾で暴力的な者が多い。スラクの教えによる「目覚めの時代」に反抗した一部のバルカン人が祖先。ロミュラン帝国は銀河系の中でも有力な勢力として知られる。

〈わ行〉

ワープ・コア

ワープ宇宙船の主要エネルギー反応炉。ワープ推進システム及び、船内配電の原動力を担う。宇宙艦隊においては、機関室の中央に座するシリンダー状の重水素・反重水素反応炉のことで、恒星に匹敵するエネルギーを生み出す。重要な機関であると同時に、大変危険な機関でもある。

ワープ・ドライブ

光速を超える速度での宇宙航行を可能にするＦＴＬ（Faster Than Light）技術である。亜空間フィールドによって形成される亜空間バブルで宇宙船を包み込み、周囲の時空連続体をゆがめて船を推進させるものである。ワープの速度を示すための尺度は、ワープ・ファクター（ワープ係数）と呼ばれ、この数字が10に近いほど速い。

惑星連邦

恒星間の連邦共和国、アルファベットでの略称はＵＦＰ（United Federation of Planets）。一般的に連邦と呼称。連邦加盟惑星間の科学技術、文化等の互助、共通の外交・防衛政策を共通の目的とした一大国家。

〈参考文献・サイト〉
スタートレック パラマウント社公認 オフィシャルデータベース（ぶんか社 刊）
スタートレック アルティメット（ダルマックス編／ぶんか社）
Memory Alpha https://memory-alpha.fandom.com/
スタートレック データバンク http://www.usskyushu.com/trekword.html

【訳】有澤真庭　Maniwa Arisawa
千葉県出身。アニメーター、編集者等を経て、現在は翻訳業。主な訳書に『自叙伝 キャスリン・ジェインウェイ 』『いとしの〈ロッテン〉映画たち』（竹書房）、『スピン』（河出書房新社）、『ミスエデュケーション』（サウザンブックス社）字幕に『ぼくのプレミア・ライフ』（日本コロムビア）がある。

自叙伝 ミスター・スポック

2022年3月31日　初版第一刷発行

著　バルカンのスポック

編　ウーナ・マコーマック
訳　有澤真庭
監修　岸川 靖
編集協力　鍋田辰実
カバーデザイン　石橋成哲
本文組版　IDR

発行人
後藤明信
発行所
株式会社 竹書房
〒102-0075
東京都千代田区三番町8-1
三番町東急ビル6F
email：info@takeshobo.co.jp
http://www.takeshobo.co.jp
印刷所
中央精版印刷株式会社